Ensinou
que a A
Viver Gu
Guerra que
que me Ensi
nsinou Vi
a a que me
A Viver me
Guerra Ensi
que me Viv
nsinou Ens

me A Viver
ver Guerra
que me
ra Ensinou
me a
ou Viver
a a que
er Ensinou
A Guerra A
que me a
u Ensinou
que me
a Ensi
ou Guerra

darklove

Título original: The war I finally won
Tradução para a língua portuguesa

Diretor Editorial
Christiano Menezes

Diretor Comercial
Chico de Assis

Gerente de Novos Negócios
Frederico Nicolay

Gerente de Marketing Digital
Mike Ribera

Editores
Bruno Dorigatti
Raquel Moritz

Editores Assistentes
Lielson Zeni
Nilsen Silva

Capa e Projeto Gráfico
Retina 78

Designers Assistentes
Guilherme Costa
Marco Luz

Revisão
Ana Kronemberger
Retina Conteúdo

Impressão e acabamento
Gráfica Geográfica

DADOS INTERNACIONAIS DE CATALOGAÇÃO NA PUBLICAÇÃO (CIP)
Angélica Ilacqua CRB-8/7057

Bradley, Kimberly Brubaker
A guerra que me ensinou a viver / Kimberly Brubaler Bradley ; tradução de Mariana Serpa. — Rio de Janeiro : DarkSide Books, 2018.
288 p.

ISBN: 978-85- 9454-101- 7
Título original: The War I Finally Won.

1. Ficção norte-americana 2. Refugiados — Ficção
3. Guerra — Ficção I. Título II. Serpa, Mariana

17-1966 CDD 813.6

Índices para catálogo sistemático:

1. Ficção norte-americana

[2018]

DarkSide® *Entretenimento LTDA.*
Rua do Russel, 450/501 — 22210-010
Glória — Rio de Janeiro — RJ — Brasil
www.darksidebooks.com

Kimberly Brubaker Bradley

A Guerra que Me Ensinou a Viver

Mariana Serpa
Tradução

DARKSIDE

mperial

itish-made Typewriters

No. 9,793 (E*) WEDNESDAY, SEPTEMBER 25, 1940 ONE PENNY

CUS

& JE

New Evacuation For Mothers In Hard Pressed Areas

20,000 CHILDREN WI LEAVE LONDON DAI

WENTY thousand mothers and children a day are to be evacuated from London. Every cond child in the "Blitzkrieg" area has eady been taken to safety.

This evacuation is being organised from some of the d pressed areas of London, and those who wish to can register, and the Government will make ngements to take them to the country.

The reasons given are partly because of the danger bombing, and partly because of the danger of infe s disease if much time is spent in underground lters.

Danger of being killed or injured by bombs up to the ent is far less than the authorities estimated, but the

Dakar on E

GENERAL headquart last night rev Free French to invade Da bases at the taken over by Italians.

Shore batt opened fire emissaries, a Gaulle, who d start a b

01

É possível saber um monte de coisas e mesmo assim não acreditar em nenhuma delas.

“Ada! Você tem que beber alguma coisa!” A voz da Susan ralhando. As mãos da Susan me empurrando uma caneca de chá frio.

“Eu não quero”, respondi. “Sério, não quero.”

Susan apertou meus dedos na caneca. “Eu compreendo, mas, por favor, tente. É a última coisa que vão te deixar ingerir. Você vai acordar de manhã com sede.”

O meu pé direito era torto no tornozelo. Fora assim a vida inteira. Os ossos cresceram enroscados, de modo que as minhas unhas arranhavam o chão, e a sola, que devia ficar para baixo, apontava para cima. Caminhar doía mais que tudo. Apesar dos calos, o meu pé se esfolava e sangrava.

Aquela noite no hospital — agora quase três anos atrás — era 16 de setembro de 1940. Uma segunda-feira. Fazia pouco mais de um ano que acontecia a guerra entre Hitler e praticamente todo o resto do mundo. Onze anos que acontecia a guerra entre todo o resto do mundo e eu.

No dia seguinte os cirurgiões iam cortar e rearranjar os ossos do meu tornozelo torto. Tentar formar algo que se assemelhasse a um pé funcional.

Levei à boca a caneca de chá que Susan me entregou. Me forcei a beber. Minha garganta fechou. Eu engasguei. Cuspi chá na colcha e na minha bandeja.

Susan suspirou. Secou o chá derramado, então pediu que uma das enfermeiras que estava colocando o blecaute viesse recolher a bandeja.

Desde o início da guerra cobríamos as janelas com telas de blecaute sempre que escurecia, para que os bombardeiros alemães não conseguissem alvejar as nossas luzes. O meu hospital não ficava em Londres, bombardeada todas as noites, mas não significava que não seria atingido. Nunca dava para saber o que os alemães iriam fazer.

"Carta pra senhora, mamãe", disse a enfermeira, entregando um envelope à Susan enquanto apanhava a bandeja.

"Entregue aqui no hospital? Que estranho." Susan abriu o envelope. "É de lady Thorton." Ela desdobrou o papel que havia dentro. "Deve ter mandado antes de receber o meu bilhete com o endereço da pensão. Ada, tem certeza de que não quer comer nada? Uma torrada?"

Fiz que não com a cabeça. A golada de chá se revirava no meu estômago. "Acho que vou vomitar."

Ouvi Susan arquejar. Ela me olhou, apanhou uma bacia na prateleira sob a mesinha de cabeceira e meteu debaixo do meu queixo. Eu cerrei os dentes e segurei tudo na barriga.

A mão da Susan estava tremendo. A bacia tremia também. Eu a encarei. Ela estava pálida, os olhos sombrios e arregalados.

"O que foi que houve?", perguntei. "O que diz a carta?"

"Nada. Respire fundo. Só isso." Ela colocou a bacia no chão, dobrou a carta de lady Thorton e enfiou na bolsa.

Havia algo errado. Dava para ver na cara dela. "É o Manteiga?"

"Como é?"

"Aconteceu alguma coisa com o Manteiga?" O Manteiga era o pônei da Susan. Eu o amava. Ele estava hospedado nos estábulos de lady Thorton enquanto eu ficava no hospital.

"Ah", disse a Susan. "Não. Quer dizer, lady Thorton não falou do Manteiga, mas se houvesse algo errado ela teria falado."

"E a Maggie?" A Maggie era a filha de lady Thorton.

"A Maggie está ótima", respondeu Susan. As mãos ainda tremiam de leve. Seus olhos continuavam estranhos. "Está todo mundo bem na cidade."

"E o Jamie está bem." Era uma afirmação, não uma pergunta, porque só podia ser verdade. Meu irmão Jamie não estava na vila — estava ali com a gente. A Susan, o Jamie e o Bovril, o gato do Jamie, estavam hospedados num quarto de pensão perto do hospital. O Jamie estava lá com a proprietária naquele momento.

Jamie tinha seis anos. Achávamos que tivesse sete, mas agora tínhamos a certidão de nascimento dele, e não era sete.

Eu tinha onze. E também tinha certidão. Fazia pouco mais de uma semana que eu descobrira minha data de nascimento verdadeira.

Susan assentiu. "O Jamie está bem."

Respirei fundo. "Tem alguma coisa impedindo a minha cirurgia?" Antes da semana anterior, em que a Mãe tinha tentado nos tirar da Susan, a Susan explicou que não podia autorizar a minha cirurgia. Ela ainda não podia, mas já não se importava. Disse que o certo e o autorizado às vezes eram coisas diferentes. Eu precisava ser operada e seria.

Não fiz perguntas.

A Susan afastou o meu cabelo da testa. Eu me esquivei. "Não vou deixar nada impedir a sua cirurgia."

A voz e a expressão dela ainda estavam estranhas. Eu sabia que tinha a ver com a carta de lady Thorton. Lady Thorton conseguia aborrecer praticamente qualquer um. Quando eu a conheci, antes de saber o nome dela, eu a chamava de mulher da cara de ferro. Era fria e dura feito um antigo machado de cortar lenha.

Com a gente ali, lady Thorton não podia meter o bedelho. Tínhamos perdido tudo o que havia na casa da Susan, mas eu ainda tinha o Jamie, a Susan, o Bovril e o Manteiga. E a cirurgia no dia seguinte. Era mais do que suficiente.

É possível saber um monte de coisas e mesmo assim não acreditar em nenhuma delas.

Pouco mais de um ano antes, eu havia aprendido sozinha a caminhar, no apartamento de um cômodo da Mãe em Londres. Guardei segredo, limpando o sangue todos os dias antes que a Mãe chegasse. Eu só queria poder sair do apartamento, não da cidade, mas aprender a andar me salvou. Quando a Mãe mandou o Jamie embora de Londres com as outras crianças, por conta das bombas do Hitler, eu também escapei. Acabamos com a Susan e o Manteiga num vilarejo à beira-mar, em Kent.

Naquela época, a Susan não queria a gente. A gente também não a queria, mas eu queria o pônei dela, e o Jamie e eu gostávamos da comida, e no final das contas os três passamos a querer estar juntos. Claro que justo nesse momento a Mãe apareceu para nos levar de volta. Fazia uma semana. A Susan decidiu lutar pela gente. Nos seguiu até Londres, e por isso todos estávamos bem longe na noite em que as bombas alemãs destruíram a casa da Susan inteirinha. Então, a pior coisa — o retorno da Mãe — acabou sendo a melhor coisa. Não morremos bombardeados.

Agora estava todo mundo agindo como se a minha cirurgia no dia seguinte fosse ser a melhor coisa do mundo, o que me deixava preocupada com o que pudesse sair errado. A Susan dizia que nada podia sair errado. Dizia que esperava ver meu pé funcionando direitinho depois da operação, mas que se não funcionasse, tudo bem. Que eu estava bem agora e que ficaria bem depois, não importava o que acontecesse.

Talvez.

Dependia totalmente do que ela queria dizer com *bem*.

A gente ainda estava em guerra. As enfermeiras afirmavam ter condições de transportar todos os pacientes para o subsolo bem depressa caso as sirenes de ataque aéreo começassem a soar. Isso ainda não havia sido necessário, então não dava para saber se de fato elas conseguiriam.

Susan se inclinou para a frente. Me abraçou. Era estranho para nós duas. Eu soltei o ar. Meu estômago ainda revirava. "Não se preocupe", disse ela. "A gente se vê de manhã. Durma um pouco." Eu não consegui dormir, mas a noite passou mesmo assim. De manhã uma enfermeira empurrou a minha cama pelo corredor, e a Susan segurou a minha mão. Paramos diante de uma porta branca e pesada. "Daqui a senhorita não pode passar", a enfermeira disse a Susan.

Eu não tinha me dado conta de que a Susan teria que me abandonar. Me agarrei a ela. "E se não funcionar?"

Ela entrelaçou com força os dedos nos meus. "Coragem", disse, e me soltou.

Na sala de operação, um homem de vestido comprido segurou uma máscara na frente do meu rosto. "Vou pôr isso na sua boca", disse, "e quero que você conte bem devagar até dez."

Só consegui contar até quatro antes de dormir.

Sair do éter foi mais difícil. Minha perna direita estava presa, atada. Eu não conseguia me mexer. Tentei me desvencilhar e tive a maior suadeira. Eu estava presa num bombardeio, enterrada em escombros. Não conseguia mexer a perna. Então, sei lá de que jeito, tornei a me ver presa no armário úmido debaixo da pia, no antigo apartamento de Londres. A Mãe tinha me trancado lá dentro. As baratas...

"Shh." A voz da Susan no meu ouvido, bem baixinha. "Calma. Acabou. Você está bem."

Eu não estava bem. Não no armário, com a Mãe...

Alguém me conteve os braços. Jogou um cobertor em mim, enfiou bem firme dos lados. "Abra os olhos", disse a voz da Susan, ainda suave. "A cirurgia acabou."

Eu abri os olhos. O rosto da Susan dançava à minha frente feito um borrão. "Está tudo bem", disse ela.

Eu engoli em seco. "Mentira sua", respondi.

"Não é."

"Não consigo mexer a perna. A direita. A do pé torto..."

"Você não tem pé torto", disse a Susan. "Não mais."

No meio da noite, eu acordei direito. Uma divisória rodeava a minha cama. Atrás dela brilhava uma luz fraca. "Susan?", sussurrei.

Uma das enfermeiras da noite veio até a cama. "Está com sede?", perguntou ela. Eu fiz que sim. Ela me serviu água, e eu bebi. "Dói muito?"

Eu não conseguia mexer a perna direita porque os médicos a haviam envolvido num gesso depois da cirurgia. Eu me recordava disso. Uma dor forte e persistente ardia no centro do meu tornozelo por baixo do gesso e ia pulsando em direção ao joelho. "Não sei", respondi. "Sempre dói."

"Está insuportável?"

Eu balancei a cabeça. Quase nada me era insuportável.

A enfermeira sorriu. "Muito bem", elogiou. "A sua mãe disse que você é durona." Entregou-me um comprimido. "Engula."

"A Susan não é minha mãe", retruquei. Graças a Deus. Engoli o comprimido e tornei a cair no sono.

Quando abri os olhos, vi a cara de Jamie a centímetros da minha. Parecia que não escovava o cabelo havia semanas. Tinha os olhos vermelhos e inchados. Estava chorando. Eu entrei em pânico. "O que houve?"

O Jamie se atirou na cama. Esbarrou no meu gesso. Eu me encolhi.

"Calma", disse Susan, puxando-o para trás.

O Jamie enterrou o corpo em mim.

Eu o abracei e encarei a Susan por sobre o ombro. "Diga o que aconteceu", pedi.

"Estava na carta de lady Thorton", respondeu ela.

Eu assenti. Sabia disso.

"A nossa mãe morreu", disse o Jamie.

É possível saber um monte de coisas e mesmo assim não acreditar em nenhuma delas.

02

Eu sabia que a minha mãe — a Mãe — trabalhava à noite numa fábrica de munição em Londres. Sabia que Londres estava sendo bombardeada todas as noites, em ondas ferozes e horrendas. Sabia que os alemães alvejavam as fábricas, sobretudo as de munição. Eu mesma já havia enfrentado um bombardeio. Paredes de tijolos explodiram sobre a minha cabeça. Estilhaços de vidro desabaram pela rua feito neve.

Eu sabia que a Mãe podia morrer. Só não acreditava. Mesmo com todas as bombas. Eu achava que a Mãe ia viver para sempre.

Achava que o Jamie e eu nunca seríamos livres.

Eu abracei o Jamie. Ele soluçava. Deu outro tranco no meu gesso. Consegui não gritar.

A Susan enfiou um travesseiro entre o Jamie e o meu gesso. Acomodou-se na beirada da cama. Esfregou as costas do Jamie.

“É verdade?”, perguntei.

“É verdade”, ela respondeu.

“Verdade verdadeira?”

“Eu lamento muito”, disse a Susan.

“Lamenta *mesmo*?”, perguntei.

Eu lamentava? Achava que sim.

Talvez? Minha mãe me odiava.

A senhora não precisa mais ficar com a gente, eu tinha dito a ela uma semana antes, em Londres. *E isso é garantido?*, ela respondera.

Agora era.

"Este não é um final feliz", disse a Susan. "Não é o pior final possível, mas não é feliz, e eu sinto muito por isso. Por outro lado, estou grata por ter chegado ao fim. Sua mãe não pode mais fazer mal a vocês."

"Não." Não sei se a Mãe e eu poderíamos ter tido um final feliz. Sempre esperei que sim — claro que esperava, ela era minha mãe —, mas era mais uma coisa na qual eu não acreditava por completo. Eu me virei para o Jamie. "Por que você está triste? A Mãe odiava a gente. Ela mesma disse."

O Jamie soluçou ainda mais. "Eu amava ela", respondeu ele.

O Jamie era melhor que eu. Ele provavelmente amava mesmo a Mãe. Eu, não. Queria amar. O que eu mais queria era que ela me amasse.

Tornei a olhar a Susan. "Como eu tenho que me sentir?" Uma boa filha estaria triste, eu imaginava. Mas, se a Mãe tinha morrido, eu não era mais filha de ninguém.

Eu não estava triste. Não estava feliz. Nem com raiva. Nem nada.

A Susan agarrou a minha mão por cima das costas pequeninas do Jamie. "Pode se sentir como quiser."

"Tem alguma palavra pra quando a gente não sente nada?"

"Tem", respondeu a Susan. "Atônita. Eu fiquei atônita quando soube que a minha mãe tinha morrido."

Eu olhei para ela. "Quando foi que a sua mãe morreu?"

"Uns anos atrás. Muitos meses antes da Becky."

A Becky, melhor amiga da Susan, tinha morrido de pneumonia três anos antes da guerra. Eu sabia disso. As duas moravam juntas; a casa bombardeada da Susan antes tinha sido da Becky, e foi a Becky quem deu o Manteiga à Susan.

"As duas mortes foram difíceis", disse Susan. "Meu sentimento em relação à morte da minha mãe foi mais complicado."

Eu soltei minha mão da dela. "Como é que lady Thorton ficou sabendo?" Antes da última semana passamos um ano sem ter notícias da Mãe, nenhuma palavra, apesar de todas as cartas escritas por mim e pela Susan, até que ela apareceu pessoalmente para me arrastar com o Jamie de volta a Londres.

"Eu tinha fornecido o novo endereço da sua mãe ao SVF. Uma das equipes de Londres contatou lady Thorton. Suponho que estejam monitorando as listagens de baixas."

O SVF era o Serviço Voluntário Feminino. Faziam serviço de guerra. A Susan fazia parte do SVF da nossa cidade. Lady Thorton era a líder, o que fazia dela encarregada de evacuados como eu e o Jamie.

A Susan tentou me dar a mão outra vez. Eu puxei. O Jamie continuou chorando. Eu queria confortá-lo, mas me sentia vazia por dentro. Eu não sabia o que o Jamie e eu éramos, se a Mãe tinha morrido. A gente ainda podia ficar com a Susan? Ainda éramos evacuados?

"O que acontece agora?", perguntei.

A Susan fez uma pausa. "Eu não sei", respondeu ela. "Vou perguntar à lady Thorton sobre os arranjos."

Eu pestanejei.

Meu coração descompassou.

Não era a resposta que eu esperava.

Não era a resposta que eu queria.

Arranjos.

A palavra veio repleta de preocupação. Chegou com uma onda de pânico. Desabou no fundo do meu estômago. Onde eu havia ouvido essa palavra antes?

A Susan não disse "não se preocupe". Não disse "é claro que vocês vão morar comigo". Não disse "vou garantir que recebam cuidados". Ela dissera tudo isso no dia em que nos resgatou da Mãe pela segunda vez, no dia em que teve a casa bombardeada. Disse que ficaríamos juntos para sempre.

Eu acreditei nela.

Ela estava mentindo? Ou tudo havia mudado por conta da morte da Mãe?

"Tem alguma palavra pra crianças com os pais mortos?"

A Susan engoliu. "Órfãos", respondeu.

Órfãos. O Jamie e eu agora éramos órfãos, não evacuados.

Não seríamos mais protegidos por lady Thorton. A Susan não ia poder ficar com a gente. Com os órfãos aconteciam outras coisas.

Uma dor me invadiu as entranhas. Uma dor que eu jamais sentira no pé. Abracei o Jamie com mais força. Fosse lá o que acontecesse, eu me agarraria a ele. Nunca deixaria que nos separassem.

"Logo vou estar andando", eu disse, "e vou ser muito útil."

A Susan piscou. "A sua recuperação vai levar uns meses. Você sabe disso."

"Eu sou muito esforçada", insisti.

"É mesmo", respondeu a Susan. "Mas não vai ficar boa mais rápido por causa disso. Não sei se vão te deixar sair do hospital, seja lá o que mais aconteça."

"Eu tenho que sair agora?" O dia ficava cada vez pior.

"Não, não, claro que não." A Susan soava distraída. "Estou falando do funeral. Se houver. Seja lá o que for feito."

Funeral. Outra palavra que eu não compreendia. Mesmo depois de passar um ano com a Susan, havia tanta coisa que eu não entendia. A Mãe não tinha muito jeito com as palavras, e havia um limite para o que eu conseguia aprender sozinha olhando pela única janela do nosso apartamento.

Arranjos. "Formem uma fila, encostados na parede", dissera lady Thorton em setembro do ano passado, usando sua voz encrespada de líder do SVF. "Vamos aos arranjos."

Tínhamos acabado de chegar de trem à vila, evacuados de Londres. Uma horda de crianças imundas e desgrenhadas, e o Jamie e eu éramos os mais tenebrosos. Eu estava exaurida do esforço da fuga, meu pé torto vertendo sangue, doendo tanto que meus joelhos tremiam. O povo da cidade passava pela gente e nos olhava de cima a baixo.

Ninguém quis o Jamie, nem a mim. Eu agora estava de volta àquele lugar, só que mais limpa e com o pé direito engessado.

"É melhor você ir", eu disse, dando as costas para Susan. "Precisa começar a fazer os arranjos."

03

Quando a Mãe me trancava em casa, eu pelo menos podia dar uma circulada. Agora estava presa a uma cama de hospital, impotente, imóvel, longe do Jamie e do Manteiga.

Eu não teria o Manteiga se tivesse que me afastar da Susan.

A Susan não amava o Manteiga, não como eu. Ele havia sido deixado pela Becky. Talvez, se eu fosse morar num lugar onde pudesse ter um pônei, a Susan me emprestasse o Manteiga. Era eu quem tomava conta dele.

Levei as mãos ao rosto. Encharquei o travesseiro de lágrimas. Tentei não fazer barulho.

O Jamie provavelmente ia poder levar o gato. O Bovril era um bom caçador de ratos. Até a Mãe talvez tivesse deixado o Jamie ter um gato.

"Sinto tanto pela sua mãe", sussurrou uma das enfermeiras mais jovens. Cobriu meus ombros com os cobertores.

Eu não respondi. A Susan tinha tentado me ensinar boas maneiras, mas eu não sabia como ser educada ao ouvir alguém dizer que lamentava a morte da minha terrível mãe.

"O seu pai está no exército?", perguntou a enfermeira.

Eu balancei a cabeça. "Ele morreu", sussurrei. "Há muito tempo. Nada a ver com a guerra. Agora somos órfãos."

A enfermeira se espantou. "Coitadinhos!"

Eu rolei o corpo para a parede. "O que acontece com os órfãos?", indaguei. "Onde os órfãos moram?"

"Em orfanatos, eu presumo", respondeu a enfermeira. "Mas decerto a sua tia..."

"Ela não é nossa tia", respondi.

Naquela tarde, quando a Susan voltou, eu fingi estar dormindo. Ao retornar, depois do chá, ela trouxe o Jamie. Trouxe também o nosso livro, *Os Robinsons Suíços*, o único que ainda tínhamos. Estava no abrigo antiaéreo quando a casa foi bombardeada. Bom saber que o abrigo havia salvado alguma coisa.

A Susan abriu o livro no início. "'Tínhamos passado muitos dias'", ela leu, "'abalados por uma tormenta...'"

"Não!" Eu tapei as orelhas com as mãos. "Por favor... eu não quero..."

Os Robinsons tinham sofrido um naufrágio e foram parar numa linda ilha, onde tudo acabou sendo uma beleza para eles. O Jamie amava a história. Eu nunca tinha gostado. Agora odiava.

O Jamie e eu também éramos náufragos, mas no fim das contas não tínhamos sido resgatados. Não tínhamos chegado a uma ilha. Ainda lutávamos para não nos afogarmos no mar abalado pela tormenta.

A Susan fechou o livro. Eu me agarrei ao Jamie e solucei.

Os dias se passavam, e nada de arranjos. Perguntei à jovem enfermeira sobre os orfanatos. "Ah", disse ela, com a expressão nebulosa, "tenho certeza de que alguns hoje em dia são bons lugares. Nada como antigamente. Quer dizer, as crianças têm o que comer e tudo. Ninguém passa fome."

"Eu posso levar um pônei?", perguntei.

"Isso não sei dizer", respondeu ela, o que significava que não.

Todo dia os médicos cutucavam e espetavam a minha perna. Trocaram meu gesso por outro, idêntico ao primeiro. Não me deixavam usar muletas. Se recusavam a me deixar sair da cama.

A Susan me visitava todas as manhãs, o rosto tranquilo e amoroso. Trazia o Jamie para me ver todas as tardes, assim que ele saía da escola.

Quando fomos morar com a Susan, ela me deu muletas.

Quando a Mãe voltou para nos levar, jogou as muletas fora. Por isso o Jamie e eu fomos atingidos pelo ataque aéreo em Londres. Estávamos na rua, e eu não consegui apressar o passo para encontrar um abrigo antes do bombardeio. Nos encolhemos debaixo da chuva de pedras e estilhaços.

Uma enfermeira da noite me acordou às sacudidas. "Está gritando", disse ela. "Pare."

Eu estava trêmula e empapada de suor. "Bombas", expliquei. "Caiu um muro na minha perna. Eu não conseguia me mexer."

"Foi um pesadelo. Contenha-se. Está assustando os menores."

A enfermeira foi embora. Eu encarei o teto. Meu coração estava acelerado. Eu precisava fazer xixi, o que significava ter que chamar uma enfermeira e usar um penico, o que me fez lembrar a Mãe me obrigando a usar o balde no nosso antigo apartamento. Eu sabia onde ficava o banheiro — tinha ido até lá antes da cirurgia. O corredor estava escuro, mas uma luz cintilava no posto de enfermagem do corredor.

Eu me sentei. Afastei os cobertores e lençóis. Dei uma pancadinha no gesso duro. Meu pé quase não doía. Balancei as pernas até o chão.

As muletas teriam facilitado, mas havia várias camas espalhadas pelo quarto. Eu me equilibrei nas grades das camas e fui arrastando o gesso pelo chão. Era difícil, mas senti alegria por estar me deslocando. Deslizei até o banheiro, usei o vaso e saí. Estava quase na metade do caminho de volta pelo corredor escuro quando uma voz irrompeu atrás de mim. "Que *raios* está fazendo?"

Eu dei um salto, assustada. Perdi o equilíbrio. Abanei os braços no ar, tropecei na cama mais próxima e desabei sobre a ocupante, uma garotinha que dormia com a perna quebrada para cima. Ela gritou. Empurrei o corpo para o lado e caí. Meu joelho direito virou. A dor correu pelo meu tornozelo. Eu gritei também.

A ala inteira acordou. Alguém acendeu as luzes. Um par de enfermeiras me carregou de volta até a minha cama. Outras acalmaram e confortaram a garotinha.

"Você já está bem grandinha para esse tipo de coisa!", sibilou a enfermeira-chefe. "Acordar todo mundo com essa agitação, se arriscar dessa maneira ridícula! Vai ter sorte se não tiver prejudicado a sua recuperação. Deixe só a sua mãe saber disso!"

"Ela não é minha mãe!"

A enfermeira-chefe não deu bola.

De manhã, o médico disse que eu não parecia ter me prejudicado. A enfermeira contou para a Susan mesmo assim. A Susan não gostou nada. "Não sei o que deu nela", disse a enfermeira.

"Eu sei", respondeu a Susan. "Eu sei que é difícil", disse para mim, baixinho, "mas você precisa descansar até ficar boa. Se tornar a levantar, eles vão te amarrar à cama."

Eu estremeci. Então vi o que a Susan segurava. "Você trouxe outra carta. De lady Thorton." Meu estômago revirou. Lá vinham os arranjos.

Susan esperou que a enfermeira saísse. Então se sentou na minha cama. Parecia triste. "Temo que a notícia seja difícil. Venho tentando pensar numa forma de dizer isso com delicadeza, mas não encontrei." Ela tomou a minha mão. Eu puxei de volta.

Pensei que fosse parar de respirar.

Eu tinha que ficar com o Jamie.

Tinha.

"A sua mãe foi cremada", disse a Susan. "Foi por conta da guerra, porque houve muitas vítimas na fábrica e porque não ficamos sabendo da morte a tempo de reclamar o corpo. As cinzas foram postas num jazigo coletivo. Não vamos poder organizar um funeral. Não vamos poder enterrá-la, nem em Londres nem na nossa vila. Eu sinto muito."

Eu não fazia a menor ideia do que ela estava falando.

"Ada?", indagou Susan. "Tudo bem?"

Eu não sabia por onde começar. A palavra *funeral*. Cremada. As cinzas... alguém estava limpando a lareira da mãe? O que tudo aquilo significava?

"Mas eu tenho uma notícia boa", continuou Susan. "Lady Thorton nos ofereceu um chalé na propriedade dela. Pra morar. Disse que é bem pequeno, mas está quase todo mobiliado."

Eu não conseguia falar.

"Eu não sabia o que a gente ia fazer", disse Susan. "O governo vai me pagar uma indenização pela casa da Becky, mas dizem que pode levar anos. Não consegui encontrar nada pra alugar lá na cidade." Ela me encarou. "Você está tão quieta. Eu sei que é um choque. O que está pensando?"

Quando as coisas ficavam muito ruins, a minha cabeça escapulia para um lugar onde ninguém podia me alcançar. Eu fugi para o pasto do Manteiga, fui cruzar os pastos verdes galopando em cima dele...

"Ada", disse a Susan. Deu um tapinha no meu braço para me trazer de volta.

Eu respirei fundo. "Quando é que a gente vai pro orfanato?"

"Como é?"

"Quando é que o Jamie e eu..." — ai, Deus, por favor, me deixe ficar com o Jamie, por favor — "quando a gente vai pro orfanato?"

"Orfanato?" A Susan parecia ter levado um tapa meu, de tão chocada. "Ada! Por que diabos vocês iriam para um orfanato?"

Eu cravei os olhos nela. "Então pra onde a gente vai?"

"Pra lugar nenhum! Nada mudou. De onde você tirou essa ideia? Foi a sua mãe que morreu. Eu ainda estou viva!"

"Você falou que tinha que fazer os arranjos!"

"Os arranjos do funeral!"

"Eu não sei o que é isso!"

Susan ficou paralisada. "Ai", disse ela. "Ai, pelo amor de Deus. Pobrezinha. Você devia estar agoniada. Por que não disse nada?"

"Você nunca quis filhos", retruquei. "Você mesma falou." Ela tinha dito e repetido, logo que chegáramos. "E nós não somos mais evacuados. Somos órfãos. Lady Thorton não é mais responsável por nós, e nem você, e o orfanato não vai me deixar levar o Manteiga."

"Ah, Ada." A Susan se inclinou e me abraçou. Tentei me soltar, mas ela apertou firme. Era mais forte do que parecia. "Você entendeu tudo errado", disse ela, num tom suave. "Vocês são órfãos, pelo menos em teoria, mas é claro que vão ficar comigo. De certa forma é mais simples, agora que a sua mãe morreu. Não devo ter problemas em me tornar a guardiã legal de vocês dois. Quando falei dos arranjos, quis dizer os da sua mãe. Para o cadáver."

Eu não sabia o que significava *cadáver.* Podia imaginar, mas tinha medo.

"Para o corpo dela", disse a Susan. "Só isso. Você e o Jamie ficam comigo."

Eu tentei falar, mas não saiu nada. Engasguei, então comecei a chorar, e a Susan me embalou, indo e vindo, indo e vindo, como se eu fosse um bebezinho, como se ela me amasse, como se sempre tivesse me amado.

04

No sábado seguinte com tempo bom, a Susan convenceu as enfermeiras a deixá-la sair comigo na cadeira de rodas. Já era outubro, o ar estava fresco e agradável, o céu azulzinho. Soprava um aroma de lenha queimada. Nenhum avião à vista. Nenhuma bomba. Sem invasão, pelo menos não por ora.

Eu usava um cardigã e um vestido que a Susan havia garimpado num bazar. Tinha um cobertor sobre o meu gesso e a perna esquerda estava descoberta. A Susan empurrava a cadeira de rodas. O Jamie ia saltitando ao lado. "Vamos subir a rua e tomar um chá", disse a Susan, "mas antes eu quero mostrar uma coisa a vocês." Ela parou a cadeira na entrada de uma igreja. Era maior que a da nossa vila, mas fora isso era bem parecida, marrom e retangular, com um campanário comprido e um cemitério repleto de pedras erguidas.

"Falem baixinho", sussurrou Susan. "E não apontem, mas olhem para lá. Estão vendo aquelas pessoas, a cova vazia — é o buraco no chão — e a caixa de madeira? A caixa é chamada de caixão. Esta é a última parte de um funeral. A primeira acontece dentro da igreja. Agora vão enterrar o falecido."

"Falecido?", perguntou o Jamie.

"A pessoa que morreu", explicou Susan.

"No chão?", indagou ele, com um ganido.

"Sim, ora", respondeu a Susan, olhando para nós. "Onde é que você ia querer botar?"

Eu tinha reparado que havia uns nomes gravados nas pedras do cemitério da nossa vila, mas não sabia que isso indicava haver corpos de pessoas enterrados ali. "Nunca tinha pensado nisso", respondi.

"Eu esperava poder enterrar a mãe de vocês na nossa cidade", disse a Susan.

"Por quê?", perguntou o Jamie.

"Pra servir de memorial. Um lugar aonde vocês pudessem ir e pensar nela. Pensar nas boas lembranças."

Eu teria que me esforçar muito para ter uma boa lembrança.

"Mas ela foi cremada", eu disse. Eu recordava as palavras. Só que nem sempre as entendia.

"Foi", disse Susan. "Isso quer dizer que o corpo dela foi queimado até virar pó."

Eu a encarei. "Você está brincando."

Ela parecia um pouco desconfortável. "Não", respondeu. "Na verdade é uma forma profundamente respeitosa de se tratar os mortos. E muito útil em tempos de guerra."

"Se a gente não tem o corpo dela, como sabemos que está mesmo morta?", perguntei.

"Vamos receber uma certidão de óbito", respondeu a Susan. "Vai chegar pelo correio. Como a sua certidão de nascimento, só que ao contrário."

"Ah", respondi. Eu guardava a minha certidão de nascimento numa caixinha especial.

"Quando chegar, eu te entrego", disse Susan. "E você guarda pra gente."

Eu assenti. Isso seria bom.

"Podemos tomar chá agora?", perguntou o Jamie.

Ela apertou a mão dele. "Claro."

Fechei a cara para os preços do cardápio da casa de chá. "Se a gente não é mais evacuado", eu disse, "então o governo não vai continuar te pagando pra cuidar da gente. Você não vai poder pagar isso." A casa bombardeada da Susan era chique, mas ela sempre dizia que não tinha muito dinheiro, e também não tinha emprego.

"Eu vou dar um jeito", respondeu a Susan. "Eu te disse, já dei entrada na papelada. Vou ser a guardiã legal de vocês."

Eu gostava daquele som. *Guardiã* era uma palavra forte. "Assim que eu sair do hospital, vou arrumar um trabalho", eu disse.

A Susan sorriu. "Ah, Ada", disse ela. "Por favor, relaxe. Você não precisa se preocupar com dinheiro."

"Quem pagou a minha cirurgia?", indaguei. "E o hospital, e a pensão, e todas as coisas novas?"

A Susan balançou a cabeça. "Não sei bem se você precisa saber disso."

"Preciso."

Ela deu um suspiro. "Eu comprei as suas roupas. O SVF se cotizou para ajudar com as nossas despesas diárias." Ela respirou fundo. "Lorde e lady Thorton pagaram a sua cirurgia."

"*Lady Thorton?*", perguntei.

"Eles são montados no dinheiro", disse Jamie, dando um golinho no chá.

Eram mesmo, o que não significava que eu quisesse que gastassem comigo. "Então agora eu tenho que ser grata", concluí. "Lady Thorton." Eu nunca tinha visto lorde Thorton. Ele estava fora, trabalhando para a guerra.

"Espero que você já seja grata", disse Susan. "Por tudo o que ela já fez por você, ajudando com o Manteiga, doando as roupas antigas da Maggie... sem falar no chalé onde vamos morar."

O Jamie olhou a Susan. "Ela deu você pra gente."

Era verdade. No fim das contas, os arranjos de lady Thorton tinham sido me jogar com o Jamie em seu automóvel e nos largar na casa da Susan. Fora a melhor coisa, por mais que na época não parecesse.

"Não quero ter que sentir gratidão", resmunguei.

Susan sorriu. "Eu entendo. Mas sinta mesmo assim."

Grata à mulher da cara de ferro. Grata por cada gesso novo na minha perna. Grata por ser amarrada à cama quando tornasse a ser pega tentando usar o banheiro. Grata por ser acordada pelas enfermeiras quando gritasse com meus pesadelos.

"Siga adiante", disse Susan. "A única saída é seguir em frente." Ela me trouxe livros da biblioteca, lã da lojinha, novas agulhas de tricô, lápis e papel para passar o tempo. Cartas da Maggie, que estava no internato. Um jogo de damas para jogar com o Jamie à tarde. "Coragem", disse ela.

"Isso é o mesmo que sentir gratidão?", perguntei. Me sentia um bocado rebelde.

A Susan assentiu. "Às vezes."

Em 29 de novembro o Jamie fez sete anos. A Susan e eu o presenteamos com um bolinho e um aviãozinho de lata — um Spitfire, o tipo de caça pilotado pelo Jonathan, irmão da Maggie.

Três dias depois, o médico retirou meu gesso. Em vez de preparar minha perna para um novo, como costumava fazer, ele me pegou pela cintura e me ergueu da mesa. "Pois bem", disse. "Vamos aplicar um pouco de gravidade."

Ele me botou no chão.

De modo que eu fiquei de pé.

A Susan sorriu. "Vamos lá", disse o médico, "ponha um pouco de peso."

Eu agarrei a beirada da mesa e empurrei a perna direita para baixo. Senti o tornozelo direito se mover um tiquinho. Doeu, mas isso eu já esperava. Apliquei mais peso à perna direita. As duas pernas tremiam. Fazia muito tempo que eu não as usava.

Eu estava de pé. De pé. Nos dois pés. Afastei a camisola e olhei para baixo. Dois pés. Dez dedos, todos apontados para a frente; dez unhas, todas para cima. O pé direito era menor e cheio de cicatrizes, ainda com um calo na pele onde o topo costumava fazer as vezes de base. Mas parecia um pé, não uma aberração.

Se eu tivesse um pé assim, talvez a Mãe não gritasse comigo.

A cirurgia tinha funcionado.

Eu *não* tinha mais pé torto.

Enquanto eu olhava, meus pés embaçaram, então clarearam, então embaçaram de novo. Grandes bolhas de lágrimas despencaram dos meus olhos. Meus ombros começaram a tremer; eu teria desabado no chão, mas a Susan me abraçou. Me abraçou como na manhã em que me encontrou com vida em Londres, depois do bombardeio. "Não sei quanto a você, mas eu estou me acostumando com essa coisa dos abraços", sussurrou ela no meu ouvido. Aquilo me fez rir, mesmo que eu ainda estivesse chorando. Eu fiquei de pé e solucei, e fiquei de pé, e solucei, e fiquei de pé e fiquei de pé e fiquei de pé.

Naquela tarde, o Jamie entrou correndo na ala trazendo uma caixa de papelão. "Mostra o pé!", disse ele.

Eu estava deitada sobre os cobertores, com as pernas estendidas diante do corpo. "Olha aí", respondi. Havia passado a tarde inteira admirando meus pés.

O Jamie escalou a cama. Correu os dedinhos pela robusta cicatriz que envolvia o meu pé direito. "Eita", disse ele. "Agora parece pé de verdade."

Eu não imaginava que o meu pé pudesse mudar tanto. O tornozelo jamais se dobraria perfeitamente, o médico explicou, e por dentro o pé não era normal, mas eu poderia caminhar com a sola no chão e usar sapatos de verdade nos dois pés. Era mais que suficiente.

"Aqui", disse Susan, me entregando a caixa do Jamie. "Pra comemorar."

Eu ergui a tampa. Era um par de sapatos. Sapatos de couro com uma tirinha no tornozelo, feito os que a Maggie usava. Sapatos novos e bons, o que já era quase impossível de se encontrar nas lojas.

"A gente comprou faz um tempão", disse o Jamie. "Um dia antes da sua cirurgia."

Primeiro deslizei o sapato no pé esquerdo. Então espichei a

mão até o novo pé direito. Enfiei o sapato nos dedos. Empurrei o tornozelo para baixo. Apertei a tirinha. O direito estava um pouco largo. Os dois tinham espaço sobrando no dedão. Espaço para crescer. Eu ia poder usar aqueles sapatos por um bom tempo.

Nos sapatos, meus pés pareciam idênticos. Nem dava para ver a cicatriz.

Não passa de um monstro, com esse pé horrível. Era o que a Mãe dizia e repetia, até que eu desse tudo o que tinha para não acreditar nela.

Eu nunca mais teria que ouvir aquilo.

Uma súbita onda de desespero me dominou. "Era só isso?", perguntei, encarando a Susan. "Uns dois meses no hospital davam jeito?" Eu passara a vida infeliz por causa daquele pé.

Os olhos da Susan se encheram de lágrimas. "A sua mãe não sabia", respondeu ela.

"Sabia, sim. Ela queria ter motivo para me odiar."

O Jamie olhou para mim, para a Susan e depois para mim outra vez. "Achei que você fosse ficar feliz."

"Ah, Jamie." Eu respirei fundo. "Eu estou feliz." Balancei as pernas até o chão. "Me ajude a caminhar."

"Cuidado", disse Susan. "Suas pernas ainda estão sem força, querida."

"O Jamie vai cuidar de mim." Estendi as mãos e deixei que ele me equilibrasse. Começamos a caminhar pelo quarto. Um passo, depois outro. Pé esquerdo. Pé direito.

Antes, quando eu andava sobre o pé ruim, meus ossos eram triturados. A pele abria e sangrava. Cada passo doía mais. Agora, cada passo doía menos. Minhas pernas estavam fracas e trêmulas, mas eu estava caminhando.

"Você está conseguindo!", disse o Jamie.

Eu mal podia acreditar. "Daqui a pouco", eu disse, "vou estar correndo. E mais rápido que *você*."

O Jamie escancarou um sorriso. "Eu ainda vou ser mais rápido", respondeu ele. "Eu vou sempre ser mais rápido."

"Vai nada."

"Vou sim!"

Eu queria dormir de sapato, mas as enfermeiras me obrigaram a dormir com o pé direito apoiado num gancho. Só por um tempinho, disseram. Passei mais umas semanas no hospital, fazendo exercícios e fortalecendo as pernas; então, na terceira semana de dezembro, demos adeus às enfermeiras e aos médicos e ao gancho e às muletas e a tudo o mais. Calcei os sapatos sobre meias grossas de inverno, e fomos para casa.

05

"Desenhe um mapa", pedi à Susan enquanto subíamos no trem. Caminhei até a estação feito uma menina normal. Pé direito, pé esquerdo. Sem muletas. Quase sem mancar. Bem diferente do dia da evacuação, quando o meu vizinho, Stephen White, acabou me carregando. "Nós vamos passar por Londres? Mostre onde a gente está e aonde a gente vai." A Susan às vezes me desenhava mapas do nosso vilarejo, para que eu não me perdesse nas saídas com o Manteiga.

"Por Londres, não", disse Susan. Soldados abriram espaço para que sentássemos juntos. Susan acomodou nossas malas no compartimento de bagagens e enfiou a cestinha do Bovril debaixo do assento. Encontrou um lápis e uma folha de papel na bolsa. Desenhou. "Esta é a Inglaterra. Aqui é onde nós estamos. Aqui é Londres. Aqui é a nossa casa." Ela rabiscou uma linha para mostrar a rota de trem até Kent.

James apontou para o espaço em branco na lateral do papel. "O que tem aqui?"

"Dragões", respondeu a Susan.

Nós a encaramos. Ela riu. "Estou brincando. Antigamente as pessoas desenhavam dragões nas beiradas dos mapas. Quando o mundo ainda não tinha sido totalmente explorado, os cartógrafos imaginavam que havia dragões habitando estes lugares desconhecidos."

Ainda a encarávamos. "O que são dragões?", perguntou Jamie. Eu também não sabia.

"Criaturas enormes, míticas, que cospem fogo. Lembram lagartos, mas são gigantes", explicou Susan. "Alguns até voam."

Os olhos de Jamie estavam arregalados. Eu fechei uma carranca. Ela estava falando sério? Eu não sabia dizer. "Não quero dragões", afirmou Jamie.

"Está bem", disse Susan. "A gente não põe no nosso mapa."

Em vez disso, ela desenhou o canal da Mancha, no sul da Inglaterra, e uma linha representando a costa da França, do outro lado. Em cima da França ela escreveu *Ocupada pela Alemanha*. "Pior que dragões", comentou.

Eu duvidava. Pior que lagartos gigantes, voadores, que cuspiam fogo? Talvez pudéssemos mandar uns dragões atrás do Hitler.

A noite caiu antes de chegarmos à estação do nosso vilarejo. Pegamos um táxi até o novo chalé. O Jamie grudou a testa na janela do carro. "A gente antes morava numa casa na árvore", ele disse, "mas agora vamos morar numa caverna." Isso era, claro, d'*Os Robinsons Suíços*.

"Pois é", respondeu a Susan. "No início vai ser espartano, mas a gente vai deixar tudo aconchegante. Vai ser muito mais quentinho e sequinho que morar naquela árvore."

Eu revirei os olhos. "Por que você dá corda?"

Ela abriu um largo sorriso. "Sugere alguma alternativa?"

Bem, não. Não mesmo.

O chalé ficava num bosque sombrio, desfolhado agora no inverno, escuro e cinzento. As paredes de pedra clara cintilavam sob o luar. "Achei que era pra ser pequeno", eu disse. O chalé tinha o dobro do tamanho da antiga casa da Susan e da Becky.

A Susan pestanejou. "Eu esperava que fosse. Lady Thorton descreveu como pequeno."

Pequeno comparado à Casa Thorton, que era do tamanho de uma estação de trem, mas não comparado a qualquer outra coisa.

Susan pagou o motorista do táxi, apanhou uma enorme

chave de ferro de baixo de um vaso de plantas na escada da frente e meteu na fechadura da porta. Do lado de dentro, o chalé estava um breu. Telas de blecaute cobriam as janelas. A Susan tateou à procura de um interruptor, e uma única lâmpada, pendurada no meio do teto, deu uma piscadela, iluminando bem de leve um cômodo grande e quase vazio. Num canto, alguma coisa se remexeu e saiu correndo. Torci para que fosse um camundongo, não uma barata nem uma ratazana. O Jamie ergueu a tampa da cesta do Bovril. O gato deu um ronquido e disparou atrás do barulho.

Pela primeira vez na vida, amei o gato do Jamie.

O ar tinha um cheiro fresco, não úmido, mas as paredes de gesso emanavam frio. Fui atrás da Susan, que inspecionava o andar de baixo, acendendo as luzes pelo caminho. De um lado da grande sala havia uma cozinha, com uma mesa bamba e um conjunto de cadeiras. Atrás havia um quartinho de fundos, vazio, e uma espécie de área de serviço com um caldeirão de ferver roupa e um cesto cheio de carvão. "Graças aos céus", disse Susan ao ver o carvão.

Ao nos aproximarmos da escada, o Jamie desceu correndo. "Cinco quartos!", disse ele.

"Ai, que bom", respondi. "O Bovril pode dormir sozinho."

O Jamie me deu uma olhada rápida. "O Bovril dorme comigo. Dorme *você* sozinha."

"Melhor ainda."

Eu subi. Cinco quartos e um banheiro. Dois quartos estavam vazios. Três abrigavam camas já feitas, com travesseiros, cobertores e lençóis.

Fora gentileza de lady Thorton preparar as nossas camas. Generoso, feito o cesto cheio de carvão.

Feito a minha cirurgia.

Desci as escadas de volta. Fiz assim: pé direito, pé esquerdo. Pé direito, pé esquerdo. Normal. Só andei.

Foi maravilhoso.

Jamie estava erguendo um balde de carvão até a sala de

estar enquanto a Susan acendia o fogo. "A gente não precisa de tanto espaço", eu disse.

"Eu sei", respondeu a Susan. "Sou grata, de verdade, mas preferia um lugar menorzinho. Vai custar uma fortuna aquecer tudo isso."

O Jamie ergueu a cabeça e a encarou por detrás da franja desgrenhada. "A gente quer uma caverna grande", disse ele. "Quando chegarem as tempestades, vamos precisar de espaço pra todo mundo."

A Susan me deu um quarto no alto da escada. Um quarto inteiro só para mim. Era grande até demais, com uma única janela, papel de parede amarelo e chão frio de madeira lisa. Tinha cama, mesa com luminária, uma estante de livros e um pequeno armário para as minhas roupas. Tudo de que eu precisava na vida.

Eu tirei os sapatos e pus na prateleira, onde pudesse vê-los caso acordasse no meio da noite. Desfiz minha mala, tirei as roupas de dormir, as meias extras e as calcinhas. Puxei lá do fundo a caixa onde guardava minha certidão de nascimento. Pus na prateleira ao lado dos sapatos. Tirei o suéter e o vestido e coloquei a camisola. Eu tremia, e coloquei também o roupão do hospital. Apaguei a luz, baixei o blecaute e espiei pela janela o jardim atrás da casa. Havia um abrigo antiaéreo semienterrado próximo à porta da copa, e um grande cercado quadrado, vazio, envolvia um trecho de grama mais atrás.

Eu ergui a janela, meti a cabeça para fora e senti o ar da noite. "Manteiga", disse. Na antiga casa da Susan, o Manteiga morava no pasto dos fundos. Sempre que eu o chamava ele vinha galopando, de orelhas e rabo alertas. Vinha deslizando, parava bem na minha frente e baixava a cabeça, todo manso. Nunca me derrubou, nem no começo, quando eu era fraca e assustada. "Manteiga", suspirei, abafando as lágrimas. Eu sentia tanta saudade dele.

A Susan entrou trazendo outro cobertor. Parou ao meu

lado, em frente à janela. As lágrimas já corriam pelo meu rosto, mas a Susan não disse nada. "O jardim é lindo", comentou ela, no entanto.

"Estou com saudade do Manteiga."

Susan fechou a janela. "Você vai ver ele amanhã. De manhãzinha." Ela me abraçou pelos ombros. "Agora, para a cama. Você está exausta."

Eu estava. Não tinha percebido, mas de repente me vi tão cansada que mal conseguia ficar em pé. Deslizei nos lençóis frios da cama. A Susan me cobriu com o cobertor extra. Tocou os lábios no alto da minha testa, e eu adormeci.

06

"O Bovril pegou um camundongo!", gritou o Jamie do corredor.

Eu me levantei de supetão. Era de manhã. Ainda bem que a porta do meu quarto estava fechada. Pelo menos camundongos eram melhores que baratas ou ratazanas.

Eu me vesti depressa. *Manteiga.* No andar de baixo, a Susan pelejava com o estranho forno. "Aveia?", perguntou.

"Não, não, não", respondi, metendo os braços no casaco. A Susan riu. Me mostrou o caminho até os estábulos e me deu um pedaço de pão para comer no caminho.

Estava frio, e o sol mal iluminava o bosque cinzento. O ar tinha cheiro de casa — de feno, grama e mar salgado. Respirei fundo. Estava com tanta saudade.

Depois de umas poucas curvas, o caminho se abriu à estrada secundária que levava da Casa Thorton aos estábulos. Pude ver o telhado. Sabia onde estava. "Fred!", gritei, então *corri.*

Eu ainda não havia corrido muito. Tropecei, cambaleei e perdi o ar, mas estava correndo, correndo de verdade, e era tão divertido que fui gargalhando junto. Dobrei a curva para adentrar o pátio do estábulo, e lá estava o Fred, criado de lady Thorton, erguendo o chapéu para coçar a cabeça careca, como sempre.

O rosto dele se acendeu. Ele abriu os braços. O que foi bom, porque eu não consegui frear as pernas. Dei um encontrão nele. O Fred riu e me ergueu no ar, com um rodopio, e ao me arriar de volta nos dois pés firmes, me beijou a bochecha. Sempre tínhamos sido amigos — ele me ensinava a montar, eu o ajudava com as tarefas —, mas ele nunca tinha me beijado. "Ah, moça!", disse ele, apanhando o lenço e enxugando os olhos. "Não achei que fosse te ver tão ligeira. Não achei que fossem conseguir."

"Você nunca disse isso!"

"Achei que fosse melhorar um pouco. Agora, correndo, *correndo* eu não esperava."

Eu sorri abertamente. "Correndo."

"Correndo", repetiu. "Ah, eu estava com saudade. É bom ter você de volta." Ele respirou fundo. "Temos muito trabalho a fazer."

Eu corri até a fileira de baias. *"Manteiga!"*

O Manteiga meteu a cabeça dourada por cima de uma das portas entreabertas. Jogou as orelhas para a frente. Soltou um relincho baixinho. Seus olhos brilharam.

"Ele estava com saudade", disse o Fred. "Todo mundo estava."

Ninguém nunca tinha sentido saudade de mim.

Eu engoli em seco. Fui até o Manteiga e lhe esfreguei a testa. Ele cheirou as minhas mãos. "Fiquei com medo de ele me esquecer. Fiquei com medo de vocês dois me esquecerem."

"Sem chance", disse o Fred. "A gente precisa de você, não precisa? Ficamos felizes com a sua volta."

Precisavam. Eu era necessária. "A Maggie está em casa?" O internato dela ficava muito longe.

"Em breve", respondeu ele. "Ela vai gostar de ver você."

Não mais do que eu gostaria de vê-la. Corri os dedos pela crina do Manteiga. "Posso cavalgar primeiro, antes de começar o trabalho?"

O Fred apanhou a minha antiga sela lateral. Eu balancei a cabeça. "Vou montar com uma perna de cada lado, feito a Maggie", eu disse. "Agora tenho dois pés bons."

Ele hesitou um sorriso. "Moças finas montam de lado."

Eu ri. "Eu não sou uma moça fina. Sou uma garota normal."

"É, pode ser", disse o Fred.

"Posso ser uma garota normal?", perguntei. "Sim, por favor."

O Fred riu e foi apanhar a antiga sela tradicional do Manteiga no depósito dos Thorton. Nossas selas não haviam sido bombardeadas; ficara tudo no estábulo ao lado da casa da Susan. Agora estavam com o Fred.

Foi uma alegria ajeitar a sela no lombo do Manteiga, apertar a cilha nele, deslizar o bridão em sua boca e afivelar a cabeçada. Uma alegria subir na sela e deslizar os dois pés nos estribos. O Fred me ajudou a encompridar os couros. Eu havia crescido durante a estada no hospital.

Fred deu um tapinha no pescoço do Manteiga. "Não pegue muito pesado", disse ele. "Você ainda não recuperou a força nem o equilíbrio, e estou contando com a sua ajuda nas tarefas."

Eu sabia que ele tinha razão. Eu ainda não estava forte. Não sairia cavalgando até a minha colina de vigia nem avançaria muito pelos prados. Iria à cidade encontrar meu amigo de Londres, o Stephen White. Ele ia querer ver o meu pé novo.

Os cascos do Manteiga batiam nas pedras do pavimento. O ar do inverno me mordiscava o nariz. As passadas do Manteiga faziam meus quadris balançarem. Eu respirei fundo e senti o corpo relaxar. Meu tornozelo direito estava rígido no estribo. Sempre seria rígido, em qualquer situação, mas não doía. Cutuquei o Manteiga, que começou a trotar. Eu nunca tivera muita prática com o trote elevado — não se fazia isso numa sela lateral —, mas entendia o funcionamento, e depois de uns sacolejos encontrei um ritmo suave. Meu pé direito estava ótimo, desde que eu não forçasse o tornozelo para baixo. Firmei os ombros e me esforcei para manter os quadris paralelos. Sempre havia cavalgado meio torta.

O Manteiga soltou um longo suspiro. Eu cocei o ombro dele. Se pudesse ficar ali na sela para sempre, jamais sentiria medo.

O Stephen White morava com um homem muito velho chamado Coronel McPherson, numa casinha próxima à vila. Eu não tinha tido notícias do Stephen durante a estada no hospital, mas também não esperava. Às vezes escrevia para a

Maggie, pois ela passava muito tempo longe, na escola, mas ainda sentia dificuldade em escrever cartas. Fazia muito tempo que eu não lia nem escrevia.

O Stephen White foi o primeiro amigo que tive na vida. Quando saímos de Londres, ele me ajudou a fugir. Era a única pessoa além do Jamie que de fato entendia como era a minha antiga vida com a Mãe. Eu sabia que ele ia ficar tão contente quanto o Fred ao me ver caminhando direito.

Parei em frente ao chalé do coronel. O Stephen sempre mantinha tudo limpinho, mas agora a casa parecia maltratada, abandonada. A varanda da frente estava coberta de folhas mortas. Cortinas de blecaute tapavam as janelas, e eu não vi fumaça saindo da chaminé. O coronel era muito friorento; estava sempre de lareira acesa.

Desci e puxei o Manteiga até a entrada da frente, então bati à porta.

Atrás de mim ouvi uma voz fria, sem expressão. "Ada. Não esperava te ver. Não sabia quando você voltava."

Eu me virei. "Stephen?"

Stephen White estava parado à minha frente, segurando o guidom de uma bicicleta. Estava com a cara horrível. Tinha o rosto magro e pálido, com círculos escuros sob os olhos. Os punhos ossudos saíam pelas mangas da camisa. Ele usava uma larga braçadeira preta num dos braços. "O que foi que houve?", perguntei.

O Stephen engoliu. "Muita coisa. Que bom te ver. Estou indo embora de manhã. Tenho uma coisa para você... para a Susan, na verdade."

"Embora?"

"O meu pai se alistou na marinha mercante. O navio dele me convocou como grumete. Vamos lá dar o troco no Hitler."

"Mas e o coronel?", perguntei. "Além do mais, você não tem idade para lutar!"

O Stephen deu de ombros. "Treze já é idade de grumete. Eu nem precisei mentir. O papai e eu vamos passar o Natal com os meus tios em Londres, depois partimos."

Eu não sabia o que pensar. "Isso é perigoso", disse. O Hitler vivia explodindo navios de carga.

"Acho que sim." O Stephen me olhou de cima a baixo. Ainda não sorria. Ele sempre fora alegre. "Está com uma cara boa", disse. "Foi tudo bem na cirurgia?"

"Foi", respondi. Ainda não conseguia entender a indiferença em sua expressão. "O que houve?"

"Eu tenho uma coisa para a Susan", repetiu ele. "Vou dormir na casa do pároco. Vocês estão no chalé do antigo couteiro dos Thorton, não é? Posso passar lá depois do chá?"

Eu assenti. O Manteiga cutucou meu braço. Fiz um afago nele. O Stephen subiu na bicicleta e começou a se afastar. "Espera... volta aqui!", gritei.

"Depois do chá", respondeu ele por cima do ombro.

Quando toquei no assunto com o Fred, ele balançou a cabeça. "Ah, Stephen, aquilo foi um horror", disse ele. "Acho melhor deixar que ele conte. Parece que é o que ele quer."

"Por que a casa do coronel estava fechada?"

"O coronel morreu", respondeu o Fred. "Umas semanas atrás, logo depois que você foi. Morreu dormindo. Tava com oitenta e oito anos."

"Por que você não me contou?" Eu gostava bastante do coronel.

O Fred pareceu constrangido. "Ah, bem... não pensei nisso de cara. Não foi uma tragédia, um homem velho morreu. Então logo vieram os outros." O Fred parou. "O Stephen disse que vai visitar vocês hoje à noite?" Eu assenti. "Que bom", disse o Fred. "Ele mesmo vai contar."

Não consegui arrancar mais nada dele. Tirei a sela do Manteiga, fiz um carinho nele e o devolvi à baia, com água fresca e feno. Então fui descendo a fileira de baias — a Hera, pônei da Maggie; Oban, o lindo cavalo do Jonathan; os caçadores de lorde e lady Thorton —, conferindo os baldes d'água e distribuindo feno. Apanhei um carrinho de mão e um ancinho

— agora, com dois pés bons, podia usar o carrinho de mão —, mas Fred o tomou de volta. "Já está de bom tamanho pro primeiro dia", disse ele.

"Amanhã eu volto", respondi, "a não ser que você precise de mim à noite. Estou pronta pra pegar firme." Se eu aprendesse tudo que o Fred me ensinasse, talvez conseguisse um trabalho remunerado num estábulo dali a um tempinho. Não era impossível.

"Você não vai fazer esforço", disse o Fred.

"Fred." Eu escancarei um sorriso. "Eu preciso."

A Susan achou que devíamos tomar o nosso chá com Stephen. Foi com o Jamie às compras. Fez sanduíches de pasta de peixe e preparou um bule de chá fresco, e a gente ajeitou a mesinha para quatro. O Stephen chegou, trazendo um saco de papel. Encarou a mesa, sem sorrir, e se sentou.

O Jamie se largou na cadeira ao lado. "Como vai o Billy?" O Billy, irmão mais novo do Stephen, era o melhor amigo do Jamie.

O Stephen engoliu em seco. Começou a falar. Engasgou, engoliu e tentou outra vez. Tentou umas duas ou três vezes antes de conseguir formar palavras. Então, soltou: "Morto".

07

Susan ficou sem ar. O Jamie soltou um barulho meio soluço, meio grito. Eu estava certa de que tinha ouvido errado. O Billy White tinha a idade do Jamie. O Billy White não podia estar morto.

"Os nazistas bombardearam Londres por cinquenta e sete noites seguidas", disse o Stephen.

Eu sabia disso. Estava em Londres na primeira noite. A fábrica da Mãe tinha sido atingida na semana seguinte.

"Todos se foram", disse o Stephen.

"O Billy não...", disse o Jamie.

"Foram aonde?", perguntei, feito uma burra, antes de perceber o que ele queria dizer. "Ah. Ah, Stephen. Não... não todos eles?"

O irmão e as três irmãs do Stephen, todos mais novos, haviam sido evacuados, assim como o Jamie, o Stephen e eu. Lá no início da guerra, porém, os bombardeios não aconteceram e muitos pais, incluindo os do Stephen, foram buscar os filhos evacuados e os levaram de volta para casa. O Stephen só ficou porque o coronel estava muito frágil e precisava de ajuda.

"Todo mundo, menos o meu pai", disse o Stephen. "Ele estava no trabalho. Se pelo menos eu..."

"Você não sabe disso", disparou a Susan. "A guerra é horrível."

Lágrimas desciam pelos rostos do Jamie e da Susan. Senti que começavam a rolar pelo meu. O Stephen não chorava. Parecia que nunca mais na vida ia chorar.

"O papai e eu, a gente vai ficar mais próximo agora", disse ele. "Vamos dar o troco nos alemães, isso sim."

Eu não me lembrava de como era o pai do Stephen. Sabia que ele trabalhava nas docas, como quase todos os homens lá onde crescemos.

"Enfim", disse o Stephen, "eu trouxe uma coisa para vocês. Encontrei nos escombros da casa. Fui lá dar uma olhada depois que vocês foram embora, e antes da chegada das escavadeiras."

A pista de pouso próxima à nossa antiga casa havia usado os escombros para tapar os buracos de explosões no asfalto. Eu sabia disso. Então o Stephen enfiou a mão no saco de papel. "Não é muita coisa..."

Eu não esperava muita coisa. Nós mesmos havíamos revirado os destroços no dia seguinte ao bombardeio, sem encontrar nada que valesse a pena guardar além de umas panelas e frigideiras.

"É isso." O Stephen exibiu diante da Susan uma moldura surrada de metal.

A Susan prendeu a respiração. Agarrou a moldura. Então abraçou o Stephen com força.

Era a fotografia da Becky que a Susan tinha na mesinha de cabeceira. O vidro da moldura estava quebrado, mas a fotografia estava inteira.

"Achei que pudesse ser importante", disse o Stephen.

Susan usou o lencinho dela para secar os olhos. "Eu não ia conseguir outra", disse.

Ele assentiu. "Eu sei. Queria ter uma fotografia da minha família."

Eu não tinha fotografia da Mãe. Nem do Jamie, nem minha, nem do meu pai. O apartamento da Mãe havia sido atacado na noite em que eu e o Jamie estávamos lá; quase não conseguimos escapar. De todo modo, não tínhamos fotografias. Ninguém tinha, lá na nossa travessa.

"Tome um chá", disse Susan ao Stephen, com delicadeza.

"Eu não posso ficar", respondeu Stephen. "O pároco está me esperando. Pra falar a verdade, só voltei à cidade para apanhar as coisas que deixei aqui. Amanhã de manhã saio no primeiro trem."

"Venha visitar quando puder", pediu Susan. "Você sempre será bem-vindo aqui. Mande o seu endereço para nós. A gente te escreve."

"Acho que os navios não recebem muita correspondência", comentou o Stephen.

"Recebem, sim. A gente vai escrever", prometeu Susan. "Sentimos demais."

Stephen se levantou. Ao chegar à porta, deu meia-volta. "Que bom que a sua cirurgia deu certo, Ada", disse ele. "Você está andando bonito."

"A nossa mãe morreu também", respondi.

O rosto dele se anuviou. "Eu não sabia disso. Acho que lamento. Vou dizer que lamento."

Eu assenti. "Digo que lamento também."

"Muito bem, então." A porta se fechou, e ele foi embora.

08

A casa dos Thorton ficava em frente aos estábulos, quadradona e imensa feito um palácio. Eu nunca ia lá. Nem caminhava até a parte da frente. Agora estava rondando o estábulo, encarando as janelas vazias da casa. "Por que a Maggie não está?"

"Mais um ou dois dias", disse o Fred. "Ela chega antes do Natal."

Era de se pensar que o hospital me havia ensinado um pouco de paciência, mas não. Eu queria a Maggie e as galopadas e o sol e o verão, e tudo o que tinha era uma chuva fria e um solo horroroso onde cavalgar. Usei um par das botinas doadas pela Maggie para fazer as tarefas da manhã, e ao voltar ao chalé elas estavam ensopadas. A Susan ralhou comigo. Ela ralhava com tudo. O chalé estava mobiliado, porém mal equipado, e a gente precisava de uma pá de coisas que nunca dava para comprar. As lojas estavam quase todas vazias, por conta da guerra.

"Não sei o que vamos cear no Natal", disse a Susan. "O açougueiro não estava esperando nos ver de volta." Era preciso registrar os cartões de racionamento em lojas específicas para comprar comida racionada, e naturalmente isso levava tempo. A carne era racionada. E também o bacon, a manteiga, a banha para cozinhar, o chá. Presunto, doces, tudo o que a gente de fato queria comer. Felizmente o Jamie e eu crescemos passando fome, de modo que não éramos muito exigentes.

"Não vai ter ganso?", indagou o Jamie.

Talvez o Jamie fosse exigente. A vida na casa da Susan o tinha deixado mimado. Eu, não. A gente havia comido ganso assado no Natal anterior, meu primeiro ganso e meu primeiro Natal de verdade. Convidáramos três pilotos da pista de pouso para cear conosco. Os três agora estavam mortos.

Pilotos mortos. Mãe morta. Coronel morto. Família do Stephen morta.

Eu contei todos nos dedos. Dez pessoas. Não sobrou nenhum dedo.

Eu mal conseguia pensar.

"Vou preparar o almoço", disse. "Jamie, levanta. Ainda tem louça do café da manhã. Vá lavar." O Jamie estava rolando com o Bovril no carpete. "Vá se ocupar."

"O Jamie está ótimo", retrucou Susan. "A louça pode esperar."

Eu cutuquei o Jamie. "Vá trabalhar, agora!" Fui para a cozinha. "O que precisamos da cidade? Eu vou buscar."

A Susan ergueu as sobrancelhas. "Não nessa chuva. Não agora. A gente dá um jeito."

"Eu quero ser útil."

"Então vá se sentar e estudar frações. Isso é útil."

Eu nunca havia ido à escola. Esperava ir depois da cirurgia, mas a escola da cidade estava fechada, pois a maioria das crianças do vilarejo tinha sido evacuada para o norte durante a Batalha da Grã-Bretanha. A Susan estava me ensinando tudo em casa, como sempre.

Eu me sentia burra estudando frações. Quando o número de baixo subia, o número verdadeiro baixava, o que era o oposto do que eu achava que devia ser. Cinco era maior que três, mas um terço era maior que um quinto. Então a Susan esperava que eu somasse os dois, ⅕ + ⅓, sendo que cinco não tinha nada a ver com três.

Eu espiei a chuva na janela.

A Susan pôs na minha frente uma xícara de chá fraco. O racionamento de chá era muito rígido, de modo que nunca dava para fazer tão forte quanto eu gostava. "Leve o tempo que precisar", disse. "Vá desenhando." Ela havia me ensinado a resolver as frações com desenhos: meia torta, um terço de torta, um quinto de torta. Os desenhos eram como um tipo diferente de mapa.

"Muitos dragões", respondi. Enfiei o lápis no papel. A ponta quebrou.

"Pois é", disse a Susan. Ela me entregou o canivete para apontar o lápis outra vez. "Os dragões da matemática são os piores."

"Achei que você adorasse matemática." Ela havia estudado na universidade, num lugar chamado Oxford.

"Eu gosto. Mas os dragões são ferozes."

De súbito, a porta da frente se escancarou e Maggie irrompeu pela casa. "Ada!", gritou ela. "Feliz Natal! Até que enfim cheguei em casa!"

"Maggie!" Eu dei um salto e apertei-a num abraço. "Até que enfim!"

Ela riu. "Até que enfim! Olha só você! Olha só! Sem muletas!"

"De sapatos!", completei.

"Está doendo?"

"Quase nada. Quer ver?"

"Por favor!"

Eu tirei o sapato e me apoiei no pé. O tornozelo agora já dobrava quase um centímetro e meio. Mais do que nunca. A Maggie correu os dedos pela cicatriz. "Que incrível!", disse ela. "Me conte tudo."

Eu ri. "Tem tanta coisa."

Susan trouxe mais três xícaras de chá ruim. "Vai ficar pro almoço, Maggie?"

"Não dá", respondeu ela com uma careta. "Prometi à mamãe que faria compras. A empregada está gripada, então a mamãe disse que temos que ir. Mas eu tenho uma excelente notícia! Queremos que vocês todos venham cear com a gente no Natal. O papai vai passar quase uma semana em casa, e o Jonathan vai ter quatro dias de folga a partir de amanhã..."

"Então vai ser uma celebração em família", disse Susan, "e não devemos interferir."

"Não, não! Por favor, interfiram!", pediu Maggie. "A última coisa que queremos é ficar só em família. A gente quer se divertir. Ada, adivinha só? No dia 26 a gente vai fazer uma caça ao tesouro! O Jonathan escreveu e me contou."

O dia 26 era o dia seguinte ao Natal. Eu não sabia o que era uma caça ao tesouro. "É tipo uma caçada normal", explicou a Maggie, "só que sem armas, sem caças e sem cães. Vai ser incrível, você vai ver."

Maggie arregalou os olhos repentinamente, como se eu a tivesse assustado.

"Que foi?", perguntei.

Ela tocou o pano preto na minha manga. "Sua braçadeira."

"Ah." Eu toquei também, e por um instante nossos dedos se encontraram. "A Susan fez pra mim." Ela havia feito braçadeiras para todos nós, igual à que o Stephen usava, de uma sobra de material do blecaute que havia encontrado na copa. O Jamie pediu uma, daí eu pedi também. "É um símbolo de luto", expliquei. "*Luto*, com *o* no final, e não *luta*, tipo briga. A gente usa quando está triste pela morte de alguém."

A Maggie assentiu. "Eu sei. Sinto muito pela sua mãe. Eu devia ter dito assim que cheguei."

"Não é pela Mãe", disse o Jamie. "É pelo Billy White."

"É pela Mãe também", completei, mais que depressa. Na verdade, não era — eu nem conhecia as braçadeiras de luto quando a Mãe morreu. Mas não queria que a Maggie me achasse insensível. Que tipo de garota não lamentava a morte da própria mãe?

"Quem é Billy White? Só conheço o Stephen."

A gente explicou. "Que coisa horrível", disse a Maggie. "Pior que horrível."

"E o coronel", acrescentei. E os pilotos mortos, embora eu já não lembrasse os nomes deles.

"A minha mãe me escreveu contando do coronel", disse a Maggie. "Mas não falou nada sobre a família do Stephen." A Maggie balançou a cabeça. "Acho que ela pensa que se não me der notícias tristes eu nunca vou descobrir, então não vou entristecer." A Maggie soltou um suspiro. "Em plena guerra."

Não fazia sentido. Talvez lady Thorton só tivesse esquecido. Ela era do tipo que esquecia coisas importantes.

Bovril entrou na sala e Jamie o apanhou. "Eu fiz uma braçadeira pro Bovril", disse ele, coçando as orelhas do gato. "Ele comeu."

"Gatos não ficam de luto", retruquei.

O Jamie cravou os olhos em mim. "Eles ficam muito tristes. Só não gostam de braçadeiras."

A Maggie ficou meia hora. Ao final da visita, observou a sala. "Este lugar é tão deprimente", comentou ela. "Como vocês aguentam? Mesmo sem os blecautes, parece uma caverna."

"É uma caverna", disse o Jamie. "É a nossa caverna, a gente veio pra cá porque é mais seco que dentro da árvore."

"*Os Robinsons Suíços*", murmurei.

"Sim, mas os Robinsons Suíços não tinham carpetes nem cortinas? Nem fotos ou coisa do tipo?"

"A Susan falou que vai fazer cortinas assim que puder."

"A máquina de costura dela morreu bombardeada", acrescentou o Jamie.

A Maggie assentiu. "Entendi. Imagino que os carpetes e as cortinas tenham morrido também."

Estava tudo morrendo, mas eu não ia dizer isso. A Maggie sabia que estávamos em guerra.

Eu caminhei com a Maggie até a casa dos Thorton. A chuva havia parado, mas o céu estava escuro e o vento soprava forte. "Não sei o que pensar sobre a sua mãe", disse. "Eu sei que você tinha medo dela. Sei que ela era horrenda."

Eu subi a gola do casaco para me proteger do frio. A Susan tinha encontrado um casaco de inverno para mim em outro bazar, mas já estava um pouco pequeno. Ela ia tentar alargar. "Não me diga que está feliz por ela ter morrido", respondi à

Maggie. "Eu não quero ouvir isso."

"Claro que não!" A Maggie parecia chocada. "Mas não sobrou ninguém da sua família? Avós? Tios ou tias?"

Eu dei de ombros. "Acho que não."

"Então acho que a Susan agora é a sua mãe."

"Não", respondi. "Ela é a nossa guardiã legal." Os papéis haviam chegado. Eu guardei eles numa caixa.

"Isso é melhor que mãe?", perguntou a Maggie.

"Claro."

Dei um abraço de despedida na Maggie nos estábulos, fiz um carinho no Manteiga e retornei para casa pelo caminho empapado. Já tinha quase chegado ao chalé quando ouvi o grito do Jamie.

09

Um grito, interrompido por um baque. Então, silêncio. Eu corri.

A invasão. Havíamos passado a primavera e o verão nos preparando para a chegada do exército alemão na Inglaterra. O nosso vilarejo ficava à beira do mar, bem em frente ao canal da França Ocupada.

Eu não tinha ouvido tiros. Os alemães atirariam no Jamie? Sequestrariam? Eu respirava em arquejos roucos. Meus pés chapinhavam a lama fria. Eu acelerei.

Dobrei uma última curva, e lá estava o chalé. O Jamie jazia esparramado, sozinho, imóvel, debaixo da árvore no quintal da frente.

Morto. Ah, Deus. *Jamie.*

Disparei até ele. O Jamie tinha os cabelos na testa, caído sobre o chão frio e molhado. Um braço jazia ao lado do corpo, mas o outro estava dobrado de um jeito estranho. Dobrado, mas devia estar reto. Eu me ajoelhei ao lado dele, aos prantos. Agarrei-o pelos ombros.

"Não encoste nele!", berrou Susan, correndo de dentro da casa. "Ele pode ter machucado o pescoço. Não o movimente."

Eu não podia aguentar. Sem o Jamie, eu morreria.

"Ele não morreu", disse Susan. Pôs a mão no meu ombro. "Ele está respirando, está vendo? Olhe só o peito dele." Por baixo do casaco eu pude ver a camiseta do Jamie se mexer bem de leve, subindo e descendo. "Deve ter batido a cabeça. E desmaiou." Ela olhou para mim. "Você consegue ir até os estábulos? Pedir ao Fred para chamar ajuda pelo telefone?"

Eu balancei a cabeça. Não podia deixar o Jamie ali no chão.

"Está bem", concordou Susan. "Eu vou. Mas não o movimente, entendeu? Se ele acordar, não deixe ele se mexer."

Eu assenti. Toquei a mão do Jamie.

"Prometa", disse a Susan.

Eu tornei a assentir. Lágrimas desceram pelo meu rosto.

Susan correu. Eu não me lembrava de já tê-la visto correr. O vento açoitava os galhos das árvores e bagunçava o cabelo do Jamie. Ele parecia tão gelado. Cobri-lo contaria como encostar nele? Para cobri-lo, porém, eu teria que voltar à casa e apanhar um cobertor. Não podia deixá-lo sozinho. Mas e se ele ficasse com muito frio?

Muito antes do esperado, ouvi um carro vindo pela estrada. Eu olhei. Não era a Susan, nem o Fred, nem o dr. Graham. Era lady Thorton, alta e magra, num elegante casaco de lã. Ela se empertigou, sorriu e acenou. "A Margaret ainda está aqui?", perguntou. Então viu o Jamie e congelou o sorriso. Disparou até nós.

"Acho que ele estava subindo a árvore", comentei. "Ele caiu. A Susan foi pedir ajuda."

"Podemos usar o meu carro", sugeriu lady Thorton.

"A Susan mandou não mexer nele."

"É. Suponho que ela tenha razão. Então vou procurar a Susan. A não ser que prefira que eu fique aqui com vocês?"

Eu balancei a cabeça com força. Lady Thorton tirou o casaco. Jogou-o por cima do Jamie. "Use a pontinha para se aquecer também." A chuva começava a cair outra vez. "Volto assim que puder."

Eu me inclinei por cima do Jamie, protegendo-o da chuva. Seu peito subia e descia. O vento soprava mais forte. Eu estremecia, e as pálpebras do Jamie também. Com um suspiro, ele virou a cabeça para o lado.

"Não se mexa!", eu disse.

Ele abriu os olhos. Fui inundada de alívio. Quase desmoronei.

"O meu braço tá doendo", disse ele. "Tá doendo muito. E a minha cabeça."

"Não se mexa", eu disse.

O Jamie fechou a cara para mim. "Cadê a mamãe?"

Sempre era eu quem consolava o Jamie, não a Mãe. "Sou eu, a Ada", murmurei. "Estou bem aqui. Não se mexa. Tem gente vindo ajudar. Você vai ficar bem."

"Eu quero a mamãe", sussurrou ele. Uma poça de lágrimas se formou em seus olhos.

Susan voltou no carro com lady Thorton. "Mamãe", disse o Jamie. Ele tentou se levantar. Susan o segurou no chão. Apoiou a cabeça dele em suas pernas e lhe afagou os cabelos. Minutos depois, o dr. Graham chegou de carro. Àquela hora o Jamie já conseguia dizer como se sentia e mexer as mãos e os pés. A Susan disse que aquilo era bom. Significava que ele provavelmente não tinha quebrado o pescoço.

Mas ele havia quebrado o braço. Estava dobrado porque os ossos estavam quebrados.

O Jamie acabou com o braço aleijado, como meu pé costumava ser.

O dr. Graham enrolou umas varetas e ataduras no braço do Jamie. Ajudou ele a ficar de pé e o acompanhou até o carro. Jamie olhou para trás, temeroso. "Mamãe?", perguntou.

"Ela não é a sua mamãe", falei.

A Susan me abraçou. "Venha. Vamos todos."

No consultório, o dr. Graham endireitou o braço quebrado do Jamie. O Jamie soltou um gemido. Eu tapei as orelhas. Meu estômago doía. O dr. Graham pôs o braço do Jamie num gesso, feito os que eu usava no hospital. Disse que o Jamie tinha sofrido uma concussão na cabeça, uma pancada forte. A gente ia ter que acordá-lo ao longo da noite, para ter certeza de que o cérebro dele não estava machucado.

"Eu posso fazer isso", eu disse. Eu dormiria no quarto do Jamie.

"Você precisa descansar", disse a Susan.

"Eu quero a mamãe", choramingou Jamie.

"Para de chamar ela assim!"

"Tudo bem, Ada", disse a Susan. "Em que confusão nos metemos! Mas vai ficar tudo bem."

Não estava nada bem. O Jamie estava aleijado. Não seria mais amado. Que nem eu.

De volta ao chalé, lady Thorton e Maggie nos aguardavam na cozinha. Fizeram festa e brincaram com o Jamie. "Meu filho Jonathan quebrou o braço uma vez, desse mesmo jeito", disse lady Thorton. "Se você cair de uma certa altura, nunca tente amparar a queda. Cruze os braços na frente dos ombros e role."

Jamie a encarou. "Tenho certeza de que você vai se lembrar da próxima vez", disse lady Thorton.

"Ele não pode subir em árvores se vai cair", eu soltei.

"Bobagem", retrucou lady Thorton. "Todos os garotos escalam árvores."

Ela e a Maggie haviam trazido um pouco de cozido preparado pela empregada, além de um bule inteiro de chá bem forte.

"Eu tive que ferver a água numa travessa", disse lady Thorton. "Não encontrei chaleira. Achei que este lugar estava mais bem equipado."

"Está ótimo", respondeu a Susan. "Somos muito gratos, pode acreditar."

Lady Thorton deu de ombros. "Bobagem deixá-lo vazio com vocês precisando de abrigo."

O Jamie não estava com fome. A Susan subiu com ele. Eu me sentei à mesa ao lado da Maggie. "Ninguém espera um dia como esse", disse lady Thorton. "Ada, minha intenção ao vir aqui era ver o seu pé."

Eu ficara feliz em mostrar o meu pé à Maggie, mas não queria mostrá-lo a lady Thorton.

"Não, obrigada", respondi.

O sorriso dela enrijeceu. "Não seja boba."

Eu não estava sendo boba. Passara a vida escondendo o pé.

Lady Thorton não gostava de recusas. Não conseguia disfarçar. “Mamãe...”, disse Maggie.

“Vamos lá.” Lady Thorton deu umas pancadinhas na mesa. “Eu me interessei por você, Ada. Quero ver como está progredindo. Mostre.”

Me interessei soava bastante como *paguei a sua cirurgia*. Eu sabia que não tinha escolha. Desafivelei e descalcei o sapato. Segurei a meia. Sentia a respiração apertada. Meus dedos tremiam. Puxei a meia, empurrei o pé para a frente e encarei o chão.

“Humm.” Lady Thorton se aproximou. Espichou a mão como se fosse me tocar. Eu recolhi depressa o pé. “Parece que fizeram um bom trabalho”, disse ela. “Como está se sentindo?”

“Bem.” Mal consegui forçar a palavra a sair.

“Excelente”, disse lady Thorton. “Fico muito feliz por você.”

Eu não estava feliz. A voz da Mãe ecoava na minha cabeça. *Gente boa odeia esse pé horroroso.*

Lady Thorton não era boa. Era braba. Enxerida. Sempre conseguia o que queria.

Ela tinha nos trazido jantar e emprestado o próprio casaco para o Jamie. *Tinha pagado a minha cirurgia.* Eu sabia que tinha que ser grata, mas não era obrigada a gostar disso.

10

A Susan insistiu para que eu me deitasse na minha própria cama. Acertou o alarme para poder ir cuidar do Jamie durante a noite.

Eu não conseguia dormir. Meus músculos se contorciam. Imagens me percorriam a cabeça: o Jamie estendido no chão, o rosto pálido e sofrido do Stephen, a Mãe, a Mãe, a Mãe.

A Mãe estava morta. Não podia nos fazer mal.

Eu não conseguia esquecê-la.

No fim das contas, apanhei meu travesseiro e um cobertor e me esgueirei até o quarto do Jamie. Ele dormia com a cabeça apoiada em dois travesseiros, de boca aberta, roncando baixinho. O Bovril roncava em cima dele, também debaixo das cobertas.

Eu me enrosquei no cobertor e me deitei no chão. Não podia ver o Jamie, mas escutava sua respiração.

Ainda estava acordada quando a Susan tropeçou em mim, na escuridão. "Ada, volte pra cama", disse ela. "Eu falei que cuido dele."

"É meu dever cuidar dele. Não seu."

"Não exatamente", respondeu a Susan. "Não mais. Vá pra cama." Ela tentou me levantar, mas eu amoleci o corpo e escorreguei de volta para o chão. "Ai, está bem", disse ela. "Fique aí mesmo. Mas vá dormir. Eu cuido dele."

Eu dormi um pouco. Cada vez que o alarme da Susan disparava, eu acordava. Observava a Susan acordar o Jamie e falar com ele para conferir o funcionamento do cérebro.

Ela beijou a testa dele.

Ele a chamou de mamãe.

Na manhã seguinte, Jamie acordou cansado e emburrado, porém, sem dúvida, ainda vivo. Ao sair da cama, pisou em mim. "Por que está no meu chão?", perguntou ele, de cara fechada.

"Estava cuidando de você."

"Estava nada." Ele saiu pisando firme até o banheiro.

"Eu achei que fossem os alemães ontem", revelei à Susan, no andar de baixo. "Quando o Jamie gritou. Achei que os alemães tinham invadido."

Ela assentiu. "Eu entendo. Mas acho que a invasão acabou, pelo menos durante o inverno. É o que o povo anda dizendo. Por conta da Batalha da Grã-Bretanha... porque a gente venceu."

Foi na Batalha da Grã-Bretanha que os pilotos morreram. E que as crianças foram embora do vilarejo.

A Susan olhou o interior do bule de chá. Soltou um suspiro. "Sobrou um tanto de ontem. Não dá para desperdiçar." Ela coou as folhas, passou o chá para uma panela e pôs para aquecer no fogão. Eu estremeci. Odiava chá requentado. "Aveia?", perguntou a Susan.

Eu assenti. Ouvi a cantoria do Jamie, que vinha descendo a escada. Parecia bem. Sem medo. Nem sequer muito machucado.

A Susan chegou por trás de mim. "Ada, o que você falou ontem à noite..."

No mesmo instante eu soube do que ela estava falando. "Também é meu dever cuidar do Jamie", respondi. "*Sempre* vai ser meu dever cuidar dele."

A Susan se sentou à mesa. Deu uma batidinha na cadeira, para que eu me sentasse também.

"Você sempre vai ser a irmã mais velha do Jamie", disse ela. "E cuidou dele muito bem. Mas agora é minha função cuidar de vocês dois. Sempre vai ser. Deixe que eu faça. Eu sou a adulta. Você tem que ser a criança."

Como se a Susan pudesse simplesmente assumir, cuidar de tudo...

"O que você faria", prosseguiu ela, "se fosse acordar o Jamie e ele não falasse coisa com coisa?"

"Eu o sacudiria", respondi. "Gritaria até que falasse direito."

"E se não funcionasse?" A Susan balançou a cabeça para mim. "Você realmente ficaria nervosa com o Jamie por conta de algo que ele não conseguisse fazer? Não parece você."

"Nervosa, não..."

"Então o que você faria?"

Eu não sabia. Não escutara todas as explicações do dr. Graham a respeito da concussão do Jamie. Estava preocupada demais com o braço dele. Sempre fora eu a cuidar do Jamie.

"Eu sabia o que fazer", disse a Susan. "Fui acordá-lo todas as vezes necessárias. Se fosse preciso, eu cuidaria dele da maneira adequada." Ela me encarou com firmeza. "Da mesma forma que cuido de você."

Eu ainda não havia calçado os sapatos. Dobrei os dedos do pé direito. Meus dedos, depois de todo aquele tempo, apontavam para a frente.

"Respire", disse a Susan.

Eu respirei. Dentro. Fora. "O Jamie vai ficar... ele vai... você sabe..."

Ela esperou.

"Ele vai ficar com o braço aleijado?"

"Não", respondeu a Susan.

Eu engoli em seco.

"Daqui a algumas semanas ele vai estar totalmente recuperado", disse ela. Tocou de leve o meu ombro, como fazia ao me resgatar das escapulidas da minha cabeça. "Como você estaria, se tivesse recebido a ajuda médica apropriada quando era bebê."

De todas as coisas pelas quais eu odiava a minha mãe, essa era a pior. Eu podia ter o pé normal desde o início.

A Susan se levantou para nos servir chá. Eu bebi. Um troço amargo e horrível. "Tenho tanto a aprender", murmurei.

"Todos temos", disse a Susan. "A gente nunca deixa de aprender."

Delicadeza dela dizer aquilo. Eu sabia que não era verdade.

O Jamie entrou na cozinha. "Estou com fome. Posso comer o dobro de aveia?"

"Pode", respondeu a Susan. "Só mais um minuto." Ela se levantou e remexeu a aveia.

"Posso pôr um montão de açúcar?", perguntou o Jamie.

"Não."

"Mas estou muito machucado e com muita fome." O Jamie ergueu os olhos por detrás dos longos cílios. "Bati a cabeça e quebrei o braço."

Até eu podia ver que ele estava perfeitamente normal.

"Pode comer toda a aveia que quiser", disse a Susan, "mas nada de açúcar. Tenho planos para o açúcar." Ela se inclinou e lhe deu um beijo.

Um beijo, do nada.

Essas coisas eram tão fáceis para o Jamie.

"Você vai passar o dia de hoje quieto e paradinho", ordenou a Susan. "Vai tirar uns cochilos. Se estiver se sentindo melhor, a gente vai à igreja amanhã à noite." No dia seguinte era Natal.

"Achei que você tinha morrido", comentei. O Jamie me encarou. "Quando você estava caído lá. Achei que você tinha morrido, e que eu ia morrer também."

"Por que você ia morrer?", perguntou o Jamie. "Você não caiu."

Eu engoli. Não conseguia falar.

"Foi muito assustador", disse a Susan. "Mas está tudo bem."

Eu balancei a cabeça. Bombas caíam do céu. Garotos caíam das árvores. Qualquer coisa podia acontecer. A qualquer hora.

A Susan fez para o Jamie um ninho de cobertores e travesseiros no sofá encardido do chalé. Leu oito capítulos d'*Os Robinsons Suíços*. Eu me sentei diante do fogo e exercitei a respiração, ar entrando, ar saindo, para me acalmar. "Tem algum livro com dragões?", perguntei, quando a Susan fez uma pausa.

"Tem, sim", respondeu ela. "Dizem que São Jorge, o santo padroeiro da Inglaterra, matou um dragão. Tenho certeza de que alguém escreveu sobre ele. Vou ver se encontro umas histórias."

À tarde, enquanto o Jamie dormia, eu saí sozinha e cortei um pequenino e finíssimo pedaço de madeira com um machado que o Fred me emprestou. Arrastei-o até a casa e o acomodei perto da lareira. Ficou patético. Os antigos enfeites e luzinhas da Susan haviam explodido, e não havia novos à venda. Não encontrávamos nem papel colorido para fazer nossa própria decoração.

"É uma árvore de guerra", disse a Susan. Pendurou uns botões coloridos e uma pena que eu encontrei no quintal. "Natal em tempos de guerra."

O Natal anterior me inundara de muitas lembranças. "O Jamie e eu não precisamos de Natal. Estamos acostumados a não ter Natal."

"Eu sei", disse a Susan. "Mas eu amo o Natal. Quero um Natal feliz, e quero compartilhar isso com vocês."

Eu não queria que a Susan esperasse me ver feliz. Não queria decepcioná-la. Não queria passar vergonha na casa dos Thorton. Quanto mais o Natal se aproximava, mais eu tinha vontade de esquecer a coisa toda.

Na noite de Natal fomos à igreja, como planejado no ano anterior. Eu não tinha vestido chique. Sem máquina de costura a Susan não tinha podido aprontar um para mim, e os que comprara durante a minha estada no hospital eram todos simplórios. Isso era bom. A Susan insistiu em amarrar uma fita no meu cabelo. Quando ela não estava olhando, eu puxei.

"É só a igreja", disse a Susan. "Vai ficar tudo bem."

Do lado de dentro, a igreja cheirava a especiarias, cera de vela e lã molhada. Perto do altar avistei um conjunto de bonecos de madeira dentro de um estábulo de mentira, com estátuas de ovelhas e vacas. "Isso se chama presépio", explicou a Susan.

"Maria, José e o menino Jesus."

"Sem cavalos", comentei.

"Em Belém, não", respondeu ela. "Só burros."

Por que não cavalos? Eu estava irritada, mas então a Susan abriu um hinário e passou para mim, e eu consegui ler o hino! Pela primeira vez consegui ler as palavras rápido o bastante para cantar junto. A melodia também não era difícil.

Eu estava apoiada nos dois pés, sem muletas, usando dois sapatos. Conseguia ler, conseguia cantar. Tinha ido até a igreja caminhando, mesmo sendo um pedação. Precisava me lembrar disso. Tentei me forçar a me sentir feliz, mas por sob a felicidade eu estava espinhosa, como se toda a pele do meu corpo estivesse esticada demais. Eu podia não ser uma aleijada, mas ainda não sabia quem eu era.

Em casa a Susan nos fez pendurar nossas meias e nos enxotou para a cama. De manhã, a minha meia guardava uma coisa que eu não esperava, nem queria.

11

Era uma boneca. Uma boneca de pano macia e molenga, de olhos bordados e um sorriso imóvel. Tinha cabelo comprido e castanho trançado para trás, como o meu, e fitinhas verdes feito a que a Susan tinha me dado. Usava um vestido verde e sapatinhos de tecido.

Eu a encarei. "Não sou um bebê."

"Eu fiz para você", respondeu a Susan, bem baixinho.

Eu sabia que era delicado da parte dela. Sei que deveria agradecer. Mas não queria mesmo uma boneca, de verdade. "As irmãs do Stephen White tinham bonecas", eu disse. Pude ouvir minha voz se elevando. "Todas as meninas da travessa tinham bonecas." Da minha janela eu costumava observá-las brincando na varanda.

Eu joguei a boneca de volta para a Susan. "Não eu."

"A gente pode compensar isso", disse a Susan.

"Não." O que eu ia fazer com uma boneca? Vesti-la, conversar com ela e fingir que eu era feito as garotinhas da nossa travessa? As meninas que tinham amigos, mães amorosas e dois pés bons?

Eu tinha dito e repetido a mim mesma que não perderia o controle naquele Natal. Não iria gritar e me debater. Agora sentia a raiva e o pânico crescerem. Não sabia o que fazer. Encarei a Susan.

Ela enfiou a boneca no bolso do robe. "Vá lá pra fora", disse ela, agarrando meu ombro e me empurrando pela porta.

"Vá correr um pouco em volta da casa. O mais rápido que puder. Anda."

"A mamãe fez um gato de pano para mim", disse o Jamie. "Olha, olha!"

Susan o afastou do caminho. "A Ada precisa descarregar."

Eu saí sem vestir o casaco. Corri pela grama congelada, o ar gélido me queimando os pulmões, até começar a suar, mesmo com frio. Meu pé direito doía, mas a Susan tinha razão. Eu me sentia melhor.

Durante a estada no hospital eu tricotara uns presentes de Natal. Havia feito luvas de lã bem vermelha para a Susan e o Jamie. Estava orgulhosa — elas não estavam esburacadas, e dava para saber qual luva era a esquerda e qual era a direita —, mas quando nos aprontamos para ir à casa dos Thorton percebi que a cor chamativa não combinava com o casaco de inverno verde-escuro e o gorro de lã azul-marinho da Susan. "Não precisa usar", eu disse.

"Eu gostei", respondeu a Susan. "São bonitas e vão me esquentar as mãos."

Antes do bombardeio da casa a Susan tinha boas luvas de couro.

Eu teria apanhado uma cor melhor para as luvas se tivesse podido escolher o novelo, se houvesse um monte de lã nas lojas, o que provavelmente não havia.

Fechei a cara.

Quanto mais perto chegávamos da casa dos Thorton, mais difícil era respirar. "Relaxe", disse a Susan. "Eles são nossos amigos." Ela segurava um bolinho que havia assado de presente para os Thorton. Gastara quase todo o resto da ração de açúcar do mês. Subimos os degraus de pedra até a gigantesca porta da frente.

"Ada, se você precisar se acalmar", disse a Susan, "peça licença e vá dar uma volta com a Maggie. Vá até os estábulos e visite o Manteiga."

Eu assenti.

A porta se abriu antes que batêssemos. Lorde Thorton, usando um tipo de uniforme militar chique, estava parado à nossa frente, a mão estendida.

Eu o tinha visto uma vez de longe, mas nunca de tão perto. Ele era enorme — não gordo, mas tão alto e largo que preenchia todo o espaço da porta. "Bem-vindos", disse ele, com uma voz grave e solene.

"Bem-vindos", repeti. Fiz um aceno com a cabeça para ele, com medo de tocar sua mão estendida.

Lorde Thorton piscou. Esperei não ter feito nada de errado.

"Feliz Natal", disse Susan. Passou o bolo para uma das mãos e cumprimentou lorde Thorton com a outra.

O Jamie disparou na minha frente e se enfiou na imensa sala de entrada. "Eita!", disse ele. "Dá pra pilotar um avião aqui! Um de verdade! Um Spitfire!"

Talvez não um Spitfire, mas certamente dava para soltar uma pipa.

"Jamie", disse a Susan, "volte aqui agora e dê feliz Natal a lorde Thorton."

"Iupiii!", gritou o Jamie, correndo pela sala.

"E aí, amigão?" Um homem alto e magro — muito parecido com lorde Thorton, porém bem mais jovem e nem de longe tão intimidador — agarrou o Jamie pela cintura. Jogou-o por sobre o ombro e o levou de volta até lorde Thorton. "Cumprimente como um cavalheiro", disse ele. O Jamie, de cabeça para baixo, às gargalhadas, sacudiu a mão do lorde com a mão esquerda, a que não estava engessada.

O homem ergueu Jamie ainda mais alto sobre o ombro e sorriu para mim. "Sou Jonathan Thorton", disse. "Você deve ser a amiga da minha irmã."

Eu o cumprimentei. "Ada Smith", respondi. Meus bons modos retornaram. "Prazer em conhecê-lo, tenente Thorton." A Susan me havia mandado dizer isso.

Ele inclinou o corpo para a frente. "Pode me chamar de Jonathan. Na RAF, a Força Aérea Real, a gente não dá muita bola para graduações. E eu vou chamá-la de Ada, tudo bem? Feliz Natal."

Bem na hora em que lorde Thorton oferecia a Susan uma coisa chamada aperitivo, a Maggie entrou correndo. "Feliz Natal! Estou tão feliz por você estar aqui!", disse ela, e então me sussurrou no ouvido: "O jantar vai estar intragável. Acabei de vir da cozinha. A mamãe está toda nervosinha."

"A gente trouxe bolo", sussurrei de volta.

Lorde Thorton nos levou até um salão gigantesco de mobília brilhosa, carpete com desenhos florais e prateleiras de livros de parede a parede, do chão ao teto. A casa dos Thorton era muito mais chique que a antiga casa da Susan, que tinha sido o lugar mais lindo que eu já havia visto.

Eu agarrei o braço da Maggie. "Ainda bem que eu já te conheço", comentei. "Senão estaria com medo disso tudo."

A Maggie revirou os olhos. "Ora", respondeu ela. "Como se você alguma vez sentisse medo."

Na casa da Maggie tinha uma sala inteira só para as refeições. A mesa era tão grande que cabiam vinte cadeiras em volta, e *havia vinte cadeiras na sala*. Eu contei. As extras ficavam encostadas nas paredes.

Lady Thorton saiu, com uma cara nervosa, de onde devia ser a cozinha, e todos nos sentamos. Cada lugar à mesa continha um prato rodeado de três taças, duas facas, três colheres e dois garfos. Eu congelei. O que a gente ia fazer com tudo aquilo?

"Ei", disse o Jamie, "por que eu tenho tantos garfos e outros trecos?"

Lorde Thorton fez uma careta, como se tivesse derramado aperitivo nas calças. A Susan se inclinou para a frente, mas o Jonathan falou primeiro. "São extras", explicou ele, "para o caso de você atirar algum no chão." Seu sorriso iluminou a mesa. "Certo, Mater?"

Mater devia ser lady Thorton, pois ela sorriu de volta. "Teremos três pratos em nosso banquete", ela disse ao Jamie.

Eu não sabia o que era esse *banquete*, nem achava que o Jamie soubesse.

"Três pratos!", disse Jonathan. "Deve ser Natal. Lá na RAF a gente não come três pratos."

O Jamie se aproximou dele. "*É* Natal", sussurrou.

"Certo", sussurrou o Jonathan de volta. "Você está tendo um bom Natal? Com presentes e tudo o mais?"

"Doces", disse o Jamie. "E um gato. E o Bovril ganhou um rato."

"Excelente."

"O Bovril é o nosso gato", expliquei. "De verdade. Ele não é de brinquedo."

"Então o garoto ganhou um gato de brinquedo, e o gato de verdade ganhou um rato. De brinquedo ou de verdade?"

"Um rato de brinquedo", disse o Jamie, de olhos arregalados. "Se fosse de verdade o Bovril comeria."

"Ah, bom", disse o Jonathan.

Eu sabia que a criada dos Thorton, a única que sobrara do bando que havia antes da guerra, estava preparando o jantar. A Maggie contou que ela cozinhava muito mal, mas só acreditei quando a comida começou a ser servida. Eu sei cozinhar. A Susan me ensinou. Não é tão difícil.

A ceia de Natal teve início com tigelas de sopa salgada e gordurosa, fatias de pão escuro e esfarelento de guerra e palitos de aipo. Aparentemente era o primeiro prato.

Eu comi tudo. Já tinha comido coisa muito pior. Acalmei-me um pouco ao ver que a comida era tão ruim.

O Jamie mordiscou o pão, ignorou a sopa, cruzou dois palitos de aipo na mão esquerda e ficou fazendo círculos no prato.

"Larga mão disso", disse Jonathan, baixinho. "Eles vão te mandar pro quarto, *mesmo* sendo Natal."

Jamie pestanejou e pôs o avião de aipo no colo.

Enquanto isso, Susan e lady Thorton discutiam observação de incêndios, uma atividade que fariam com o SVF. O termo em si — *observação de incêndios* — já era meio inquietante. "Que incêndio vocês vão observar?", perguntei. *E por que é preciso observação?*

"Nenhum, eu espero", respondeu lady Thorton. "Vamos ficar de olho em bombas ou incendiárias. Lá do campanário da igreja."

Incendiárias eram bombinhas projetadas para provocar incêndios. "Do campanário? Vão precisar de uma escada bem grande para subir até lá."

A Maggie escancarou um sorriso para mim. "Tem escada."

Eu sorri de volta. Não me incomodava quando a Maggie sabia coisas que eu não sabia.

A carne — um pedação de rosbife — chegou, com um prato de vegetais e um imenso pudim Yorkshire. Tinha um aroma fantástico, mas o gosto era péssimo, estava seca feito serragem, como se tivesse sido preparada em algum momento do dia anterior e passado a noite murchando no forno quente.

Jamie murmurou qualquer coisa entre os dentes. Achei que fosse uma frase d'*Os Robinsons Suíços* e esperei que ele não repetisse. A Susan deu uma mordida e mastigou, mastigou, mastigou, mastigou.

"Hummf", grunhiu lorde Thorton. "Achei que você tinha dito que ela sabia cozinhar." Ele ergueu uma sobrancelha para lady Thorton.

Lady Thorton balançou a cabeça. "Achei que ninguém fosse capaz de assassinar um rosbife."

Foi engraçado. *Assassinar* um rosbife. Sem pensar, eu ri.

A Maggie deu um salto, surpresa. O Jonathan sorriu abertamente. Eu olhei a Susan, ansiosa, mas então lorde Thorton soltou uma espécie de ronco. "Exato", disse ele. "Assassinar o rosbife. Exato." Levou o guardanapo aos olhos e soltou uma risadinha. Então gargalhou. Lady Thorton gargalhou. Surpresos, Jonathan e Maggie gargalharam. Depois de um instante eu me senti segura o bastante para gargalhar também.

"Por que não temos bombinhas de Natal?", indagou lorde Thorton. "Nenhuma nas lojas, eu suponho."

Lady Thorton balançou a cabeça.

"Que pena. Acho que o dia de hoje seria mais tranquilo se todos usássemos aquelas coroas bobas que vêm com as bombinhas." Ele passou o molho para a Susan. "Afogue a carne, minha querida, isso vai ajudar."

Na metade do prato de carne ressecada, a Susan se virou para lorde Thorton. "Será que o senhor me ajudaria a arrumar um emprego?"

Levantei os olhos, surpresa. Lorde Thorton ergueu a sobrancelha. "Emprego? Que tipo de emprego?"

"Algo que eu pudesse fazer daqui, para poder ficar com as crianças", respondeu a Susan. "Lady Thorton disse que o senhor talvez saiba de algum projeto com o qual eu possa colaborar. Analítico, quem sabe..."

"Analítico?", indagou lorde Thorton.

"Bem, sim. Ou algum tipo de trabalho computacional. Deve haver projetos de guerra ou ações industriais que não sejam secretas." O rosto da Susan foi ficando cor-de-rosa. Ela insistiu. "Sei que estou enferrujada, mas com um tempinho para estudar..."

"Vamos lá", interrompeu lady Thorton, "não faça essa cara surpresa. Você não conhece as referências dela?"

"*Referências?*" Lorde Thorton alisou o bigode. "Conheço a senhorita como a moça solteira que tinha amizade com Becky Montgomery", disse ele. "A mais quietinha."

"Ela tirou diploma de Matemática em Oxford", disse lady Thorton.

"*Diploma em Oxford?*" As repetições de lorde Thorton estavam ficando engraçadas.

O rosto da Susan agora estava quase vermelho, mas ela falou, com a voz firme: "Com ênfase em análise numérica".

"Está de brincadeira", disse lorde Thorton.

Os olhos da Susan faiscaram. Ela ergueu a cabeça. Não estava brincando.

"Eu consigo lhe arrumar um trabalho imediatamente", afirmou lorde Thorton. "Conheço o departamento certo. Você vai ter que colocar as crianças na escola..."

"Não", respondeu Susan.

"Seria bem fácil. A Ada fica com a Margaret, e nós podemos achar um bom lugar para o garoto."

"*Longe do Jamie?*", perguntei. Ainda mais na escola chique da Maggie. Eu jamais conseguiria.

"Não", disse Susan, firme. "As crianças e eu ficamos aqui."

Uma onda de alívio sufocou o pânico que já me dominava.

"Mas eu preciso muito de um trabalho", concluiu a Susan, "e serei mais útil usando a minha qualificação do que atendendo em alguma loja da cidade, que obviamente é a única oportunidade por aqui."

"Estou perplexo", disse lorde Thorton. "Estupefato. Não fazia ideia."

"Sim, todos percebemos que você subestimou por completo a moça", retorquiu lady Thorton. Revirou os olhos para a Susan, que respondeu com um sorrisinho.

"Bem, peço desculpas por isso." Lorde Thorton espalhou um pouco mais de molho nos nacos de carne. "E sim, decerto consigo encontrar algo para a senhorita. Não sei o quê, mas vou dar uma pesquisada e entrarei em contato."

"Obrigada", respondeu a Susan.

Depois do terceiro prato, o bolo da Susan, rumamos para a sala ao lado. Todos ganhamos presentes de Natal dos Thorton. O Jamie ganhou um conjunto de soldados de brinquedo que havia sido do Jonathan. A Susan, uma máquina de costura. "É demais", protestou ela, alisando a roda de metal brilhante.

Lady Thorton abanou a mão. "Estava no quarto da caseira. Fazia anos que ninguém usava. Espero que funcione, e, se não funcionar, espero que tenha conserto."

Eu ganhei um livro grosso e pesado. "A Margaret me contou que você gosta de palavras", disse lady Thorton. "Ela achou que isso lhe seria útil."

Eu de fato gostava de palavras, mas não entendi o que lady Thorton quis dizer até abrir o livro. Estava cheio de palavras. Todas as palavras do mundo e seus significados.

"É um dicionário", explicou lorde Thorton. "A Susan pode te ensinar a usar."

Eu espiei a primeira página. A. *Aardvark*. Que palavra engraçada. A-ard-vark. *"Mamífero noturno escavador de orelhas compridas, focinho tubular e comprida língua extensível."* Eu ri. Focinho tubular e comprida língua extensível? Ainda que eu desconhecesse as palavras *tubular* e *extensível*, elas tinham um som incrível. Encarei lorde e lady Thorton. "Obrigada!"

Maggie cutucou a mãe. "Falei que ela ia amar."

Lady Thorton sorriu. "Estou vendo."

Esperei a hora de vestirmos os casacos para ir embora, então entreguei meu presente à Maggie. Eu havia tricotado um cachecol, num ponto muito chique que a Susan havia me ensinado. "Pra montaria", expliquei e mostrei à Maggie como abotoar. "Você vai ficar quentinha, mas ele não vai embolar nas rédeas como uma echarpe embolaria."

"Eu adorei", disse a Maggie.

"Muito bem", murmurou a Susan no caminho de volta. Segurava a mão do Jamie, mas não tentou pegar a minha. "Vocês dois se comportaram muito bem. Fiquei orgulhosa."

Em casa a Susan e eu colocamos os blecautes, e o Jamie limpou a lareira. A Susan fez chá e broinhas frescas — havia guardado um pouquinho de açúcar —, e enquanto comíamos em frente à lareira, Susan nos leu uma longa e divertida história de Natal sobre fantasmas e um homem a princípio malvado, mas que virou bonzinho. Era o tipo de história que a gente esperava ser verdadeira.

“Por que você pediu um emprego ao lorde Thorton?”, indaguei, enquanto recolhíamos as xícaras e os pires e apagávamos a lareira para ir dormir.

“Ele próprio tem conhecimentos de matemática”, respondeu a Susan. “Seja lá que trabalho faça para a guerra, suspeito que esteja usando. Além do mais, ele é o tipo de homem com contatos. Lady Thorton sugeriu que eu perguntasse a ele.”

Seja lá qual fosse o trabalho de guerra de lorde Thorton, era secreto. Ele não falava com ninguém a respeito.

“Se você arrumar um emprego, vai ganhar o suficiente pra manter a gente?”, perguntei.

“Pare com isso”, disse a Susan. “Lady Thorton é quem cuida da papelada dos evacuados. Ela disse que vai continuar pagando o seu subsídio e o do Jamie até o fim da guerra. Estou só me preparando para o futuro. E também quero me sentir útil outra vez.”

Pensei em todas as centenas de maneiras em que a Susan era útil. “Eu também queria me sentir útil.”

“Você tem onze anos de idade”, retrucou Susan. “Pela primeira vez na vida, Ada, você agora é a criança. Eu serei a adulta.” Ela fez uma pausa. “Você não quer mesmo aquela boneca, não é?”

Não respondi nada de imediato. O carvão estalava na lareira. O Jamie alisava a barriga do Bovril, que enganchava as garras no carpete, todo espichado.

“Tudo bem se não quiser”, concluiu a Susan.

“Eu precisava de uma boneca há muito tempo”, respondi. “Agora é tarde pra isso.”

A Susan me observou. “Queria que não fosse verdade”, disse ela. Mas era verdade, e ela não tentou me convencer do contrário. Era boa nisso. “Vou te dar outro presente.”

“Não precisa.” Recostei o corpo no ombro da Susan. Eu tinha sobrevivido ao Natal. Já era um bom presente.

12

Na manhã seguinte acordei cedo, nervosa e empolgada com a caça ao tesouro. Me vesti, acendi a lareira e comecei a preparar a aveia e o chá.

O Jamie acordou irritado. Disse que a cabeça doía e o braço também.

"Você deve ter exagerado", disse a Susan. "Muito Natal. Pule de volta na cama. Vou ler pra você depois de levar a Ada aos estábulos."

"Eu posso ficar em casa", respondi. "Cuido dele." Uma caça ao tesouro era tipo uma caçada normal, só que sem caças e sem cães. Eu queria mesmo ir a uma caçada?

"Não seja boba", disse a Susan. "O Jamie só precisa dormir."

Eu a encarei.

"Encha o balde de carvão enquanto eu frito um ovo para você. Vai precisar, pra ficar forte. Provavelmente vai passar horas em cima da sela." Ela sorriu. "A Becky dava muito valor a comer ovos antes de uma caçada."

Os ovos ainda não haviam entrado no racionamento, mas eram escassos. O Jamie queria galinhas.

Eu trouxe mais carvão. Arrumei a sala de estar. Comi meu ovo com uma torrada de pão de guerra, tomei meu chá e comecei a lavar a louça do café da manhã.

A Susan entrou na cozinha, vestindo um casaco. "Deixe isso aí, está na hora de sair. Eu caminho até lá com você."

"Não precisa", respondi. Como se eu não conseguisse andar sozinha até os estábulos dos Thorton.

"Mas eu quero", insistiu Susan. "Devo conhecer todo mundo lá. Eram os amigos da Becky."

"Você não tem que ficar com o Jamie?"

"Ada." A Susan ergueu as sobrancelhas. "Ele está dormindo. Além disso, é perfeitamente capaz de ficar sozinho por pouco tempo."

Ele pode quebrar o outro braço. Ele pode...

"Eu não preciso de você", respondi.

"Eu sei disso", disse a Susan. "O Jamie agora também não precisa. Vamos embora."

Os estábulos dos Thorton estavam apinhados de adultos que eu não conhecia usando roupas chiques de montaria, além de cavalos com crinas trançadas. A Maggie havia me emprestado um casaco de tweed e eu tinha culotes e botas de montaria, doações dela, então sabia que estava tudo certo — eu estava vestida igual à Maggie —, mas me sentia extremamente deslocada. Não havia trançado a crina do Manteiga. Não podia, pois não sabia.

A Susan analisou as pessoas com um sorrisinho. "Mesmo povo de sempre." Falou com algumas, então foi comigo até a baia do Manteiga e ficou ao lado dele enquanto eu o escovava.

"Você nunca cavalgou", comentei. Ela havia vendido os caçadores da Becky depois da sua morte.

"Eu bem que tentei", respondeu. "A Becky queria que eu montasse. Só que eu não gostava muito. Era assustador demais subir num animal de meia tonelada e tão pouco inteligente."

Eu ergui os olhos. A Susan, com medo?

"Mas eu ia às festas", prosseguiu ela. "Cafés da manhã e chás depois das caçadas, e uma vez até fui num baile." Ela afivelou a cilha na lateral do Manteiga e passou para mim por debaixo da barriga dele.

"Você gostava das festas?"

"Gostava", disse a Susan.

Aquilo me surpreendeu. Quando eu e o Jamie chegamos, a Susan não gostava de nada, de tanta tristeza que sentia pela Becky. Nunca ia a lugar nenhum.

“Tenho memórias ternas”, disse ela.

“O que é *ternas*?” Perguntei, enquanto lutava para meter o freio na boca do Manteiga.

“Felizes. Contentes.”

“Você agora vai pra casa, não vai?” Eu deslizei as rédeas por cima da cabeça do Manteiga e o conduzi para fora da baia. Olhei ao redor, à procura da Maggie.

“Manteiga!” Uma mulher que eu não conhecia bateu palmas, toda contente. “Olha só, pessoal, o Manteiga voltou! E a srta. Smith!” Ela estendeu a mão para a Susan, que a cumprimentou com vigor. “Vai montar de novo?”, indagou a mulher.

“Não”, respondeu a Susan, com um tapinha no meu ombro. “Esta é a Ada, minha pupila. Ela assumiu o Manteiga.”

A mulher apertou a minha mão também. “Que sorte a sua! A Becky Montgomery treinou muito bem esse pônei.”

Susan e a mulher seguiram conversando. Vi a Maggie e a Hera do outro lado do pátio. Fui com o Manteiga até as duas, apertei a cilha e subi na sela. Alguém soprou uma trombeta — e o pessoal riu muito, mas eu não entendi por quê. A Susan sorriu e acenou para mim do meio da multidão. Eu assenti para ela e juntei as rédeas.

“Não está com medo, está?”, perguntou a Maggie. “Você parece assustada. Achei que você nunca sentia medo.”

A Mãe era terrível comigo quando sabia que eu estava com medo. Aprendi a nunca admitir. “Tem tanta gente”, respondi.

“Antes da guerra era sempre assim”, disse a Maggie. “Durante a temporada os cães de caça saíam três vezes por semana.”

Agora não havia cães. Em vez disso, seguimos uma trilha de pedaços de papel espalhados pelo Fred, que saíra a cavalo horas antes. Lorde Thorton foi guiando o caminho. A Maggie e eu controlamos nossos pôneis até o caminho estar livre. As crianças tinham que cavalgar na retaguarda.

O galope dos cavalos enlouqueceu o Manteiga. Ele queria correr. Eu o segurava forte, mas ele lutava comigo, mordendo o freio. Suava nas laterais. Eu o agarrei pelo pescoço. "Para, para", ordenei. "Fica quieto, seu idiota!"

O Manteiga jogou a cabeça para trás. Patinou para o lado. Deu uma sacudida.

"Deixa ele", disse a Maggie. "Deixa ele correr um pouco, ele vai se acalmar."

Eu o deixei correr, mas ainda precisava agarrar as rédeas com tanta força que meus dedos doíam. Eu nunca vira o Manteiga se comportar mal.

"Você está agitando ele!", disse a Maggie. "Relaxe!"

Eu não conseguia relaxar. Não ousava. Um coelho disparou por sob os cascos do Manteiga, e eu me assustei mais do que ele. Minhas mãos doíam. A respiração me doía no peito. Meus olhos lacrimejavam com o vento.

Chegamos a um canal cheio d'água. A Hera atravessou com um salto. O Manteiga hesitou, então saltou. Eu voei para cima com ele, uns metros acima da sela. Ele aterrissou do outro lado do canal. Eu continuei.

Soltei as rédeas, cruzei os braços e escorei a queda nos ombros, como lady Thorton havia ensinado. Rolei pela grama, sem me machucar. O Manteiga se empinou onde estava, os pés enroscados nas rédeas dependuradas. O desgraçado acabaria estragando as rédeas. Eu me levantei.

"Eita", disse Jonathan Thorton, parando o Oban ao lado do Manteiga. "Tudo bem?", perguntou para mim.

Eu assenti. Sentia o rosto ardendo. Fazia meses que eu não caía — desde antes do hospital.

O Jonathan desceu do cavalo. Desembolou o Manteiga e me ofereceu ajuda para subir.

"Consigo fazer sozinha", respondi.

"Claro que consegue", concordou ele. "Só estou tentando ser cavalheiro."

Não pretendia ser malcriada com ele. "Me desculpe." Deixei que me ajudasse a montar.

"Tudo bem", disse o Jonathan. "Não chamamos esse canal de Fosso do Champanhe à toa."

Não entendi o que ele quis dizer.

"Esse canal é famoso por derrubar muita gente", prosseguiu ele. "E quem cai durante uma caçada tem que comprar uma garrafa de champanhe pros mestres." Ele escancarou um sorriso. "Não se preocupe. Acho que a caça ao tesouro não conta. Além do mais, você é meio nova para tomar champanhe."

Eu franzi o cenho. Desconhecia a palavra *champanhe*.

"Vinho borbulhante", explicou a Maggie, para me ajudar. "Coisa francesa. Eu já tomei um golinho, é uma delícia." O Jonathan ergueu as sobrancelhas. "Um *golinho*", repetiu a Maggie.

Acabamos ficando muito para trás. Partimos atrás dos outros cavaleiros a um meio galope. O Manteiga desistiu de guerrear; ou enfim havia se cansado, ou se sentia culpado por ter me derrubado no chão. Provavelmente estava cansado.

"Onde você aprendeu a cavalgar?", perguntou o Jonathan.

"Aqui", respondi. "O Fred me ensina." Então, ao me lembrar, soltei uma risada. "Na verdade eu comecei com o seu cavalo. O Oban. Ele pulou pra dentro do nosso quintal. E eu levei ele de volta."

O Jonathan arregalou os olhos. "Foi *você*?"

"Fui eu", respondi. No dia em que eu conhecera a Maggie, que ela batera a cabeça.

"Mas a mamãe contou que tinha sido uma evacuada", disse o Jonathan. "Uma garotinha manca e sujinha. Do jeito que ela falou, pareceu acidental que você não tivesse morrido."

"Deve ter sido mesmo. Eu não sabia nada. E não sou manca."

"Estou vendo", disse o Jonathan.

"Nunca fui manca", completei.

A Maggie franziu o rosto para mim, mas não abriu a boca. Nem o Jonathan.

"O seu cavalo é muito lindo", soltei, para preencher o estranho silêncio.

O Jonathan abriu um sorriso. "A minha irmã desdenha dele."

"Eu sei", respondi, "mas eu o amo. Ele não me derrubou quando podia. E é lindo." O Oban tinha uma graça e elegância que o Manteiga jamais teria. Era feito a diferença entre mim e a Honorável Margaret Thorton.

Seguimos a meio galope, subimos um lance de escadas e cruzamos um canal menor. O Manteiga estava mais calmo, e eu me sentia mais segura cavalgando com o Jonathan e a Maggie.

"Eu tenho que voltar pra pista de pouso amanhã", disse o Jonathan, "mas da próxima vez que estiver de folga vamos cavalgar juntos. Vocês duas e eu, só nós três."

"Está falando sério?", perguntei.

Ele me encarou com os olhos castanhos. "Palavra de honra."

Os outros cavaleiros haviam parado no extremo oposto do campo. O Jonathan trotou em direção a uns amigos. "Você nunca me disse que ele era tão legal", comentei com a Maggie.

"Eu nunca soube", ela respondeu, balançando a cabeça. "Por que você falou que nunca foi manca?", perguntou ela. "Ele sabe tudo sobre o seu pé torto e a cirurgia."

Eu dei de ombros. Não sabia por quê. "Eu não sou manca", resmunguei.

Não era a verdade completa. Eu sabia que ainda coxeava de vez em quando. Mas todas aquelas palavras — *manca, aleijada, não passa de uma desgraça*. Eu queria esquecer que um dia fora aquela garota.

Depois da caçada, os Thorton ofereceram o que era para ser um café da manhã, embora só tenhamos começado a comer lá pelo meio da tarde. "Qualquer refeição que se faça depois da caçada é chamada de café da manhã", explicou a Maggie. "Também não faz sentido pra mim." Ela contou que se não estivéssemos em guerra estaríamos comendo carne e torta de fígado, mas em vez disso foi servida uma variação da torta lorde Woolton, uma comida de guerra especialmente horrível, feita de vegetais assados engrossados com aveia.

Quando cheguei em casa, já estava quase escuro. A Susan havia subido o blecaute sozinha e estava encolhida com o Jamie diante do fogo. Ao me ver entrar, ela sorriu. "Se divertiu?"

Eu tirei as botas imundas na entrada. Assenti para a Susan e retribuí o sorriso. Ela se levantou e caminhou até mim.

"Arrumei o presente perfeito pra você", disse ela. Entregou-me uma folha de papel. "Aqui. Feliz Natal."

Eu cruzei a sala, empurrei o Jamie para o lado e me sentei. Desdobrei o papel da Susan. E li, em grandes letras impressas: "Transferência de propriedade do pônei de nome Manteiga, de Susan Elisabeth Smith a Ada Maria Smith. Vinte e seis de dezembro, 1940."

13

O Manteiga.

Para Ada Maria Smith.

Para *mim*.

Eu engoli. “Se estiver brincando, não tem graça.”

“Por que eu estaria brincando?”, perguntou a Susan.

“E ninguém pode levar ele embora?”

“Não”, respondeu ela. “Haja o que houver.”

“E se acontecer alguma coisa e eu não puder cuidar dele?”

“Eu te ajudo. Sou a sua guardiã. A gente dá um jeito.”

“E se acontecer alguma coisa com *você*?”

“Não vai acontecer nada comigo.”

Ela não sabia disso.

“A gente dá um jeito”, disse a Susan. “Demos um jeito até agora.”

Eu segurei firme o papel. “Obrigada”, sussurrei. Então me virei e disparei pelas escadas.

“Aonde você vai?”, gritou Susan.

“Vou pôr na caixa com a minha certidão de nascimento!”

A Susan havia me ensinado a procurar as palavras no dicionário. Passei a noite acordada na cama, com a lanterna acesa, lendo.

Guardião: aquele que guarda, protege ou preserva; defensor, protetor; às vezes = anjo da guarda.

Anjo da guarda: anjo concebido como guardião ou protetor de alguém ou algum lugar.

Anjo: ser espiritual que se crê agir como servente, agente ou mensageiro de Deus, convencionalmente representado na forma humana com asas e uma túnica longa.

Honestamente, eu não fazia ideia do que nada daquilo significava. Guardião era alguém que guarda. Certo. Isso fazia sentido e era o que eu esperava. Mas humanos com asas? Mensageiros de Deus? Nem tanto.

Pupila. Essa palavra era complicada. Significava uma parte do olho humano. Significava um menor de idade sob os cuidados de um guardião — era eu —, mas também li: "pupilar: tutelar, como em *pupilar um órfão*".

Tutelar: proteger, amparar, defender.

"Você conhece alguém que tenha um anjo da guarda?", perguntei à Susan na manhã seguinte.

Ela não desviou os olhos do pão que fatiava. "Talvez", respondeu. "É um desses conceitos religiosos estranhos. Parece coisa boa, mas na verdade não faz diferença."

Eu queria que ela olhasse para mim. "Você já viu um?"

"Não", respondeu ela. "Ficaria bem espantada se visse. Ponha a mesa, por favor. Cadê o Jamie?"

Sentamo-nos à mesa do café. "Você chama o Jamie e eu de pupilos", comentei. "Mas *pupilar* significa proteger alguém."

Dessa vez a Susan me deu atenção. "Andou lendo o seu dicionário?"

Eu assenti.

"Bem, a questão é que às vezes as palavras têm mais de um significado. *Pupilar* pode significar proteger alguém. Mas pupilo é a pessoa que recebe proteção, e que, portanto, não precisa gastar energia com tantas preocupações."

"Por que você não pode ser só a nossa mãe?", perguntou o Jamie.

"Porque ela não é", respondi.

"Ada, eu não me incomodo que o Jamie me chame de mãe."

"Eu prefiro ser sua pupila. Quero ajudar você."

A Susan fez uma pausa e bebericou o chá. “Você foi muito forte a vida inteira, Ada”, disse ela. “Agora vai receber cuidados. Pode se sentir segura.”

“Ah”, respondi. “É pra eu me sentir segura?”

“Claro.”

Eu nunca tinha me sentido. Nenhuma vez. Qualquer coisa podia acontecer, a qualquer momento — a morte da Mãe provava isso. “Você se sente segura?”, perguntei a ela.

Ela me encarou de volta, surpresa. “Eu me sinto. Quer dizer, por um tempinho não, com os ataques aéreos, e quando a gente achou que ia ter invasão, e aquela noite em Londres... mas na maior parte das vezes, sim.”

“Mas a Becky morreu”, retruquei. “Ela te deixou sozinha.”

“Aquilo me entristeceu. Ainda me entristece. Mas não me deixa insegura.”

“Posso participar da observação de incêndios?”, indaguei. A Susan já havia cumprido um turno. Ficara no alto da torre da igreja, na calada da noite. Vigiara à procura de incêndios e protegera a cidade.

Susan me olhou de cima a baixo. “Acho que esta é uma excelente ideia.”

14

O SVF permitiu com satisfação que eu participasse da observação de incêndios, mas informou que levaria umas semanas para me encaixar na escala. No sábado, durante o dia, a Susan foi comigo e o Jamie até o campanário da igreja, para que eu soubesse aonde ir e o que fazer. Dentro da igreja havia uma portinhola, próxima ao vestíbulo, que eu nunca percebera antes. Atrás dela se erguia uma escada antiga e estreita, com degraus de pedras lascadas e irregulares.

A Susan foi na frente. O Jamie, atrás dela. Eu fui por último, devagar e com cuidado. Jamais conseguiria subir uma escadaria daquelas antes da cirurgia — não teria como apoiar as muletas com firmeza. Eu cairia, sem dúvida. Agarrei-me ao corrimão. Tinha o coração disparado e a boca seca.

Bem no alto a escadaria desembocava num espaço feito uma sacada, de onde se podia ver as fileiras de assentos da igreja. Por um instante vi os bancos rodopiarem. Deslizei para o lado e adentrei uma sala onde havia cordas grossas penduradas, amarradas a buracos no teto. "Esta é a sala dos sineiros", disse Susan. "Essas cordas fazem soar os sinos da igreja."

O Jamie fez que ia puxar uma das cordas. Susan franziu o cenho. "Nem pensar." Desde o início da guerra só era permitido badalar os sinos das igrejas para sinalizar uma invasão alemã.

A Susan e o Jamie subiram uma escada de madeira pregada à parede. Eu encarei a escada. Nunca tinha subido uma daquelas. Não conseguia, com o pé torto. "Segure nas laterais e vá subindo os degraus normalmente", disse a Susan.

Eu apoiei o pé direito e o empurrei o máximo possível para a frente, até que os meus dedos tocaram a parede atrás da escada. Fui sustentando meu peso na parte de trás do pé, de modo que a subida não doeu tanto. Mesmo assim não era fácil. Quando olhei para baixo, vi outra vez o chão rodopiar.

Acima da sala dos sineiros, oito sinos preenchiam a base do campanário. Eram imensos — tão grandes que dava para tomar banho dentro. Eu parei para me equilibrar. "Não imaginei que fossem tão enormes."

"Cada sino reproduz uma nota diferente", explicou a Susan. "Se forem tocados numa determinada ordem, produzem música. Isso se chama repicar. Eu repicava os sinos na paróquia do meu pai, quando era garota."

Agora minhas mãos tremiam. Subi outra escadinha de madeira por entre os sinos, até uma portinha angulada. A Susan abriu. Nós saímos. Estávamos a meio caminho do topo do campanário, parados sobre uma estreita marquise ladeada por uma muralha de pedra da altura da cintura.

Espiei pela beirada da parede. O chão estava a vários metros de distância; eu não fazia ideia de que tínhamos subido tanto. A grama do cemitério da igreja parecia subir e descer. Senti meu corpo se inclinar para a frente. Soltei um grito.

Susan me agarrou pelo ombro. "Ada, o que houve?"

Me segurei com força na muralha de pedra. Meu estômago pesou.

"Está tudo bem", disse a Susan. "Não tem como você cair. A parede é forte."

Eu passara a vida espiando pela janela da Mãe, três andares acima da rua. Devia estar acostumada a olhar para baixo.

O Jamie saiu correndo pelo campanário, berrando de empolgação. "Jamie!", gritei. "Sai da beirada!"

"Ele está bem", disse a Susan. "Não vai se machucar."

A minha cabeça zumbia. Ficar no campanário era tão ruim quanto levar um bombardeio.

"Talvez essa não tenha sido uma boa ideia", disse a Susan. "Vamos descer de volta."

"Não!"

"Tudo bem sentir medo."

Eu cerrei os dentes e cravei os olhos nela. "*É claro* que eu não estou com medo."

"O destino da guerra não depende da sua observação de incêndios", completou Susan.

E se dependesse? Não o destino da grande guerra, mas o da minha própria? E se o meu medo sustentasse a minha segurança? "Eu vou participar da observação", afirmei. Me levantei, travei os joelhos e me equilibrei com uma mão só.

Se eu olhasse para cima em vez de diretamente para baixo, não era tão ruim. De um lado se erguiam colinas cobertas de grama seca invernal. Do outro se estendia o oceano, plano e límpido. Respirei fundo e enchi os pulmões com o aroma do mar. Senti o vento no rosto. O céu parecia seguro.

Desde que não houvesse bombas.

Descer foi mais difícil que subir. Para descer a escada de madeira eu tinha que balançar um dos pés no ar. Ou balançava o pé direito, nada confiável, esperando que ele encontrasse a escada, ou apoiava o peso no pé direito e balançava o esquerdo.

"Não precisa se torturar", disse Susan, me observando.

"Não sei do que você está falando." Cruzei a sala dos sineiros e comecei a descer a escadaria. Era difícil para mim, mesmo indo devagar. Eu jamais conseguiria descer depressa.

Se começasse a me permitir sentir medo, jamais conseguiria parar.

Parei um instante do lado de fora da igreja, os pés firmes no chão. Deixei meu corpo se assentar. Olhei as pedras do cemitério.

A Mãe não estava lá. A Mãe havia ido embora.

Um súbito pensamento me dominou. "Onde está o corpo da Becky?", perguntei à Susan. "Onde a Becky está enterrada?"

15

"Não está aqui. Becky foi enterrada na cidade onde cresceu."

"Mas o funeral dela foi aqui", revidei, com um súbito lampejo de memória. "Metade da cidade foi."

A Susan franziu o cenho. "Como é que você sabe disso?"

"Lady Thorton que falou", respondi. "Séculos atrás." *Quase todo o vilarejo foi ao funeral.* Eu não sabia o que era um funeral, mas me lembrava de lady Thorton dizendo aquelas palavras.

"Que estranho você lembrar." Susan tomou a mão do Jamie e nos conduziu pela estrada. Estendeu a mão para pegar a minha, mas eu fingi não ver.

"Eu me lembro de tudo que as pessoas falam sobre a Becky."

"Por quê?"

Eu dei de ombros. "Ela era importante. Você a amava. Ela te deu o Manteiga."

Susan respirou fundo. Ao expirar, formou-se uma nuvem branca no ar frio. Ela apressou o passo. "Depois que ela morreu, os pais dela tomaram as decisões. O funeral foi feito aqui porque ela tinha amigos aqui. A casa dela tinha sido da avó antes de pertencer a ela, então ela vinha visitar a cidade desde pequenina. Mas os pais mandaram enterrá-la no cemitério atrás da igreja deles. Acho que queriam poder visitar o túmulo. As pessoas costumam visitar o túmulo de seus entes queridos."

"Você já falou isso", eu disse. "Com a Mãe." Embora a Mãe não fosse exatamente um ente querido.

"Pois é", confirmou Susan.

"Mas você não visita a Becky?"

"Não. Nunca visitei."

"Os pais da Becky também não gostam de você?" Os pais da Susan não gostavam dela. Eu não entendia por quê.

Susan suspirou. "Eu não sei. Nunca perguntei. O pai dela nunca me pareceu amistoso."

"É por isso que você queria que a Mãe fosse enterrada aqui, porque você não visita a Becky?"

"Se você fosse visitar o túmulo da Becky, ia ficar menos triste por ela ter morrido?", perguntou Jamie.

Os olhos da Susan estavam cheios d'água, mas podia ser só o vento. "Não", respondeu ela. Eu não soube para qual pergunta era a resposta.

Duas semanas se passaram. A Maggie retornou à escola. Vários dias depois, quase no fim de janeiro, eu estava lendo na sala quando alguém bateu com força à porta. Eu me levantei e abri. Lady Thorton adentrou, fria e feroz como uma rajada de vento. Olhou-me de cima a baixo. "Cadê a sua mãe?"

"Morreu."

"Eu não... honestamente, Ada. Quis dizer cadê a srta. Smith?"

"Cadê a *Susan*?"

"Sim, é claro." Lady Thorton parecia bem irritada. "De quem mais eu estaria falando?"

A Susan veio da cozinha, enxugando as mãos. "Ah", disse lady Thorton. "Aí está. Decidi vir morar aqui com vocês."

16

"Por favor, não deixe", pedi à Susan mais tarde, quando estávamos sozinhas picando legumes para o jantar.

"Não tem isso de *deixar*", respondeu. "A casa é dela. Ela está deixando *a gente* morar com *ela*. A decisão não é minha."

Lady Thorton havia sido expulsa de casa, pois o governo queria usar a residência dos Thorton para alguma coisa relacionada à guerra. Em tempos de guerra o governo podia pegar o que bem entendesse. Lady Thorton tinha duas semanas para se mudar.

"Ela não pode pagar outro lugar? Um lugar melhor?"

"Claro que pode. Só que ela não quer."

"Não vejo por que não."

"Não interessa se você vê ou não", respondeu a Susan. "Mas tente imaginar como ela se sente ocupando aquele espaço imenso. O marido, os filhos, os empregados, todo mundo foi embora, os quartos estão quase todos fechados. Não acha que ela deve estar muito solitária?"

Era difícil imaginar que lady Thorton sentisse qualquer coisa. "Ela vive ocupada", respondi. "E ela tem aquela criada."

"A criada vai morar com a irmã em Lyme Regis", explicou Susan. "Lady Thorton tem amigos na cidade, está habituada a tudo por aqui, e morando com a gente não vai precisar ficar sozinha. Acho que vai fazer bem a ela."

Eu pensei a respeito. "Ela tem mesmo amigos?", perguntei. "Na cidade, quer dizer." Nenhuma das mulheres que cavalgaram na caça ao tesouro era da cidade.

"Tem", disse Susan, num tom áspero. "Ela tem a mim."

Lady Thorton passou uma semana organizando sua mobília e pertences, guardando coisas nos sótãos da Casa Thorton ou mandando para o nosso chalé. Ocupou um dos quartos vazios, mas, em vez de deixar o outro para a Maggie, decidiu que ela ficaria no meu quando viesse da escola.

Lady Thorton levou metade do meu quarto embora, e a Susan não fez nada. Lady Thorton empurrou as minhas coisas para o lado, cobriu tudo e mudou tudo, e a Susan deixou.

Lady Thorton queria transformar o último quarto no que chamava de habitação de hóspedes, para quando o Jonathan ou alguém mais viesse.

Todo o chalé ficou diferente com as coisas de lady Thorton entulhadas. Tínhamos mais panelas, bules e louças do que jamais conseguiríamos usar. Tínhamos uma mesa de cozinha maior e com cadeiras extras, um sofá de veludo e uma poltrona com braços na sala de estar. Voltamos a possuir um rádio, maior que o antigo da Susan. Uma tela de metal para a lareira, tapetes por toda parte, quadros nas paredes. O quadro sobre a cornija era belíssimo, explicou lady Thorton, mas mostrava aves de caça mortas, então eu odiava. Uma pintura de cavalo fora colocada na cozinha. Eu preferia essa.

Na primeira noite depois da mudança de lady Thorton, nós jantamos juntos. Susan e eu cozinhamos. Lady Thorton se sentou à cabeceira da nova mesa, no lugar que a Susan costumava ocupar.

"O Jonathan não consegue folgar com muita frequência", eu disse. "Quando ele vier, pode ficar com o Jamie. Assim a Maggie pode ter um quarto só dela."

Lady Thorton me olhou com frieza. "Imaginei que vocês duas fossem gostar de ficar juntas."

Isso em parte era verdade, mas em parte não era. Eu abri a boca para falar. Do outro lado da mesa a Susan fez que não com a cabeça firmemente, me alertando. Não entendi o motivo — ela nunca se incomodava que eu expressasse minha opinião —, mas fechei a boca.

Lady Thorton nem sequer recolheu o próprio prato da mesa. Se levantou e saiu. O Jamie começou a levar as louças para a pia. A Susan esperou lady Thorton fechar a porta do quarto. "Você não gosta da ideia de dividir o quarto com a Maggie?", perguntou ela. "Nunca imaginei que não fosse gostar."

"Claro que gosto", respondi. "Eu dividiria tudo meu com a Maggie."

"Qual é o problema, então?"

Eu lutei para encontrar palavras para o que sentia. Susan esperou. Por fim, consegui: "Eu nunca me importaria de dividir o meu quarto com a Maggie. Mas lady Thorton transformou tudo no quarto da Maggie, para que ela divida comigo". Eu fiz uma pausa. "Eu sei que nunca vou ser feito a Maggie. Só que nunca tinha me sentido tão diferente dela."

Susan ergueu a sobrancelha. "Mostre pra mim."

Lady Thorton havia posto mais uma cama no meu quarto. Tinha levado embora a minha penteadeira, colocado um guarda-roupas lustroso e substituído a minha pequena estante de livros por uma maior. Abarrotara duas prateleiras com os livros da Maggie, enquanto o meu dicionário jazia de lado na terceira, perto da minha caixinha. Lady Thorton havia esvaziado uma gaveta do guarda-roupas da Maggie para as minhas meias e roupas de baixo e empurrado um monte de vestidos dela para abrir espaço para os meus, mas, como eu só tinha três — dois para o dia e um novo para os domingos —, quase não ocupavam espaço.

Lady Thorton havia estendido colchas iguais nas duas camas, colocado travesseiros com rufos e uns saiotes de renda esquisitos que cobriam os colchões até o chão. Pendurara cortinas franzidas na janela, por fora da moldura do blecaute. Deitara no chão, entre as camas, um tapete de lã do antigo quarto da Maggie e preenchera toda a parede sobre a cama dela com fotografias emolduradas.

"Entendi", disse a Susan. "Mas, sabe, antes do bombardeio você tinha tapete e cortinas. Também tinha mais roupas."

"Não feito as da Maggie", respondi.

Susan abriu o guarda-roupas e tocou o tecido de um dos vestidos da Maggie. "Poucas meninas da sua idade têm roupas feito as de Margaret Thorton."

"A Honorável Margaret Thorton", resmunguei. Era o nome oficial da Maggie. Não era lorde ou lady, mas quase isso.

"Parece que está com ciúme", disse a Susan. "Você está?"

"Não!", respondi. "Não ligo para as coisas da Maggie. Só que esse quarto já não parece meu, e ninguém me perguntou nada. Ninguém perguntou se eu queria uma colcha diferente, se eu queria renda debaixo da cama. Ninguém me perguntou nada. Essa casa inteira já não parece que é da gente. Parece ser de lady Thorton."

Susan me puxou para perto e me beijou o cocuruto. Eu me contorci. "A casa é de lady Thorton", lembrou ela. "Sei que você não quer ouvir isso, mas é a verdade."

"Ela devia ter perguntado", insisti.

"Concordo", disse Susan. "Em relação ao seu quarto, ela devia. Estou contente com as coisas novas da cozinha e uma sala de estar mais confortável, mas também não ia gostar se lady Thorton redecorasse o meu quarto."

"Eu nunca tive um espaço só meu."

A Susan assentiu. "Era importante para você."

"Eu não tinha percebido", respondi, "mas era." Eu me aproximei um pouco dela.

"Você prefere dividir o quarto comigo?", perguntou Susan. "Pode ficar com metade do espaço e botar do jeitinho que quiser."

Eu refleti. "Lady Thorton não ia gostar."

"Não importa. Se essa for a sua vontade, eu me resolvo com ela", disse.

Eu pensei um pouco mais. "Não sei. Vou esperar pra ver como fica quando a Maggie estiver aqui." Eu adorava estar com a Maggie. Era lady Thorton que me deixava ansiosa.

"Está bem", respondeu Susan. "Enquanto isso você pode fazer o que quiser com o seu lado do quarto. Pode mudar o quanto quiser. Só não mexa nas coisas da Maggie. E mantenha a porta fechada... o que os olhos de lady Thorton não virem, o coração dela não vai sentir."

Era estranho ter lady Thorton em casa à noite. Ela tomou banho logo após a ceia e se sentou lá embaixo, de robe. *Lady Thorton usando robe.* Eu não pude deixar de encarar. Ela se sentou na grande poltrona com braços, apoiou os pés calçados em chinelos num banquinho com bordados e se pôs a ler, em silêncio. Eu a observava virar as páginas. "Ada, por favor", disse ela, erguendo os olhos. "Não estou em exibição no zoológico."

Eu encarei a parede. "O que é zoológico?", indagou o Jamie.

Lady Thorton ergueu a sobrancelha. A Susan respondeu, na maior calma. "É um parque onde moram vários tipos diferentes de animais, presos em jaulas, que as pessoas pagam para ir ver. Em Londres há um grande zoológico."

"Que nem um show de horrores", disse o Jamie. Vai saber onde ele tinha ouvido aquilo.

"Não exatamente", respondeu lady Thorton.

"Que tipo de animais?"

"Todo tipo", explicou Susan. "Os que aparecem nos livros. Macacos, zebras. Leões."

"Eu não sou um macaco", disse lady Thorton. "Se me jogarem um amendoim, eu não vou reagir." Aquilo não fez sentido para mim, mas lady Thorton e Susan sorriram.

Na manhã seguinte, lorde Thorton apareceu em casa. Parou em frente ao nosso chalé num automóvel, de onde saiu uma garota um pouco mais velha que eu. Tinha cabelos escuros, pele clara e uma expressão igual à do gato do Jamie: reservada e cautelosa.

Susan e lady Thorton saíram.

"Olá, senhoras", disse lorde Thorton, apanhando uma mala no banco de trás do carro. "Olá, Ada." Ele apoiou a mão no ombro da garota e a fez dar um passo à frente. "Susan, eu trouxe o projeto que lhe havia prometido. Ela se chama Ruth."

Eu encarei a Ruth. Ela encarou de volta, indignada — ou comigo, ou por ter sido chamada de "projeto". Eu não soube dizer.

"Ela tem dezesseis anos", prosseguiu lorde Thorton. "Está se preparando para as provas de admissão em Oxford, e você vai receber para orientá-la em matemática. Tenho uma lista de tópicos que ela precisa compreender a fundo." Ele pigarreou. "O pai dela é um estatístico de Dresden."

Susan deu um salto, espantada, e lady Thorton congelou. Não entendi por quê. Não sabia o que significava *estatístico*.

Ruth baixou a cabeça. Retesou os ombros. Seu rosto ficou vermelho.

"Inacreditável." Lady Thorton parecia escandalizada. "Não vou abrigar uma alemã nesta casa."

17

Alemã? Eu encarei a Ruth, tentando decifrar qual palavra dita por lorde Thorton significava alemão. *Estatístico*?

A Susan pôs a mão no meu ombro. "Dresden é uma cidade da Alemanha", explicou ela.

Lorde Thorton suspirou. "A família dela veio para a Inglaterra em junho de 1939. Mais de um ano e meio atrás. Desde a Batalha da Grã-Bretanha os pais dela estão sendo mantidos num campo de internamento. Estamos fazendo o possível para soltar o pai. Precisamos dos conhecimentos dele do nosso lado."

"Não", disse lady Thorton. "Não aceito."

"Eles são judeus", disse lorde Thorton. "São refugiados."

"Um alemão é um alemão é um alemão. Ponto", respondeu lady Thorton.

Lorde Thorton franziu o cenho. "Você sabe que isso não é verdade."

Ruth manteve o olhar baixo. Tinha as bochechas vermelhas. Eu a encarei. Alemã! Havíamos visto soldados alemães nos cinejornais. Eles lembravam o Hitler, com seus olhos escuros e frios. Alguns até tinham bigodinho quadrado. Só de olhar já dava para saber que eram malvados.

Ruth tinha os cabelos castanho-escuros, cortados bem curtos. Sem dúvida não tinha bigode. Eu não podia ver a cor de seus olhos, mas ela me parecia bem normal.

Por outro lado, o espião que eu encontrara no verão anterior também parecia normal. Até falava inglês sem sotaque alemão. Mesmo assim era espião. A Ruth era inimiga. Tinha que estar na cadeia, ou no mínimo morando longe da gente.

Susan exalou o ar com força. Analisou lorde Thorton. "Vai ficar tudo bem", disse ela.

"Não vai, não", respondeu lady Thorton.

"Vai, sim", disse lorde Thorton. "Isso é importante."

Lady Thorton dilatou as narinas. "Estamos em guerra com a Alemanha! O nosso filho está arriscando a própria vida para derrotar os alemães. Não vou abrigar uma inimiga em casa."

"Estou sabendo que estamos em guerra!", urrou lorde Thorton. "Compreendo mais do que você imagina." Ele acalmou a voz e controlou os nervos. "Jamais pediria que você ou a Susan fizessem qualquer coisa desonrosa. Posso garantir."

"Claro que não", concordou a Susan.

"Educação em tempos de guerra é um luxo", argumentou lady Thorton. "O Jonathan largou Oxford para ir lutar. Não vejo por que a educação desta moça deva ser posta à frente da dele."

"Você precisa confiar em mim", disse lorde Thorton.

"E o que é que eu vou dizer à cidade?", indagou ela, num tom explosivo.

"O que você quiser."

"Não tem lugar para ela dormir", disse lady Thorton.

"Tem um quarto sobrando na casa."

"Para quando o Jonathan vier."

"Manter quartos vazios em tempos de guerra é um luxo", retrucou lorde Thorton.

Lady Thorton sorveu o ar. Pressenti a chegada de uma tempestade. Susan disparou uma olhadela para mim. "Ada", disse ela, "levem a Ruth lá para cima, você e o Jamie."

18

Eu subi a escada na frente e me dirigi ao novíssimo quarto de hóspedes. Imaginei que não seria mais do Jonathan. A Ruth apoiou a pequena mala fechada ao pé da cama. Eu me perguntei o que os alemães carregavam em suas malas. O meu espião levava um equipamento de rádio sem fio.

O Jamie havia se demorado na escada. Enfiou a cabeça pela porta do quarto. "Estão discutindo sobre os alemães", disse ele. "Isso que é a invasão?"

"Não", respondi. "Isso já passou, lembra?"

"Então por que tem uma alemã aqui?"

Boa pergunta. Sentei-me na cadeira e encarei Ruth.

"Eu odeio o Hitler tanto quanto vocês", disse ela. Tinha um sotaque forte, mas eu conseguia entender. "Provavelmente mais. Vocês ouviram o sr. Thorton dizer que sou judia?"

Eu dei de ombros. Não fazia ideia do que aquilo significava. "O nome dele é *lorde* Thorton. E isso não é da minha conta."

"Não é, só que você deve conhecer a posição do Hitler em relação aos judeus."

Eu só conhecia a posição dos alemães em relação aos ingleses. Eles nos bombardearam. "Não é da minha conta", repeti. Ruth daria uma péssima espiã. A não ser que estivesse fingindo o sotaque para nos engambelar. "Sai daqui, Jamie", ordenei. Ele não precisava ser cúmplice dos alemães.

O Jamie me ignorou. "Fale alguma coisa alemã", pediu ele.

A Ruth falou. Eu estremeci.

"O que isso significa?"

"Significa", respondeu Ruth, "que eu achava que era alemã. Já não pertenço a lugar algum." Ela me encarou de volta com frieza. "Posso ter um pouco de privacidade?"

"Não sei se tenho permissão de te deixar sozinha."

Ruth fechou a cara. "Estou aqui para aprender matemática. Só isso." Eu não retruquei. "Muito bem", resmungou ela. "Me mostre onde é o banheiro. Vai querer me ver usar o vaso?"

Eu não queria.

Ao sair do quarto agarrei o porta-retratos da mesinha de cabeceira, que tinha a foto de Jonathan Thorton.

"É seu irmão?", perguntou Ruth.

"É o filho de lorde Thorton. É piloto. Está lutando contra os alemães."

Eu não fui ao banheiro com a Ruth, mas aguardei no corredor, ao lado da porta, até que a Susan me chamou para descer com o Jamie. "Lorde e lady Thorton vão dar uma volta", disse ela. "Jamie, dê uma varrida nessa lama. Ada, vá pôr a mesa. Seis lugares."

"Mas não tem ninguém vigiando ela", retruquei.

"Não há necessidade. Ela não é espiã."

"Como é que você sabe?", perguntei. A Susan não respondeu. "Ela vai mesmo morar com a gente?"

"Vai", disse a Susan.

"Era esse o projeto que você tinha em mente?"

Susan suspirou. "Não. Espero que lady Thorton compreenda isso."

Eu não achava que a Susan quisesse mesmo trabalhar, por mais que fosse um trabalho fácil como ensinar matemática. Cuidar do Jamie e de mim já era mais do que ela sequer desejara. Agora ela também tinha que dar conta de lady Thorton, e ainda por cima de uma alemã. "Eu vou te ajudar", prometi.

"Eu sei", disse Susan.

Escureceu. O Jamie e eu subimos o blecaute. Tentamos ir ao quarto da Ruth para subir o blecaute de lá, mas ela havia trancado a porta. Eu nunca tinha me dado conta de que era possível trancar as portas dos quartos.

"É o blecaute", gritei.

"Estou com a luz apagada", gritou ela de volta. "Vá embora."

Descemos correndo para contar à Susan.

"Ela se trancou lá dentro", dedurei. "Deve estar planejando alguma coisa. Deve ter um rádio sem fio naquela mala."

"Ou uma bomba", disse o Jamie. "A gente não quer bombas."

Susan ergueu as sobrancelhas. "A Ruth não tem bomba nenhuma. É uma criança."

"É mais velha que o Stephen", revidei. "E ele está lutando na guerra." Pelo menos eu supunha que estivesse. Já havia escrito duas cartas para ele, mas não tinha recebido resposta.

"Ada, você confia em lorde Thorton?", perguntou a Susan.

"Claro que não."

Ela riu e cobriu o rosto com as mãos. "Eu pedi essa resposta. Muito bem. Vamos botar da seguinte maneira: em quem você confia mais, em mim ou em lady Thorton?"

Eu entendi aonde ela estava querendo chegar. "Está bem", respondi.

"Qual é a resposta?"

"Eu vou aguentar a Ruth."

"Você não vai *aguentar* a Ruth", retorquiu Susan. "Vai ser bacana com ela. Vai tentar fazer amizade."

Essa promessa eu não faria. Eu tinha a Maggie. Além do mais, quem ia querer fazer amizade com uma alemã?

A Susan subiu a escada e bateu à porta do quarto de hóspedes. "Ruth, quer descer para tomar um chá?"

"Não, obrigada", respondeu a Ruth.

"O jantar vai sair daqui a meia hora. Por favor, desça para comer."

"Obrigada. Vou descer."

A Susan retornou, enxugando as mãos na saia. "Está vendo? Não é difícil."

O Jamie e eu trocamos olhares. Óbvio que a Ruth podia estar guardando um rádio sem fio. Ou uma bomba.

19

Lorde e lady Thorton não retornaram. A Susan disse que já tínhamos esperado tempo demais e que comeríamos sem eles. A Ruth desceu e se sentou em silêncio no lugar que a Susan indicou. Pôs o guardanapo no colo. Nós a observamos. Ela deu um gole d'água. Observamos.

"Parem de encarar a Ruth", disse a Susan. "Jamie. Coma a sua comida." A comida era um cozido de panela com salsichas, batatas, nabos e cenoura, cujo preparo levava horas.

A Ruth apanhou o garfo, abocanhou a comida e cuspiu tudo. "A salsicha é de porco?", perguntou ela.

"Ai, não", disse a Susan. "Eu não me dei conta. Provavelmente. Quer dizer, hoje em dia ninguém tem como saber, mas presumo que seja de porco, sim. Da próxima vez vou perguntar."

A Ruth assentiu. Separou os pedaços de salsicha e os enfileirou na beirada do prato.

"A salsicha é boa", disse o Jamie.

"Jamie", ralhou a Susan. "Psiu."

"A gente não pode desperdiçar salsicha", insistiu o Jamie. "Estamos em guerra."

"Você quer?", perguntou a Ruth. Transferiu a salsicha para o prato do Jamie. Nós a observamos. "Eu não como porco", explicou ela, olhando para nós. "Só como comida kosher. Tento, pelo menos." Remexeu o resto da comida do prato com o garfo. "Meu pai me ensinou a não comer nada preparado no mesmo prato da salsicha de porco. Minha mãe dizia que era mais importante ser uma boa visita, além de comer pra ficar forte."

Eu não estava entendendo nada.

"Eu já falei", disse a Ruth. "Sou judia."

"E daí?", retruquei.

"O judaísmo é uma religião muito antiga", respondeu a Susan. "Muito mais antiga que o cristianismo. Muitos judeus seguem uma alimentação de regras restritas, que incluem não comer porco. Ruth, preciso que você me explique como te acomodar. Eu provavelmente não vou ter equipamentos suficientes na cozinha para toda a preparação kosher, mas farei o possível."

"O que é cristianismo?", perguntei.

A Ruth me encarou, de queixo caído. Eu ignorei. A Susan respirou fundo. "Cristianismo significa todas as religiões que acreditam que Jesus Cristo seja o filho de Deus. Você é cristã, Ada."

"Como é que você sabe?"

A Ruth soltou uma bufada.

"O quê?", perguntei.

"Como você pode não saber?", retorquiu a Ruth.

Eu cravei os olhos nela.

"A igreja da nossa cidade é a Igreja Anglicana", disse a Susan. "É uma igreja cristã."

"E as igrejas de Londres?" Eu costumava ouvir os sinos do apartamento da Mãe.

"A maioria é cristã", respondeu a Susan. "Mas tem alguns judeus em Londres. Tenho certeza de que há sinagogas lá." Ela soltou um suspiro. "O judaísmo é a religião do Antigo Testamento, Ada. De Abraão e Moisés. Os judeus não seguem o Novo Testamento. Não acreditam que Jesus tenha sido o filho de Deus."

"Como é que não acreditam nisso?", indaguei. "É verdade."

A Ruth bufou. "Não é isso o que o nosso rabino diz."

"O que é um rabino?", perguntou o Jamie.

"Não acredito", disse a Ruth. "Não achei que as crianças inglesas fossem tão ignorantes."

"Nem todos são", respondi. "Só a gente."

A Susan se virou para a Ruth. "A Ada e o Jamie foram evacuados do leste de Londres logo no início da guerra. Recebiam uma educação muito desregrada até pouco tempo atrás."

"Entendi." A Ruth tinha o olhar menos horrorizado. "Eles não são seus."

"São, sim", respondeu a Susan. "Eu adotei os dois."

"A nossa primeira mãe está no céu", soltou o Jamie. "A Susan é a segunda."

Eu cravei os olhos nele. "Isso não é verdade. Você sabe disso!" A Mãe não estava no céu, e a Susan não era nossa mãe. Eu me virei de volta para a Ruth. "Como é que você não acredita que Jesus é Deus?"

"Como você acredita que ele é?", retrucou a Ruth.

"A gente não escolhe em que acredita", eu disse. "Não dá pra dizer 'não creio que isso seja uma cadeira' e transformar num ouriço. Além do mais, o nosso pároco não fala mentira."

"Ada", disse a Susan, "as pessoas escolhem as próprias crenças o tempo todo. O sr. Collins não está mentindo. Ele prega o que crê genuinamente ser a verdade. A Ruth acredita genuinamente em outra coisa. E tudo bem."

"Não pode ser", respondi. Todas as coisas que eu havia me esforçado para aprender agora eram opcionais? Se era piada, não achei engraçado.

A Susan não parecia estar brincando. "Religião é uma questão de fé. A gente sempre tem que escolher as nossas crenças."

A Ruth assentiu, meio desafiadora. "Eu escolho ser judia."

"Tem outras pessoas na cidade iguais a ela?", perguntei à Susan. "Gente que não acredita em Jesus?"

"Tem", disse a Susan. "Eu não sou uma delas, mas provavelmente há pessoas no nosso vilarejo que nem sequer acreditam que Deus existe. Em nenhuma forma."

"Você está brincando."

"Não."

"Como é que elas vão pro céu?"

"Elas decerto também não acreditam em céu."

"E a gente precisa acreditar no céu pra ir pra lá?"

"Não faço ideia", respondeu a Susan.

Eu estava profundamente irritada. "Por que você não me contou nada disso? Por que me fez acreditar em tanta coisa sobre o céu se não era verdade?"

"Eu não te fiz acreditar em nada", disse a Susan. "Não consigo nem te fazer confiar que posso te alimentar. Por que eu faria isso em relação a Deus?"

"Eu não sabia que tinha escolha", respondi.

"Supere isso, Ada", disse a Susan. "Mesmo sem perceber, você está o tempo todo escolhendo as suas crenças." Ela limpou a boca com o guardanapo. "Não vamos monopolizar a conversa. Ruth, o que você quer? Mais batatas? Ou um pão?"

A Ruth descobriu outro pedaço de salsicha. O Jamie encarou, esperançoso. A Ruth deu o pedaço a ele. "O que você faz com a sua ração de bacon?", perguntou o Jamie, mastigando.

"Os judeus não recebem ração de bacon", respondeu a Ruth. "A gente recebe queijo extra."

O Jamie engoliu. "Que horror."

20

Assim que terminou de comer, Ruth subiu e se trancou outra vez no quarto.

"Ela não gosta da gente", eu disse.

"Não a culpo", respondeu a Susan. "Pobre garota."

"Ela me parece bem rica", disse o Jamie.

Lorde e lady Thorton retornaram uma hora depois. Tinham a expressão contida e agiram com educação e cautela. Ambos ainda estavam irritados. Dava para sentir. Lembrei-me de como a Mãe às vezes sorria logo antes de começar a me bater. Meu estômago doeu. Eu me esgueirei para perto da Susan.

"Se quiser, Ada", disse ela, "pode ler na cama por um tempo. Hoje à noite não vou ler para você e o Jamie."

"Mamãe!", protestou o Jamie.

"Hoje não", repetiu a Susan. "Podem ler na cama ou ficar aqui embaixo ouvindo o noticiário. Vocês que sabem." A gente sempre subia para dormir depois do noticiário das nove no rádio.

Eu subi. Meu quarto estava frio, mas eu tinha muitos cobertores. Me enrosquei com o dicionário.

Cristianismo: religião baseada na pessoa e nos ensinamentos de Jesus de Nazaré, ou em suas crenças e práticas.

Judeu: integrante do povo e da comunidade cultural cuja religião tradicional é o judaísmo e cujas origens remontam desde ao antigo povo hebreu de Israel até Abraão.

Judaísmo: a religião monoteísta dos judeus.

Monoteísta: relacionado ou caracterizado pela crença na existência de um único Deus.

Nada daquilo ajudou. Nosso pároco dizia que só havia um Deus, expresso em Deus Pai, Deus Filho — que era Jesus — e Deus Espírito Santo, mas que era tudo um Deus só. Um dia, sem conseguir entender o sermão, eu perguntara isso a ele. A resposta também não fez sentido, mas ele jurou que de fato havia um só Deus.

Então, se eu acreditava num Deus e a Ruth acreditava noutro, quem de nós acreditava no Deus errado?

Não ousei perguntar à Ruth.

Na manhã seguinte, lorde Thorton foi embora. A Susan deu aula à Ruth na mesa da cozinha, junto a mim e ao Jamie. No instante em que a aula acabou, a Ruth recolheu os livros, sumiu para dentro do quarto e trancou a porta. Durante as refeições, ela e lady Thorton se sentaram à mesa em cantos opostos.

No terceiro dia, na hora do almoço, a Ruth percebeu meus culotes. "Você monta?"

"Eu tenho um pônei", respondi. "Trabalho nos estábulos de lady Thorton, e em troca ele fica morando lá."

"Eu gosto de cavalos", disse a Ruth. "Gosto de cavalgar."

Eu não disse nada.

"Posso ir aos estábulos com você?", perguntou ela.

"Não." Lady Thorton esfregou as mãos, como se espanasse uma sujeira. "Uma alemã na casa dos Thorton! Com operações de guerra acontecendo por lá!"

"Só aos estábulos", insistiu a Ruth. "Eu nem ia chegar perto da casa."

Lady Thorton torceu o nariz. "De jeito nenhum."

O povo do vilarejo também suspeitava da Ruth. Na fila da comida, olhavam torto para nós. Susan explicou por que a Ruth estava morando com a gente, mas só uma vez. "Eles vão se acostumar ou não com ela, não depende de mim", concluiu ela. "Vou poupar o meu latim."

Na primeira semana, pelo menos, a Ruth não nos matou enquanto dormíamos. Um dia, durante a caminhada dela, o Jamie revirou sua mala e gavetas e informou que nada havia lá além de roupas, livros de escola, uma escova de cabelo e uma de dentes. A Susan ficou furiosa com a bisbilhotice, mas eu gostei. Susan disse que estava decepcionada com nós dois. Lady Thorton pareceu satisfeita.

"Por que o Hitler odeia os judeus?", perguntei à Susan. "Os judeus acreditam no Deus errado?"

Se a Ruth não acreditava no Deus do Hitler, então o Hitler e eu acreditávamos no mesmo Deus? O pensamento me embrulhou a barriga. O Hitler havia matado a Mãe e quase havia me matado.

"Não", disse a Susan. "Os judeus não acreditam no Deus errado. Ninguém sabe explicar o ódio do Hitler em relação a qualquer coisa. O Hitler desafia a lógica."

O Jamie teve o gesso removido. Tinha os músculos do braço magrelos, por falta de uso, mas os ossos de fato estavam como novos. Em pouco tempo o braço inteiro estaria novinho. Promessa do dr. Graham. Ao receberem cuidados médicos, os ossos se curavam. O Jamie não teria nem cicatriz.

"Se o seu pé torto tivesse sido tratado logo que você nasceu", disse a Susan, "também seria como se nunca tivesse existido. Você nem ia se lembrar de ter sido diferente."

Eu me lembraria para sempre.

A Ruth entreouviu. "É por isso que você manca?", perguntou ela. "Você tinha o pé ruim? O que é pé torto?"

Eu a encarei com um olhar que aprendera com lady Thorton. "Eu não manco. Não faço ideia do que você está falando."

21

A nova escala de observação de incêndios enfim saiu. Ao retornar do trabalho no SVF a Susan me entregou uma cópia. Eu vasculhei o papel em busca do meu nome. "Lady Thorton!", exclamei. Empurrei o papel de volta para a Susan. "Me puseram com *lady Thorton*!"

"E daí? Sabia que os observadores trabalhavam em duplas."

Eu não queria fazer a observação com lady Thorton. A ideia de observar os incêndios com qualquer pessoa já me deixava bastante ansiosa, e com ela ainda mais. "Você sabe", eu disse.

A Susan balançou a cabeça. "Não sei, não."

Sabia, sim, só que não admitia.

Fomos convocadas para o turno inicial, das oito às dez da noite. Na noite em questão, nos agasalhamos e adentramos juntas a escuridão. A gasolina estava sendo racionada, e lady Thorton já não dirigia a locais onde fosse possível chegar a pé.

Nuvens pesadas encobriam o céu negro. O vento soprava nos galhos nus e nas folhas mortas das sebes. Uma ave distante soltou um piado baixo e suave. "É uma coruja", disse lady Thorton.

Eu a encarei. "O que é uma coruja?"

Ela ergueu a sobrancelha, mas logo respondeu. "Uma ave noturna. Quase não se vê durante o dia."

Eu assenti. Mais uma coisa que eu não sabia.

Diante das portas da igreja, lady Thorton parou. "Numa

noite como hoje a subida vai estar muito escura. Venha bem atrás de mim. Vamos devagar."

O interior da igreja cheirava a fumaça e cera de vela. O silêncio era tamanho que eu podia ouvir a respiração de lady Thorton. Assim que começamos a subir a escadaria, não consegui enxergar mais nada. A escuridão era completa. Segurei o corrimão com uma das mãos, e com a outra agarrei as costas do casaco de lady Thorton. Tentei ir sentindo a subida, mas não tinha o costume de confiar em meu tato debaixo dos pés. A qualquer instante eu poderia pisar em falso e cair.

Lady Thorton tropeçou e cambaleou. Eu tropecei por cima dela. "Cuidado!", ela disse.

Adentramos com cautela a sala dos sineiros. Eu me forçava a respirar fundo, no maior silêncio possível. Partimos para a escada de madeira. Subida. Subida. No topo, o saltinho de lado até a outra escada. Lady Thorton abriu a portinhola. Eu avançava colada nela; a beirada da porta me acertou na cabeça. Eu arquejei, assustada, e quase escorreguei.

"Desculpe." Na marquise do campanário, lady Thorton tocou o meu rosto. Tinha os dedos frios e duros; eu não me encolhi. "Não está sangrando, que ótimo." Ela fechou a porta atrás de nós. "Para que não saiamos rolando no meio da noite."

Ela parecia calmíssima, como se a ideia de sair rolando por aquele buraco negro não fosse motivo para preocupação. Como se não estivéssemos a céu aberto, em plena escuridão, à espera de um bombardeio alemão. Observando as bombas e os incêndios alemães.

Lady Thorton tinha levado uma coisa chamada binóculo, que servia para enxergar. "Faz as coisas distantes parecerem próximas", disse ela. "Quer experimentar?"

Eu balancei a cabeça. Teria que segurar o binóculo com as duas mãos, então não seria capaz de me apoiar com firmeza na parede de pedras.

"Dê uma volta e observe qualquer luz ou movimentação",

mandou lady Thorton. "É quase certo que não haja bombardeio hoje à noite. Muito escuro." Ela abriu um sorrisinho. "Na maioria das vezes é tudo bem tedioso por aqui. Que bom que você quis pegar um turno."

"Eu gosto de ser útil", respondi.

"Sim, eu sei", respondeu lady Thorton. "A Susan está te transformando numa pequena dona de casa, não é? De tanto lhe ensinar a cozinhar e costurar."

Aquilo quase soava como deboche, o que não me agradou em nada. Desde que viera morar com a gente, lady Thorton não havia cozinhado nenhuma parte de nenhuma refeição, embora tivesse comido até demais. "Eu gosto de cozinhar", respondi. "Gosto de comer comida boa."

Lady Thorton baixou o binóculo. Meus olhos haviam se ajustado à escuridão, de modo que eu enxergava o rosto dela, impassível como sempre. "Claro", disse ela. "Eu entendo. Imagino que sua mãe também fosse boa cozinheira."

"Não exatamente."

"Me desculpe. Eu não devia ter mencionado a sua mãe. Sei que deve morrer de saudades dela."

"Não", respondi. "Por que a senhora acha isso?"

Ela havia parado de escutar. Avançou até o outro extremo do campanário e apontou o binóculo para o céu sombrio. O vento soprava forte. Pensei sentir o chão bambolear. Claro que não. Claro que a torre estava firme. Passara um tempão em cima da igreja...

Abaixo de nós fez-se um barulho, feito um tiro. Eu mordi o lábio com força e abafei um grito.

"Só um galho de árvore", disse lady Thorton, do outro lado do campanário. "As velhas árvores que rodeiam o cemitério. Às vezes cai um galho, quando o vento sopra muito forte."

Meu coração se recusava a desacelerar. Os minutos se arrastavam feito horas. Meus dedos das mãos e dos pés estavam dormentes. Lady Thorton abriu uma coisa chamada garrafa térmica e me deu um gole de chá, maravilhoso e ainda quentinho.

"Percebi que também gosto de me sentir útil", disse ela, com um sorriso. "Antes da guerra eu me divertia muito mais, só que não era nem de longe tão útil."

Supus que fosse verdade. Todo o trabalho de lady Thorton no SVF era voluntário — ela não precisava fazer nada daquilo. Podia simplesmente ter partido para algum lugar chique e esperado a guerra terminar.

"Eu me lembro da senhora no dia da evacuação", comentei. Ela era tão controladora que quase achei que ela fosse um oficial do exército. O uniforme do SVF parecia mesmo o de um oficial.

"Pois é", disse lady Thorton. "Eu nunca aprendi a cozinhar nem a costurar, e ao contrário da Susan, de matemática eu só sei aritmética. Mas sei organizar. Também não me incomodo de ficar aqui no frio. Vou colaborar com a guerra da forma que puder." Ela fez uma pausa. "Eu faria tudo para trazer o Jonathan para casa em segurança."

22

No dia em que lady Thorton viera morar com a gente, entregara seu cartão de racionamento à Susan. "Não se preocupe", dissera ela. "Pretendo fazer a minha parte."

Ela podia até estar disposta a executar trabalho de guerra, mas quase não participava do serviço de casa. O Jamie tirava pó e passava esfregão mais do que ela, e a Susan e eu fazíamos quase todas as compras e cozinhávamos. Lady Thorton nunca nem ajudava a lavar a louça. "Vocês todos entendem dessas coisas tão melhor do que eu", dizia ela. Claro que só era possível começar a entender das compras fazendo compras, e eu imaginava que ela soubesse disso. No dia seguinte à observação de incêndios, ela recolheu nossos cartões de racionamento, inclusive o da Ruth, e gastou o equivalente a duas semanas de cupons de carne em meio quilo de cordeiro. Cinco elegantes bifinhos de cordeiro.

"Belo carrê", disse lady Thorton. "Com um toque de alecrim..."

"Dez xelins!", berrou Susan. Era a primeira vez em meses que eu a via tão irritada.

A carne era racionada por preço, não por quantidade. Cada cidadão da Inglaterra, fosse rico ou pobre, tinha direito a gastar um xelim por semana em carne. Se quisesse quantidade, comprava cortes baratos. Se quisesse qualidade, acabava comendo pouco.

"Susan, querida, você é uma cozinheira de mão cheia, mas os cortes que anda escolhendo são sofríveis." Lady Thorton ergueu um dos bifes. "Dê só uma olhada. O açougueiro disse que foi a melhor coisa que recebeu em semanas."

"Não podemos bancar a melhor coisa", retrucou Susan. "Essas crianças precisam comer mais que uma porção de carne a cada duas semanas. O que a senhora espera que eu dê de comer a eles amanhã?"

Lady Thorton baixou o bife. "Bem, talvez... ovos."

A nova ração de ovos dava direito a um por pessoa, uma vez por semana.

"Ou outra coisa", completou lady Thorton.

Susan suspirou. "Não podemos devolver. Então acho que é melhor aproveitarmos."

Lady Thorton sorriu. "Vou escolher uma garrafa de vinho." Ela havia trazido caixas de vinho da casa dos Thorton.

A Susan selou as costeletas numa frigideira quente, com uma pitada de pimenta e alecrim, e fez um tipo de molho chique. O aroma estava divino, mas os carrês eram da metade do tamanho do meu punho. Era toda a carne que comeríamos durante as duas semanas seguintes.

"Uma boa refeição eleva o espírito", afirmou lady Thorton enquanto nos sentávamos à mesa. Eu a encarei. Seu rosto congelou. "Ruth", disse ela. Toda vez que lady Thorton dizia o nome da Ruth, a garota franzia o rosto como se estivesse diante do maior fedor. "Ruth, o que é isso ao lado do seu prato?"

Era um envelope. A Ruth baixou os olhos e o apanhou. Começou a sorrir.

"Chegou hoje pelo correio", disse Susan.

Lady Thorton estendeu a mão. "Me dê aqui."

"Não", disse a Ruth, fechando o sorriso. "É meu." Começou a enfiar o envelope no bolso. Lady Thorton arrancou-o de sua mão.

"Eleanor!", protestou Susan.

"Considero isso meu dever!", respondeu lady Thorton. "Correspondência entregue a uma alemã na minha casa!" Ela abriu o envelope e tirou de dentro um pedaço de papel. A Ruth choramingou baixinho, feito uma coruja. Lady Thorton enrubesceu. "Não consigo ler uma palavra. Devia ter imaginado. Está tudo em alemão..."

A Ruth se afastou da mesa. "Como a senhora ousa?!", gritou ela. Manchas vermelhas lhe tomaram o rosto. Ela agarrou a carta, disparou pela escada até o quarto, bateu a porta e passou a chave.

O Jamie soltou um gemidinho. Eu apertei a mão dele por debaixo da mesa.

"Isso foi totalmente desnecessário", disse Susan.

"Concordo", disse lady Thorton. "A moça teve um comportamento repreensível."

Susan a olhou nos olhos. "Me referi ao seu comportamento."

Depois disso, ficou impossível comer. Eu odiava brigas. A Susan nunca me batia, mas lady Thorton bem que podia. Sem dúvida parecia prestes a descer a mão na Ruth.

"Coma a sua carne", disse a Susan para mim.

Eu empurrei o prato. "Não estou com fome."

"Coma", ordenou lady Thorton, de boca cheia. "Não se desperdiça comida em tempos de guerra."

Eu a encarei. Não podia comer aquela carne, mesmo que fosse para não apanhar, sendo que a carne da Ruth estava intocada no prato.

"A Ada é minha responsabilidade." A voz da Susan tinha uma aspereza que eu não compreendia. "Eu decido o que ela faz." Ela recolheu o meu prato, o do Jamie e o da Ruth. "Ada, Jamie, podem se retirar. Vamos guardar isso tudo pra amanhã."

O Jamie e eu lavamos a louça, como sempre. Susan e lady Thorton continuaram sentadas à mesa, tomando chá e conversando num tom baixo e ríspido. Fiz o possível para ouvir o que estavam dizendo, mas o Jamie fazia uma barulheira com a água que abafava a conversa. Quando lady Thorton foi para a sala de estar, a Susan se encaminhou à despensa. Cortou três grandes nacos de pão e espalhou neles um pouco do molho do cordeiro. "Levem isso lá pra cima", ela disse a nós. Eu assenti. Ela quis dizer *onde lady Thorton não pudesse ver*.

Eu bati à porta da Ruth. "Vá embora", ordenou ela.

"É a Ada. Eu trouxe uma coisa pra você."

"Vá embora."

"Sei que está com fome."

"Seu ouvido funciona menos que o pé? Vá embora."

"Não tem nada de errado com o meu pé", eu disse à Ruth na manhã seguinte, durante o café.

Ela deu de ombros. "Pode dizer isso se quiser."

"O meu pé foi consertado!"

"A Susan chamou de pé torto", retrucou a Ruth. "Você manca. Sempre manca, e tem uns dias que manca mais."

"Não manco." Era mentira. Eu sabia que mancava, mesmo me esforçando muito para não mancar.

"Ruth", disse a Susan, "a Ada prefere não debater sobre o pé dela com terceiros."

"Ah", disse a Ruth. "Feito as minhas cartas."

Lady Thorton se sentou bem a tempo de ouvir. E não se acovardou. "Tenho o direito de saber com quem você se corresponde."

"Então da próxima vez a senhora pergunte, em vez de abrir a minha correspondência." A Ruth começou a comer. Não disse de quem era a carta. Lady Thorton tamborilou os dedos na mesa. Fez-se um silêncio. O Jamie me encarou, ansioso.

"Quem escreveu pra você, Ruth?", a Susan enfim perguntou.

"Minha mãe", respondeu ela. "Minha mãe, que está sozinha num campo de internamento."

"O que é campo de internamento?", indagou o Jamie.

"Uma prisão", respondi.

"Decerto que não", disse lady Thorton. "Campos de internamento são simplesmente lugares onde observamos os inimigos estrangeiros. Conte, Ruth. O que dizia a carta?"

A Ruth fechou uma carranca. "Não é da sua conta. No campo de internamento existem censores. Se a minha mãe escrevesse qualquer coisa controversa eu não teria recebido a carta."

Lady Thorton franziu o cenho. "Isso é verdade?"

"Claro que é verdade!", respondeu Ruth. "Por que a senhora acha que ela levou tanto tempo pra me escrever? Não era por estar escrevendo coisas que não devia, porque ela só tem permissão de escrever uma carta por semana, numa única folha de papel. E tem que escrever pro meu pai, pra minha avó e pra nossa família na Alemanha... e agora ela enfim me escreveu, e eu nunca vou contar o que diz a carta! Prefiro voltar àquele campo!" A voz da Ruth foi se elevando, e ela terminou aos berros.

"Queremos que você fique aqui", disse Susan. "Lorde Thorton" — a Susan cravou os olhos em lady Thorton — "quer que você fique aqui."

Eu nem havia notado que a Ruth ainda não tinha recebido nenhuma carta. A Maggie escrevia para a mãe três vezes por semana e quase com a mesma frequência para mim.

"Por que a sua mãe não vem morar com a gente?", perguntou o Jamie. "A nossa caverna é bem grandona."

Lady Thorton soltou um grunhido, mas a Ruth respondeu primeiro. "Ela não pode. O governo inglês não vai deixar."

"Caso ela seja espiã", eu disse.

"Isso", concordou a Ruth, num tom um tanto cansado. "Caso ela seja espiã."

23

Naquela noite a Susan preparou sozinha os nossos pratos de comida e serviu-os com cuidado à nossa frente. Torta lorde Woolton, a gororoba assada de aveia e legumes. Só o meu prato — e então percebi, olhando à volta —, o da Ruth e o do Jamie tinham pedaços de carne misturada. O cordeiro, com molho de vinho e alecrim. O da Susan e o de lady Thorton não tinham.

Acompanhada de carne, a torta lorde Woolton não era tão ruim.

Lady Thorton remexeu a comida. "Isso é algum tipo de punição?", perguntou ela à Susan.

"Óbvio que não", respondeu a Susan. "Eu e a senhora comemos a nossa parte ontem. O objetivo do racionamento é que cada um tenha direito à sua parte."

A Ruth e eu cruzamos olhares. Ela não sorriu, mas senti que ela sorria em pensamento. Retribuí o sorriso, também em pensamento.

No entanto, aquela era de fato toda a carne que comeríamos nas duas semanas seguintes. Havíamos gastado nossos cupons e só conseguiríamos mais carne se comprássemos no mercado negro, o que significava burlar o racionamento. Lady Thorton tinha dinheiro para fazer isso, mas também afirmava ter muita honra.

Fevereiro seguiu adiante, frio e cinzento. O sol nascia tarde e se punha cedo; com os dias curtos e o blecaute, realmente parecíamos estar morando numa caverna. A Susan ficou meio deprimida. Ela nunca se entristecia tanto quanto na época em que a conhecemos — saía da cama todos os dias —, mas raramente sorria, além de dormir mais que o normal.

Certa manhã, eu fazia uma lição de casa insuportável. A Ruth estava recolhida com sua matemática e o Jamie estava lá fora, tentando cavar um buraco na terra congelada. A Susan jazia sentada frente à máquina de costura, paradona, reorganizando uns alfinetes, mas sem costurar nada. Eu fechei a gramática. "Por que a gente não treina os dragões?", indaguei.

A Susan ergueu o olhar. "O quê?"

"O Fred disse que na última grande guerra os cavalos lutaram."

"Isso", respondeu ela. "E em todas as guerras anteriores. Só que hoje em dia não é muito útil colocar cavalos pra combater tanques, aeronaves e artilharia pesada."

"Certo. Então, por que não dragões?" Eu andara pensando a respeito. "Os voadores. Se a gente tirasse eles dos zoológicos e treinasse, talvez eles conseguissem atacar os aviões alemães, e os nossos pilotos não precisariam voar." Seria muito mais seguro para o Jonathan.

Um sorriso foi se escancarando lentamente no rosto da Susan. "Ada", disse ela, "você compreende que os dragões são criaturas míticas?"

Como se eu soubesse o que era *míticas*. Eu a encarei.

"Imaginárias", explicou a Susan. "Inventadas. De mentira. Coisa de contos de fadas." Ela tossiu, então começou a rir com o corpo todo. "Minha querida... ai, me desculpe... que sensacional... *por que não treinamos dragões?*" Ela riu com mais força. "Seria bem apropriado ao Hitler. Umas duas fileiras de dragões, mais o fantasma de São Jorge..."

Eu nunca tinha visto a Susan rir daquele jeito.

Agarrei a coisa mais próxima que tinha à mão — o livro de gramática — e arremessei com força pelo quarto. Quase acertei lady Thorton, que entrava pela porta da frente. Ela se agachou, apanhou o livro e o alisou.

"Ada", disse ela, carrancuda, "não se atira livros no chão."

A Susan ainda estava rindo. "Eu sei que devia parar... estou sendo desagradável..."

"Parar o quê?", perguntou lady Thorton.

"Ela quer treinar dragões para lutar contra o Hitler."

"Ninguém me explicou que eles não são reais!", protestei.

Lady Thorton refletiu. "É uma pena que não sejam. Seria um plano excelente. Mas suponho que os alemães também fossem ter dragões."

"Dragões maiores", disse a Susan. "Mais fortes, mais altos, mais loiros..." Ela parecia a ponto de retomar o ataque de riso.

"Como é que eu vou saber o que é real e o que não é?", bradei, quase aos gritos. "Ninguém me explica! Ninguém me explica nada!"

"Ada", retrucou a Susan, se recompondo, "me desculpe por rir. Mas seja justa. Eu te explico as coisas o tempo todo."

"Contos de fadas", disse lady Thorton. "Você precisa é de uma boa dose de contos de fadas. Depois pode passar à mitologia. Vou apanhar uns livros na minha casa."

"A senhora tem mais livros que os que já trouxe para cá?", perguntei.

"Minha nossa, tenho. Deixamos a maioria nas prateleiras da biblioteca."

Imagine. Uma biblioteca particular. A casa dos Thorton tinha uma biblioteca.

Lady Thorton trouxe vários volumes de contos de fadas. A Susan passou quase todo o resto daquele tristonho mês lendo para nós. Ao fim de cada história explicava o que era real e o que não era. A maior parte eu adivinhava — já sabia que bichos não falavam, que pessoas não voavam nem nasciam cabendo numa xícara de chá —, mas era difícil entender, por exemplo, por que os unicórnios não eram reais como os cavalos. Os dragões eu ainda considerava utilíssimos. Lagartos com asas? Por que não? Anjos eram pessoas com asas. Era difícil entender a diferença.

A Ruth escutava as histórias conosco. "Nunca ouvi narrados em inglês", explicou ela.

"Na Alemanha tem histórias?", perguntou o Jamie.

Não dava para imaginar os alemães contando histórias.

A Ruth pareceu ofendida, mas por outro lado ela sempre parecia ofendida. "É claro que há histórias na Alemanha. A maioria dessas histórias *veio* da Alemanha. Foram contadas *primeiro* em alemão."

Eu não quis acreditar nela, mas lady Thorton torceu o beiço e disse que era verdade. "Os irmãos Grimm eram alemães", ela confirmou.

Eu não achava que nada de bom pudesse vir da Alemanha. Quando disse isso, lady Thorton discordou. "Eu percorri uma imensa extensão da Alemanha quando era mais moça", contou ela. "Dresden é uma bela cidade, muito plena de cultura. Não podemos julgar o país inteiro pelo Hitler."

"Mas a senhora julga a Ruth pelo Hitler", retruquei.

Lady Thorton ergueu a cabeça, irritada. A Ruth mordeu o lábio, e a Susan sorriu com humor.

A Susan enfim encontrou um livro sobre dragões na biblioteca da cidade. São Jorge, o santo padroeiro da Inglaterra, supostamente havia matado um dragão, e uma santa chamada Margarida de Antioquia também havia. Gostei de saber que a Maggie fora nomeada em homenagem a uma matadora de dragões. No entanto, os santos eram pessoas reais, não imaginárias, e os dragões eram imaginários, não reais. Como uma pessoa real podia matar um animal imaginário?

"As histórias se confundem um pouco", explicou Susan. "Esses santos em particular viveram numa época muito antiga."

"Na época em que as pessoas eram burras que nem eu?"

"Ada", disse a Susan, "se você repetir esse tipo de coisa, vai escrever frases como castigo."

Eu não sabia que castigo era esse. Não me importava. "Burras que nem eu", repeti.

A Susan me sentou à mesa e me obrigou a escrever cem vezes a frase "Não vou confundir falta de inteligência com falta de conhecimento". Levei horas. Considerei me recusar a obedecer, mas a expressão da Susan me fez apanhar um lápis sem discutir.

"O que é *confundir*?", perguntei.

"Juntar duas ideias que deveriam ficar separadas", respondeu a Susan. "Você tem que parar de fazer isso."

"Me diga todas as coisas que são imaginárias", pedi. "Quando eu acabar essas frases idiotas, quero fazer uma lista."

"Não tem como. Seria uma lista infinita. Tudo o que a sua cabeça é capaz de inventar é imaginário."

Eu refleti a respeito. "Então o amor é imaginário?"

"Não, não", respondeu a Susan. "O amor existe fora da sua cabeça. Reflita mais, Ada. Pare de ser tão rabugenta."

Todo dia a Ruth me via vestir os culotes. Todo dia me via sair para os estábulos. Todo dia, quando eu voltava fedendo a cavalo, ela cheirava o ar, saudosa. Parecia imensamente triste.

O Manteiga todo dia me fazia feliz.

Lady Thorton quase nunca ia aos estábulos. Dizia-se muito ocupada com o SVF para cavalgar com frequência, além de nunca ajudar em nada por lá.

"Você não pode levar a Ruth se lady Thorton não permitir", disse Susan. "Ela tem essa autoridade."

Eu não estava acostumada a ser invejada. Para minha surpresa, não gostei nada.

24

Lorde Thorton avisou por telegrama que viria passar o fim de semana em casa. Nos esforçamos para ajeitar tudo para ele. Em vez de se esquivar da sua parte do trabalho da casa, lady Thorton foi passar esfregão no chão da cozinha, poliu a grade metálica da lareira e passou três horas na fila da ração de bacon, enquanto a Susan aguardava na de peixe.

Para nossa surpresa, lorde Thorton chegou de carro. Eu me perguntei como ele conseguira gasolina. Ele trouxe presentes para todos. Uma barra de chocolate para o Jamie. Um vidrinho de perfume para lady Thorton e quatro barras novas de sabão macio e perfumado para lady Thorton, para Susan, para Ruth e para mim.

Para meu espanto eu estava mais contente com o sabão bom do que teria ficado em ganhar chocolate. O sabão estava sendo racionado, e só o que em geral conseguíamos era sabão de guerra, duro e sem perfume. Me dava coceira. Morando com Susan, eu havia me acostumado a tomar banho com sabão bom todos os dias. Era estranho pensar nisso. A Mãe não dava muita bola para a nossa limpeza.

A Ruth encarou o sabão como se estivesse com medo. Parecia prestes a chorar. Eu me perguntei o que ela estaria pensando. Não entendia nada a respeito dela.

Lorde Thorton ainda era assustador, muito alto e meio intimidante, mas agora falava comigo como se me conhecesse bem, como se gostasse muito de mim.

"Você parece estar se virando muito bem", disse ele. "Até melhor que no Natal."

Percebi que ele falava do meu pé. Não queria que ele falasse do meu pé.

"Obrigada", respondi. Do outro lado da sala, a Ruth ergueu os olhos, interessada.

"Ainda dói?", perguntou ele.

"Claro que não", respondi, embora às vezes doesse.

"Bom", disse ele. "Muito bom."

"O que houve com o seu pé?", perguntou a Ruth naquela noite, enquanto subíamos para ir dormir.

"Nada."

"A Susan chamou de pé torto", disse a Ruth.

"Eu sei", respondi, e fechei a porta do quarto.

25

No recesso escolar, a Maggie veio nos ver. Fui esperar o trem na estação do vilarejo. "Não acredito que o meu pai trouxe uma alemã para casa", disse ela. "Como ela é?"

"Não é tão esquisita quanto eu achei que seria", respondi. "Ela pode estar fingindo, claro. Nos enganando, pra que a gente se sinta mais seguro." No entanto, quanto mais eu conhecia a Ruth, mais normal ela parecia. "A sua mãe odeia ela", acrescentei.

A Maggie assentiu. "Não me surpreende."

A Maggie parou bem no meio do nosso quarto, as mãos na cintura. Eu parei atrás dela. As duas metades do quarto já não combinavam.

Eu havia retirado da cama a colcha e os travesseiros cheios de rufos e removido o saiote que contornava a base. Arrancara a cortina do meu lado da janela. Juntara o meu dicionário com os livros da Maggie na prateleira, passara a minha caixinha para o criado-mudo e empurrara parte do tapete para debaixo da cama da Maggie, de modo que não ocupasse a minha metade do chão.

"A minha mãe fez isso?", perguntou ela.

"Fez!", respondi.

Ela balançou a cabeça, os lábios espremidos. "Não acredito. Não é justo." Ela agarrou a beirada do tapete e deu um puxão. "Ajuda aqui. Isso tem que ficar no meio. É pra nós duas."

"Não é", respondi. "É seu."

"Isso é ridículo. Como se eu não fosse dividir tudo o que tenho com você." Ela centralizou o tapete no chão. "Achei que a gente tivesse duas colchas dessas. Tenho certeza de que temos dois conjuntos de travesseiros." Ela abriu a porta do guarda-roupas. Enfiados no fundo, embaixo de tudo, estavam os travesseiros extras.

"A sua mãe pôs na minha cama, sim", eu disse. "Só que eu não gostei."

A Maggie encarou os travesseiros, depois tornou a olhar para mim. "Ah... bom. Você não é obrigada a aceitar. Só achei que a minha mãe não tinha deixado você usar, só isso."

"Não", respondi. Me senti um pouco incomodada. "Ela queria dividir. Só que tomou a frente e foi fazendo tudo sem me perguntar."

A Maggie assentiu. "Eu sei. Ela sempre faz isso." Ela se sentou na beirada da cama. "O que você quer? Acho que nós duas devíamos usar as colchas. Assim as nossas camas ficam iguais. Como se a gente fosse irmãs."

"Irmãs?"

A Maggie fechou a cara. "Não fale assim tão horrorizada. Eu sempre quis ter uma irmã."

Eu nunca havia pensado em ter uma irmã.

"Não me incomodo com a colcha", concluí, "se a gente arrancar esses trecos rendados que envolvem as camas."

"Os babadinhos? Combinado."

A Maggie e eu cavalgamos até o topo da nossa colina de vigia. Era muito agradável voltar a ter companhia para as cavalgadas. "Eu estava com saudade."

A Maggie assentiu. Examinou o mar de ponta a ponta, como a gente sempre fazia, à procura de espiões. "Eu também estava com saudade. Sinto saudade de tudo. A escola é uma droga na guerra. Eu daria tudo pra estar em casa."

Ela prosseguiu. "Até agora três garotas já receberam telegramas. Tem uma estradinha comprida que liga a rodovia à escola, e a gente consegue espiar de todas as salas. Sempre que o rapaz do telégrafo faz a curva na rodovia, todas ficamos de olho até ele chegar à escola. Ficamos paradas em frente à janela, sem respirar, esperando que a mensagem não seja para nós."

Eu já havia visto um mensageiro de bicicleta pela cidade. "Quando a Mãe morreu eu recebi uma carta, não um telegrama", comentei.

"Os militares mandam telegramas", disse a Maggie. "Às vezes dizem *ferido* ou *desaparecido em ação*. Todos os três que chegaram à escola diziam *morto*. Dois irmãos e um pai." Ela fez uma pausa. "A gente vê o menino vindo de bicicleta, daí o diretor chama alguém e todo mundo já sabe o que aconteceu. E ficamos todas contentes por não termos sido chamadas. Dá mais alívio que tristeza. É horrível."

O Jonathan não era meu irmão, e mesmo assim eu me preocupava com ele. Não podia imaginar a ideia de um telegrama a respeito do Jamie.

"Receber um telegrama aqui seria tão ruim quanto receber na escola", comentei.

A Maggie se virou para mim. Tinha os olhos sombrios e o rosto contraído. "Isso não é verdade."

Ao chegarmos em casa, havia uma carta para a Maggie. Eu a encarei, ansiosa, mas sua expressão se iluminou. "É da minha avó!", disse ela. "Da Escócia!"

A Ruth se virou. Por um breve instante seu rosto cintilou de alegria. Ela retornou tão depressa à seriedade habitual que eu não teria acreditado se não tivesse visto. "Ah", disse ela, "a sua avó. Não a minha." Deu meia-volta e subiu a escada. Eu a ouvi trancar a porta do quarto.

A Maggie gargalhava. "A minha avó está abrigando um monte de evacuados", contou ela. "Uma dúzia de garotos. Disse que é pior do que quando meu pai e meus tios eram pequenos."

A avó escocesa da Maggie era mãe de lorde Thorton. A

Maggie havia me explicado. Antes da guerra, a Maggie costumava visitar a avó durante o verão e no Natal.

Avó tinha jeito de aconchego. Mas mãe também tinha, e a minha mãe fora terrível. Era difícil imaginar como teria sido a minha avó. De todo modo, a Susan havia feito umas pesquisas. Não existia mais nenhum familiar meu e do Jamie.

"Você está esperando uma carta da sua avó?", perguntei à Ruth, na hora do jantar.

A Ruth deu de ombros. "A minha mãe diz que ainda há esperança."

Ela se arqueou por cima do prato e se calou.

26

"Posso ficar aqui?", perguntou a Maggie à mãe, na véspera do seu retorno à escola. "A Susan pode me dar aulas, como faz com Ada e Jamie."

"Claro que não", disse lady Thorton. "Não podemos impor isso a ela."

"Ela não ia se incomodar. A senhora poderia pagar a ela."

Os olhos de lady Thorton faiscaram. "Creio que não."

"Seria justo."

"Isso está fora de questão", retrucou lady Thorton. "Você está muito mais segura na escola. Quase não te deixei vir para o feriado."

A Maggie se embasbacou. "Isso teria sido um horror."

Lady Thorton bebericou o chá. "Teria sido prudente."

Fui procurar. *Prudente: que tem prudência, que não procura o perigo; cauteloso, sensato, ajuizado.* Li a definição à Maggie.

"Ah, faça-me o favor", resmungou a Maggie. "Ela só não está querendo ter que lidar comigo sozinha. A vida dela é mais fácil comigo longe." Ela me abraçou. "Cuide dela pra mim."

"Eu, cuidar da sua mãe?"

A Maggie assentiu. "Alguém devia cuidar."

"Eu não posso", respondi. "Não saberia como. Além do mais, ela nunca deixaria." Eu só tinha condições de cuidar de mim mesma, do Jamie e da Susan. Não tinha espaço na cabeça para me preocupar com lady Thorton.

"Só fique de olho nela, foi o que eu quis dizer", pediu a Maggie. "Me escreva se perceber alguma coisa estranha."

Eu duvidava que fosse perceber qualquer novidade estranha em relação à lady Thorton. Tudo nela me parecia estranho.

"Por favor", disse a Maggie.

Eu assenti. "Vou tentar."

Sem a Maggie, a casa voltou a parecer vazia. Eu sentia falta dela roncando na cama ao lado e, principalmente, sentia falta de companhia nas cavalgadas.

Contei ao Fred sobre a Ruth. Ele cuspiu no chão. "Não queremos alemães aqui", resmungou.

"Ela é só uma garota", respondi. "É mais nova que as lavradeiras." As lavradeiras trabalhavam na fazenda dos Thorton, no lugar dos colonos que haviam se alistado. O Fred não gostava delas. "Ela é judia", acrescentei. "Isso faz diferença?"

O Fred me encarou de soslaio. Depois de uma longa pausa, assentiu. "Um pouco."

A Ruth amava cavalos. Eu não achava que alguém que amasse cavalos pudesse nos fazer mal.

"Isso é uma falácia", retrucou a Susan, quando compartilhei minha ideia. "Até onde a gente sabe, o próprio Hitler pode amar cavalos."

Falácia: uma crença errônea, sobretudo baseada em argumentos pouco confiáveis.

"Então o judaísmo é uma falácia?" Eu levara meu dicionário para a sala de estar.

Lady Thorton riu. Não entendi por quê.

"Claro que não", respondeu a Susan. "Crenças religiosas são complicadas. Não podemos dizer que a religião dos outros é um erro."

Eu não entendia por que não.

Só compreendia que era complicado.

"Não existe certo e errado", disse a Susan. "Só existem formas diferentes de pensar."

"Eu acho que a Mãe está no céu", soltou o Jamie, brincando no chão com o Bovril. Não achei que ele estivesse escutando.

"Eu, não", respondi. "Acho que ela foi pro inferno." O Fred havia me contado sobre o inferno. Era o oposto do céu, o lugar para onde iam as pessoas ruins depois da morte. No inferno, a alma da Mãe queimaria por toda a eternidade. Para sempre.

"Ada", disse a Susan, "a gente não sabe disso. Nunca vamos saber. Estava claro que a sua mãe era incapacitada."

"O que isso significa?"

A Susan refletiu. "Vem da palavra *capacidade*, que significa ser capaz de alguma coisa. A sua mãe não tinha condições de cuidar direito de vocês. Não tinha aptidão para isso."

"Talvez ela só não quisesse."

"Não creio que alguém deseje ser horrível", disse a Susan. "Também gosto de crer que Deus é misericordioso."

"O que é *misericordioso*?" Eu soava raivosa. E estava.

"É ser melhor do que a gente deveria", disse o Jamie.

Eu não fazia ideia de como ele sabia disso. A Susan assentiu. "Isso. *Misericórdia* significa ter a condição e o direito de fazer mal a alguém, de punir alguém, mas escolher não fazer isso. Talvez Deus tivesse razão em punir a sua mãe, pela forma como ela tratava vocês. Mas talvez Ele escolha ser misericordioso. Gosto de pensar que sim."

Cutuquei a pele seca em volta das unhas. A Susan odiava quando eu fazia isso. "Por quê?", indaguei.

Ela suspirou. "Talvez porque sempre quis ser tratada com misericórdia. Ou talvez só ache que seja mais bondoso. Ada, a sua mãe não pode mais te fazer mal. Nunca mais."

No entanto, ela podia. A Mãe jamais havia me amado e jamais amaria. Essa dor eu sentiria para sempre.

O Jamie largou o Bovril no meu colo. "Todo mundo ama todo mundo quando vai pro céu", ele disse.

O Bovril desceu do meu colo. Afastou-se a passos firmes, remexendo o rabo. Só mesmo indo para o céu o Bovril me amaria.

27

Lady Thorton odiava a Ruth, e a Ruth odiava todos nós. Eu não a culpava. Alguns dias após a partida da Maggie, durante mais uma refeição desconfortável e silenciosa, a Ruth deu uma golada d'água, então arrotou. Percebi que tinha sido um acidente, não uma afronta, mas lady Thorton revirou os olhos e soltou uma bufada, como se o arroto de um alemão fosse demais para aguentar.

"Ai, para com isso!", resmunguei. "A Ruth não pode evitar o arroto, mas a senhora pode evitar esses barulhos grosseiros que faz!"

Lady Thorton baixou o queixo e cravou os olhos em mim. "Não acredito..."

Um súbito estrondo fez estremecer a mesa. Eu dei um pinote. Tinha sido a Susan — *a Susan* —, que batera o prato com força. "A Ada tem razão", ela disse, calmamente. "Eleanor, você *pode* evitar esses barulhos. Além do mais, eu não vou continuar a ser a juíza desta casa. Nem a única cozinheira, nem a empregada. E nem quero viver no meio de um campo de batalha. Já é ruim demais estarmos passando por uma guerra fora de casa. A gente não precisa de outra guerra aqui dentro."

Lady Thorton franziu os lábios finos. "Estou fazendo o possível."

"Eu não creio", retrucou a Susan. "Quando a Becky morreu, eu também achei que estava fazendo o possível. Então as crianças chegaram, e ficou claro que eu podia melhorar. Não seria fácil, mas eu podia." Ela se levantou. "Vamos dar uma volta", disse à lady Thorton. "Eu e você. Crianças, depois que terminarem de comer, espero que os três cumpram suas tarefas da noite de forma calma e cooperativa." Ela agarrou lady Thorton pelo cotovelo e a conduziu até a porta.

O Jamie, a Ruth e eu encaramos. "Eita", murmurou o Jamie.

Quando terminamos de comer, a Ruth recolheu a louça de seu lugar à mesa e começou a subir a escada. "Não", eu disse. "Você ouviu a Susan. Volte aqui e venha ajudar."

A Ruth torceu o nariz. "A minha função é estudar, não fazer tarefa de casa."

"Eu faço as duas coisas."

"Isso é porque você mora aqui", retrucou a Ruth.

Até onde eu sabia, a Ruth também morava. "Lava ou seca?", perguntei. "O Jamie vai apanhar carvão."

A Ruth me encarou. Cruzou os braços sobre o peito. Eu cruzei os meus. Por fim, a Ruth desviou o olhar. "Seco", ela disse. Então secou.

Susan e lady Thorton retornaram enquanto eu tomava banho. Desci de pijama e robe. "Pronta pra nossa história?", perguntou a Susan. O Jamie estava enroscado ao lado dela. Lady Thorton estava acomodada na poltrona de braços, como de costume, tricotando uma meia. Tinha o rosto calmo e inexpressivo.

Eu não soube ao certo o que pensar. A Susan parecia normal, mas não estava normal na hora do jantar. Senti uma angústia. "Já terminou de ficar nervosa?", perguntei.

"Terminei", respondeu ela, "e você sobreviveu. Está tudo bem."

Talvez.

"Amanhã, Ada", disse lady Thorton, "eu e você vamos fazer compras. Juntas."

Na manhã seguinte a Susan nos deu aula, como sempre fazia.

Lady Thorton desceu atrasada. "Bom dia, Susan. Bom dia, crianças. Ada. Jamie. Ruth." Entoou o nome da Ruth de um jeito rígido, mas pelo menos não a olhou com desprezo.

A Ruth desviou os olhos do livro. "Bom dia."

"Pronta, Ada?" Lady Thorton calçou as luvas.

Na cidade, as mulheres na fila do açougue foram todas muito delicadas com lady Thorton. Se estavam surpresas em vê-la indo às compras comigo, não deixaram transparecer. Ficamos uma hora de pé na fila; quando enfim chegou a nossa vez, as únicas opções eram músculo de boi e um pedaço feioso de fígado.

"Desculpe", disse o açougueiro, limpando as mãos no avental sujo. "Só tenho isso."

Lady Thorton deu uma espiada pelo balcão de vidro, então olhou para mim. "Você sabe cozinhar fígado?"

Eu balancei a cabeça. "A Susan deve saber." Eu não gostava de fígado; achava que tinha gosto de lama.

Lady Thorton fez uma careta. "Eu disse a ela que nós duas faríamos o jantar hoje."

"Eu sei fazer músculo", respondi.

Ela ergueu as sobrancelhas e estremeceu. "Sério? Nunca imaginei que alguém de fato comesse músculo."

"Um xelim de músculo, por favor", pedi ao açougueiro.

"Quer já cortado, feito a sua mãe gosta?"

"A Susan não é minha mãe."

"Certo", respondeu o açougueiro. "Quer já cortado, feito ela gosta?"

Lady Thorton pareceu achar graça. Eu encarei o açougueiro com dignidade. "Por favor."

Em casa, lady Thorton me observou selar a carne numa sobra de molho. Picou as cenouras enquanto eu picava o aipo e uma fatia de cebola. Pus a carne numa panela com água, acrescentei os legumes picados, mais sal, pimenta, umas ervas e outros trecos, depois cobri a mistureba toda e enfiei no forno baixinho.

"Só isso?", perguntou lady Thorton.

"Leva umas duas horas para ficar pronto", respondi, "então seria bom a gente também acrescentar umas batatas, talvez umas maçãs." Na guerra não devíamos usar o fogão para cozinhar um prato só. Era desperdício de gás.

Encontramos outras coisas e pusemos dentro do forno. "E agora?", perguntou lady Thorton.

"Eu tenho que ajudar o Fred." Não imaginava lady Thorton manejando um ancinho. Manejando nada, a bem da verdade.

Aparentemente, nem ela imaginava. "Quero terminar uma papelada para o SVF. A gente pode simplesmente deixar tudo isso no forno?"

Eu assenti.

"Não é tão difícil", disse ela, escancarando um sorriso.

Eu sabia que ela não estava contente de verdade. Sabia que era fingimento. Gostei mais dela por se dispor a fingir.

Enquanto eu vestia o casaco, a Ruth veio lá de fora.

"Aonde você está indo?", perguntou ela.

"Aos estábulos. Fazer minhas tarefas."

"Posso ir?"

Eu encarei lady Thorton. Ela franziu os lábios. Eu balancei a cabeça. "Não."

Músculo de boi é uma das carnes mais baratas que existem, mas fica uma delícia se preparada da forma certa. Quando retornei dos meus afazeres, a casa inteira estava tomada por um aroma delicioso. Apanhei a sobra de aveia do café da manhã, fiz bolotinhas e joguei no molho do cozido. Como esperava, elas incharam tal qual bolinhos. Já quase no final, lady Thorton apareceu.

"Por que você não me avisou que havia voltado?", perguntou ela. "Eu teria feito isso com você."

Nem tinha me passado pela cabeça. Eu não estava acostumada a ter ajuda de lady Thorton na cozinha. "Aprender a cozinhar nunca foi parte do meu treinamento, sabe?", disse ela, quase em tom de desculpas. "Quando eu era criança, antes da primeira guerra, as meninas da minha classe aprendiam a supor que contratariam cozinheiras."

Não respondi. Eu deveria sentir pena? Ela não teria me contratado como cozinheira antes da guerra. Nem qualquer garota como eu, criada na pobreza da periferia de Londres. Comecei a tirar as batatas do forno, uma a uma, protegendo as mãos com uma toalha.

"Suponho que vocês comessem músculo com frequência onde cresceram", disse lady Thorton.

"A gente não tinha dinheiro pra comprar músculo. Se conseguíssemos bacon uma vez por semana, era uma sorte."

"Eu falei sério, Ada", respondeu lady Thorton com rispidez.

Eu me endireitei e a encarei nos olhos. "Eu também."

Ela exibia um constrangimento que eu jamais vira. "Isso também acontecia com os seus vizinhos?", perguntou, depois de uma longa pausa.

Eu dei de ombros. "Talvez. É possível. Os pais da maioria das crianças trabalhavam, mas também tinham mais bocas pra alimentar. O Jamie não era mais magro que os outros meninos da idade dele." Mais sujo, talvez, porém não mais magro.

Eu abri as batatas e as ordenei em pratos. Lady Thorton distribuiu o cozido de músculo por sobre as batatas fumegantes. "E você?", indagou ela. "A sua situação era pior que a do Jamie?"

Pensar naquilo, mesmo então, ainda fazia minha mente querer escapulir. "Eu ficava no apartamento", respondi. "Nunca saía."

Lady Thorton parou, com molho do cozido pingando na colher. "A Susan me contou isso uma vez. Eu não acreditei."

A Susan sempre acreditava no que eu dizia em relação à Mãe.

"Nunca achei que uma mãe pudesse ser assim", prosseguiu lady Thorton. "Fria, sim. Conheci mães nada afetuosas. A minha própria mãe era muito distante. Mas não perversa. O que você descreve é perverso."

"A Susan disse que ela era incapacitada."

Lady Thorton assentiu. "Demais."

Naquela noite, enquanto comíamos o músculo, lady Thorton perguntou à Ruth, muito educadamente, como estavam indo os estudos. Mais tarde, enquanto nos lavávamos, ouvi a Susan agradecer a lady Thorton pela refeição.

"Não me agradeça", disse lady Thorton. "Estou começando a ver o quanto não sabia e nunca percebi."

28

Lady Thorton se esforçava, mas não quebrava o gelo por completo. Parou de abrir a correspondência da Ruth, mas sempre perguntava de quem eram as cartas. Se soubesse alemão, teria insistido em lê-las. "São todas da minha mãe ou do meu pai", respondia a Ruth. "As da minha mãe já foram autorizadas por um censor. Eu já disse isso. A senhora não tem o que temer."

"Estou sendo cautelosa", respondeu lady Thorton. "É claro que não temo nada."

A Ruth cravou os olhos em mim. Abri um sorriso. Óbvio que lady Thorton temia.

Fazia sentido ser cautelosa com os alemães. Por outro lado, se a Ruth realmente planejasse nos matar durante a noite, eu achava que àquela altura ela já teria matado.

Uma semana depois, a Ruth e eu estávamos sentadas à mesa, estudando, quando ouvimos uma batida na porta. A Ruth se levantou.

"Olá!", disse uma voz que eu reconheci.

Dei um salto da cadeira. "*Jonathan!*"

"Ada!" Era o Jonathan, alto e magro, de uniforme da RAF e jaqueta aviador de couro. Escancarou um sorriso. "A minha mãe está em casa?"

Lady Thorton desceu até metade da escada. Viu o Jonathan, deu um berro e disparou a correr. Um grito *feliz*, coisa que eu jamais ouvira.

O Jonathan abraçou lady Thorton e deu um balanceio. "Desculpe não ter conseguido avisar", disse ele. "Só consegui dispensa no último minuto."

"Ah!" Lady Thorton afastou o corpo, radiante. "É tão bom te ver! Estou tão feliz!"

"Esta é a Ruth", eu disse.

O Jonathan estendeu a mão. "Já ouvi falar de você." A Ruth fez uma careta e disparou uma olhadela para lady Thorton. "Meu pai disse que você é brilhante em matemática", explicou o Jonathan.

A Ruth sorriu. Quase nunca sorria. Brilhante? Eu não imaginava que ela fosse brilhante.

"Você deve estar morrendo de fome", disse lady Thorton ao Jonathan. "Vamos preparar alguma coisa para comer." Ela o levou à cozinha e apanhou o caldeirão. Começou a revirar o armário. "Onde é que a Susan esconde esses ovos?"

O Jamie enfim havia arrumado duas galinhas, chamadas Penélope e Penífera. As duas punham um ovo cada, todo santo dia. Era glorioso voltar a ter esse tantão de ovos.

Lady Thorton enfiou a cabeça para fora da porta dos fundos. "Jamie! Venha cá!" A Susan estava na cidade, trabalhando com o SVF. Só chegaria em casa para o chá.

O Jamie correu, coberto de lama. Viu o Jonathan, se aprumou e prestou continência.

O Jonathan retribuiu a saudação. "Descansar", disse ele.

"Sim, senhor!"

"Precisamos fazer um lanche, Jamie", disse lady Thorton.

"Eu já falei que não vamos comer as minhas galinhas", retrucou o Jamie.

"É claro que não. Pensei num omelete. Cadê os ovos?"

O Jamie deu de ombros.

"A Susan está guardando", eu respondi. Ela havia tirado os ovos do alcance de lady Thorton. Havia me contado que pretendia conservá-los em cola de peixe para que tivéssemos uma reserva, caso uma raposa caçasse as galinhas ou lady Thorton voltasse a comprar carrês de cordeiro.

Lady Thorton gargalhou. "Ela não vai se importar de ostentarmos para o Jonathan."

Mesmo sem muita certeza, eu apanhei os ovos do esconderijo. Havia oito. Lady Thorton jogou toda a ração de manteiga numa frigideira e preparou um enorme omelete usando os oito ovos.

Todos. Os. Ovos.

A Susan ia ficar branca.

Por outro lado, o omelete estava com aroma delicioso. "Sentem-se", disse lady Thorton. "Sentem-se todos."

"Vou levar meu trabalho pro quarto", respondeu a Ruth.

"Sente aqui pra comer", disse o Jonathan. "Não gosta de omelete?"

Ela hesitou. "Não quero comer a sua comida."

Ele abriu um sorriso. "Tenho certeza de que estou comendo a sua."

A Ruth deixou lady Thorton servir uma pequenina porção de omelete. O Jamie e eu também comemos porções pequenas. Lady Thorton não comeu nada, o que deixou quase metade para o Jonathan. Ele comeu tudo em seis garfadas rápidas. Nós o observamos. Ele estava mais magro que no Natal, o rosto fino e anguloso.

"Talvez consigamos preparar um bolo para o chá", disse lady Thorton.

A Ruth e eu trocamos olhares. Lá se ia a ração de açúcar. Passaríamos um mês comendo aveia salgada.

O Jonathan limpou a boca no guardanapo. "Trouxe um presente pra gente." Ele meteu a mão no bolso da jaqueta, puxou um objeto e pôs sobre a mesa. Era fino, comprido e liso, amarelo com pontinhos pretos.

"Jonathan!", exclamou lady Thorton.

"Onde você arrumou isso?", perguntou a Ruth, animada.

"O que é isso?", perguntou o Jamie. Apanhou com cuidado e me entregou. Eu também não sabia o que era. Parecia um couro meio molengo. Eu pus de volta na mesa.

"Não sei onde você arrumou isso", disse lady Thorton. "Mercado negro, tenho certeza. Não quero saber."

"Não", disse o Jonathan. "As frutas não estão sendo racionadas."

"Isso é uma fruta?", perguntei.

Tinha o nome de banana. Lady Thorton usou sem cerimônia todos os ovos da casa, mas não ansiava pela banana. "Vamos comer no chá, quando estivermos todos em casa", disse ela. "Só vou cortar quando a Susan chegar."

Rumamos para a sala de estar. Eu acendi a lareira. Lady Thorton ficou arrulhando com o Jonathan, lhe alisando o cabelo, perguntando se ele queria mais chá. "Para", resmungou ele, "eu estou bem."

Ele não parecia bem. Parecia cansado até a alma. Quando parava de se movimentar, seu rosto desabava em linhas tensas e ansiosas. Ao sorrir para o Jamie, seus olhos não sorriam junto.

O Jonathan puxou o cachecol verde e marrom que trazia amarrado no pescoço. "Olha só isso", disse ele, arremessando para o Jamie. "Foi feito do retalho de um paraquedas de camuflagem."

"Eita!" O Jamie agarrou o cachecol pelas beiradas e puxou, agitando-o pela sala. Pegou um dos aviõezinhos de lata e o amarrou às bordas do tecido.

"Ele vai estragar", avisei.

O Jonathan balançou a cabeça. "Vai nada." Ele se virou para a Ruth. "Me conte como era na Alemanha."

A Ruth deu de ombros. "Saímos de lá faz quase dois anos."

"Sei. O que fez vocês saírem?"

Ele inclinou o corpo para a frente. Parecia interessado de verdade, não só querendo ser educado.

"Somos judeus", ela disse.

"Isso. O meu pai falou."

"Meu pai era professor universitário em Dresden. De estatística. Perdeu o emprego porque o Hitler decidiu proibir os judeus de lecionarem nas universidades."

O Jonathan assentiu, como se fosse a resposta que ele esperava. "E piorou muito?"

A voz da Ruth seguiu impassível e sem emoção. "Os judeus não podiam votar. Já não contávamos como cidadãos alemães. Não tínhamos permissão de ir a parques, restaurantes nem piscinas públicas. Não podíamos andar de bicicleta, assistir a concertos, ir à praia. Uma multidão ateou fogo à nossa sinagoga. Eu fui expulsa da escola."

"Você fez algo de errado?", perguntei.

"Eu sou judia", respondeu a Ruth. "As crianças judias já não tinham permissão de ir à escola."

"Só porque você não acredita que Jesus é Deus?"

"Não teve nada a ver com a minha religião", respondeu a Ruth. "Não teve nada a ver com as minhas crenças pessoais, nem com a minha prática do judaísmo. Segundo o Hitler, eu sou judia porque os meus avós nasceram judeus. Mesmo que os meus avós tivessem se convertido ao cristianismo no dia do nascimento, mesmo que meus pais e eu tivéssemos sido criados acreditando em Jesus como Deus, de acordo com o Hitler eu ainda seria judia. Não se trata de religião. Tem a ver com raça. O Hitler enxerga os judeus como uma raça distinta."

Lady Thorton encarava as próprias mãos. Ela sabia de tudo isso? "Então na verdade não tem mesmo nada a ver com o seu Deus", concluí.

"O Deus é o mesmo", disse a Ruth. "Os cristãos também leem o Antigo Testamento."

"O próprio Jesus Cristo foi criado como judeu", disse o Jonathan.

"Jonathan!", exclamou lady Thorton.

"O quê? É um fato." Ele fez uma pausa. "Um dos meus melhores companheiros de voo é judeu. Cresceu em Liverpool. Tem família na Polônia e se preocupa demais." À Ruth, concluiu: "Que bom que a sua família escapou".

"Ficamos meses procurando um país que nos acolhesse", contou a Ruth. "Os Estados Unidos não quiseram. Nem a

França. Por fim a Inglaterra aceitou. Então fomos proibidos de vender a nossa casa. Tivemos que deixar o nosso dinheiro e todos os nossos pertences para trás." Ela engoliu em seco. "Tivemos que deixar a minha avó para trás."

29

"Tenho certeza de que ela está bem", disse lady Thorton. "Nem os nazistas fariam mal a uma senhora idosa."

"Não temos nenhuma notícia", retrucou Ruth. "Nada de cartas em quase dois anos. A minha mãe está doente de preocupação."

"Tenho certeza de que está tudo bem", insistiu lady Thorton.

Os olhos da Ruth faiscaram. "A senhora não entende nada mesmo, não é? Ou isso, ou escolhe não entender." Ela se levantou. "Com licença. Vou levar meu trabalho lá pra cima."

Eu a observei ir embora. Do outro lado da sala, o Jamie fazia barulhinhos de avião. O Jonathan ergueu a sobrancelha para a mãe.

"Como ela pode dizer isso?", inquiriu lady Thorton. "Quando você... meu filho, meu único filho... todo santo dia arrisca a própria vida? Quando o governo me tomou a casa, nossa cidade foi bombardeada, enfrentamos filas e escassez dia após dia?"

Jonathan apertou a mão com tanta força que as almofadinhas dos dedos ficaram brancas. "Porque a gente não passou por nada parecido com o que ela passou", respondeu ele. "A senhora cedeu a nossa casa, ninguém a tomou da senhora. Nenhum de nós sabe como ela se sente."

"Você pode resgatar a avó da Ruth?", perguntou o Jamie ao Jonathan, de olhar comprido. "Consegue ir pegar ela com o seu avião?"

"Não com um Spitfire", respondeu o Jonathan. "Receio que pra isso seja necessário uma infantaria."

"Vocês vão?", perguntou o Jamie.

"Vamos tentar, sem dúvida", respondeu o Jonathan.

A Susan não ficou aborrecida com os ovos. Não ficou aborrecida nem com a manteiga. "Claro que era preciso comemorar!", disse ela. Envolveu o Jonathan num abraço, como se estivesse animada em vê-lo, como se ele fosse alguém muito importante.

Talvez fosse.

"Pensei num bolo, quem sabe?", sugeriu lady Thorton.

"Humm, sim, vamos dar um jeito de assar um bolinho", concordou Susan. "Jamie, pare de amolar o Jonathan. Corra até o Fred ou os Elliston e veja se consegue mais um ovo emprestado. Diga que eu devolvo. E convide todos para o chá. Diga que temos uma banana."

Era possível remover a casca grossa da banana. O fruto de dentro era comprido, fino e cor de creme. Era macio como pudim, sem sementes nem caroços — dava para cortar feito um naco de manteiga morna. A Susan dividiu a banana em fatias e serviu num prato. Ao provar, o Jamie arregalou os olhos. "Eu gosto de banana!"

Eu não sabia ao certo. Ao ver a minha cara, a Susan riu. "A Ada está pensando 'isso é muito diferente'", disse ela, e com razão, pois eu estava.

"Como é voar?", perguntou Jamie ao Jonathan. Arrastou a cadeira e se grudou junto a ele. Estava usando o cachecol; o Jonathan lhe havia ensinado a fazer a amarração dos pilotos.

"Extraordinário", respondeu o Jonathan. "Libertador. A gente sobe, desce, corre de lado, na direção que quiser. Tudo é lindo lá de cima. O oceano parece um cobertor azul, infinito e cintilante."

Eu me virei para ele. "Que nem a vista lá do campanário."

O Jonathan assentiu. "Você sente medo quando voa?", perguntei.

Talvez não fosse uma boa pergunta. O Jonathan fechou a expressão. "Eu não sinto medo por estar voando", respondeu ele, por fim. "Vamos deixar assim."

O Jamie se inclinou mais para perto. "Todo mundo atira em você."

"Isso", disse o Jonathan. "Todos atiramos uns nos outros."

Depois do banho, descemos para ouvir o noticiário no rádio. O Jonathan estava quase dormindo, largado na poltrona da mãe. Ao me ver, deu um salto. "Ah!", exclamou ele. "Ada, eu prometi te levar pra cavalgar!"

"Eu e a Maggie", respondi, "e ela não está aqui."

"Mesmo assim. Eu prometi, e não quero perder a chance. O que acha de amanhã de manhã bem cedinho? Só que eu preciso pegar o trem antes das nove."

Com a economia de luz da guerra, só começava a clarear por volta das sete. "A gente vai da próxima vez", eu disse. "Daí talvez a Maggie esteja em casa."

Ele parecia aliviado. "Não está decepcionada?"

Eu estava decepcionada por não cavalgar, mas feliz por ele ter se lembrado da promessa. Além do mais, ele parecia tão cansado. "Tudo bem", respondi.

Choveu na manhã seguinte. Penélope e Penífera botaram mais dois ovos, que a Susan fritou na frigideira ainda com manteiga do omelete, para o café da manhã do Jonathan. O restante de nós comemos torrada com diminutas raspinhas de geleia.

O Jonathan parecia ainda mais cansado que na véspera. Pensei no que significava ser piloto, sair por aí tentando matar alemães.

Matar gente feito a Ruth.

Só que a Ruth havia sido expulsa da Alemanha. O Hitler a expulsara.

Se os nossos pilotos não tivessem vencido a Batalha da Grã-Bretanha, o Hitler e o exército alemão certamente teriam invadido a Inglaterra. Era isso o que todo mundo dizia, até mesmo Winston Churchill. Eu tinha certeza de que o Winston Churchill não mentia.

Pensando bem, a guerra era tão complicada quanto a religião.

O Jonathan se despediu de mim com um aperto de mão. "Da próxima vez", ele disse, "a gente cavalga. Eu não vou esquecer."

Eu assenti. "Tome cuidado."

Ele abriu um sorriso pesaroso. "Não posso me dar esse luxo. Lembra? Estamos em guerra."

30

A escala da observação de incêndios nos mandava lá para cima a cada duas ou três semanas — um intervalo pequeno para esquecermos o quanto era assustador, mas não suficiente para que nos acostumássemos.

Na escala que se seguiu à visita do Jonathan, peguei o turno da meia-noite — de meia-noite às duas da manhã —, e a integrante do SVF que me acompanhou foi a Susan. Eu preferia a Susan do que a lady Thorton ou uma desconhecida, claro, mas ao mesmo tempo estava temerosa de ir com ela.

Depois de umas poucas horas de sono, a Susan veio me acordar. Nos aprontamos e caminhamos até a cidade em total escuridão. O ar gelado nos cortava os pulmões feito navalhas. "Nada vai acontecer hoje", disse um dos homens do turno anterior. "É lua nova. Muito escuro para voar."

Nada além da exposição a céu aberto. A subida até o campanário foi a pior de todas. Da escada não era possível enxergar nada, nem a Susan bem à minha frente. O ar frio me fazia tremer as entranhas, o que parecia medo. Era difícil respirar. Era difícil me fazer presente dentro da cabeça. Quando retornamos ao ar livre, eu me sentia dormente, por dentro e por fora.

Agarrei a parede de pedras e olhei meus pés, o coração retumbando nos ouvidos.

Ao meu lado, a Susan inclinou a cabeça para o céu. *"Ah!"*, disse ela.

Eu olhei para cima. Também soltei um arquejo. Milhares de estrelas preenchiam o céu — mais que isso, dezenas de milhares, centenas de milhares. Milhares de milhares. Mais estrelas do que eu jamais vira; eram tantas, que formavam uma faixona de luz bem no meio do céu. Eu olhei e olhei. Vira muitas estrelas desde que fora morar com a Susan. Porém nunca daquele jeito.

"O céu está tão limpo", disse a Susan. "Sem nuvens, sem lua e, claro, sem blecaute."

Senti o rosto mais quente sob a luz das estrelas, mesmo expirando o ar em uma nuvem gelada. "Queria ter um papel", eu disse. "Ia desenhar um mapa das estrelas."

"Já fizeram isso", respondeu a Susan. "Todos os desenhos do céu têm nome. Constelações. Procure as estrelas mais brilhantes. Está vendo aquela ali... e ali... e aquelas, como formam um quadrado e depois uma linha meio torta? É o Arado."

Eu olhei, mas não conseguia enxergar o que ela queria dizer. Havia muitas estrelas para eu me concentrar só em algumas. "O que é um arado?"

A Susan me olhou. E sorriu. "É um instrumento para trabalhar o solo."

Ela tentou me mostrar outros desenhos: um arqueiro, irmãos gêmeos. "E Draco, o dragão", disse ela.

Um dragão na beirada do mapa do céu.

"Dragão de verdade ou das histórias?", indaguei.

A Susan me abraçou. "Todos os dragões são das histórias."

Eu havia me esquecido de sentir medo, até que tropecei num pedaço duro de laje e caí por cima do peitoril da marquise. O medo retornou tão depressa que eu quase vomitei.

A Susan me puxou de volta da marquise. "Você está tremendo."

Eu estava. Não conseguia parar.

"O que está te assustando tanto?", perguntou ela.

"Eu não sei." Tornei a olhar para cima. A Susan não sentia medo. "As estrelas são fantásticas." Eu nunca tinha visto estrelas pela janela do apartamento da Mãe. Da janela da Mãe não dava para olhar para cima, de fato não dava; eu, pelo menos, nunca olhei.

"Você não é obrigada a fazer isso", disse a Susan, baixinho. "A gente pode arrumar outro trabalho de guerra útil pra você."

Era por isso que eu temia ir com ela.

Balancei a cabeça. Parecia uma barganha que eu fizera: meu medo em troca da segurança do Jamie. Segurança do Jamie, da Susan e minha.

"Tem certeza?", perguntou a Susan.

"Não me proíba."

"Eu não vou", disse ela, "porque não creio que você aqui corra mais perigo que em qualquer outro lugar. Pense nisso. Você não precisa se sentir segura para de fato estar segura."

Eu achava que sim. Eu nunca havia me sentido segura, então como saberia?

Poucos dias depois, no meio da tarde, bati à porta da Ruth.

"Estou ocupada!", gritou ela.

Ela estava ainda mais recolhida desde o relato a respeito da avó.

Então enfiou a cabeça pela porta. "Chegou carta pra mim?"

"Não", respondi.

Ela foi fechar a porta outra vez, mas eu meti o pé na frente. "Me conte sobre a sua avó", pedi.

Ela espremeu os olhos. "Por quê?"

"Eu quero saber sobre as avós", respondi. "Elas parecem legais. Eu não tenho avó."

"Você teve."

"Não conheci."

A Ruth suspirou. Abriu a porta um tantinho mais. Eu forcei a entrada. "Está frio no seu quarto."

"Este país inteiro é frio." Ela se sentou à escrivaninha e apanhou um lápis. "Estou trabalhando."

"Você tem fotografias da sua avó? Ou de alguém da sua família?"

"Não é da sua conta."

"Eu não sou sua inimiga."

Ela me encarou em silêncio.

"Não sou", eu confirmei.

"Mas eu sou alemã", disse ela. "*Eu* sou sua inimiga. Lembra?"

"Você odeia o Hitler mais do que eu."

A Ruth assentiu. "Isso é verdade. Mesmo assim não vou te contar sobre a minha avó."

Eu esperei. Depois de uma pausa, ela tornou a falar, encarando a escrivaninha. "Se eu começar a tirar coisas do coração", ela disse, "se eu conversar com você, se for apanhar as fotografias… eu vou desmoronar. Não vou conseguir aguentar viver aqui. Não vou ser capaz de aprender o que preciso aprender para ajudar a minha família. Se eu me abrir, vou me desmantelar."

Sua voz era totalmente calma e contida.

"Eu conheço essa sensação", comentei.

"Imaginei", respondeu ela. "Agora sai daqui."

31

Foi a última onda de friagem. A primavera chegou salpicada de verde, e uma imensa porca branca veio morar no cercado do nosso quintal. Susan e lady Thorton a nomearam sra. Rochester. Dali a alguns meses a porca daria cria, o que significava ter bebês, e os porquinhos entrariam num clube de porcos.

Os clubes de porcos eram invenção da guerra. A vizinhança reunia as sobras de comida para alimentar um porquinho. Depois de crescer, o porco era abatido e a carne era compartilhada entre as pessoas. Os clubes de porcos transformavam sobras que ninguém podia ou conseguia comer em costeletas de porco e bacon. Quase já não era possível encontrar costeletas de porco nas vendas.

Todos os dias a sra. Elliston, esposa do cuidador da propriedade dos Thorton, juntava as cascas de batata, as cartilagens e outras sobras num balde. O Fred acrescentava as dele, e eu levava o balde dos estábulos até a nossa casa. A Susan acrescentava as nossas sobras e fervia aquela gororoba fedida para a sra. Rochester. Dava um trabalhão.

O Jamie amava a sra. Rochester. Dava comida, água, recolhia o cocô, espalhava palha fresquinha para ela dormir, coçava as costas dela com um graveto e até onde eu sabia inclusive cantava para ela. Eu fazia o possível para evitá-la. A Ruth, por outro lado, gostava dela. “É uma porca muito boazinha.”

A Ruth acomodou uma mesinha e uma das antigas cadeiras da cozinha no quintal dos fundos. Ficava estudando ali, numa nesguinha de sol ao lado do cercado, com o Bovril no colo e as galinhas bicando a grama sob seus pés.

"Vocês tinham porcos lá na Alemanha?", perguntei a ela.

"Claro que não. Judeus não comem carne de porco."

"Estou falando como bicho de estimação. Não pra comer."

Ela olhou para cima. "Ninguém cria porcos de estimação. A gente tinha cavalos e um cachorro. Só isso."

"Quantos cavalos?"

"Três. Um do meu pai, um da minha mãe e um meu." Ela coçou as orelhas do Bovril. O gato amassou as garrinhas em sua perna. Ela não se incomodou. "Quando eu era bem pequena, tinha um pônei cinza chamado *Schneeflocke*. Floco de neve. Quando fiquei maior que ele, demos para meus primos mais novos."

"O que são primos?" Tentei apanhar a Penélope. Ela escapuliu.

"Os filhos do irmão da minha mãe", respondeu Ruth. "Se um dia você tiver um filho e o Jamie também, eles serão primos."

Eu me irritava em ver que a Ruth sabia palavras que eu desconhecia. "Comecei a aprender inglês na escola", explicou ela. "O resto aprendi depressa no campo de internamento. Eu me esforçava muito. Sabia que precisava ter fluência para ir para a universidade."

"Por que você se importa com a universidade?"

"Quero ser igual ao meu pai", respondeu a Ruth.

O meu pai trabalhava nas docas. Todos os pais da nossa travessa trabalhavam.

"Cadê os seus primos agora?"

"Você está perguntando muita coisa", resmungou a Ruth. Não respondi. Ela suspirou. "Ainda estão na Alemanha. Meu avô e meu tio eram soldados de cavalaria do exército alemão. Meu tio lutou pela Alemanha na Primeira Guerra Mundial. Então se sente seguro na Alemanha, mesmo sendo judeu. Acha que os outros alemães vão respeitar seu serviço ao país."

"Ele está lutando contra nós?"

"Ele não está mais em combate", respondeu a Ruth. "Está velho demais pra isso."

"Mas ele lutou contra a gente antes?"

"Sim", disse a Ruth. "Ele é um bom alemão. Não o culpe por isso."

Claro que eu culpava. Os alemães eram inimigos. Sempre que eu começava a me esquecer disso, a Ruth vinha me lembrar.

Ela balançou a cabeça. "Sei que é muito difícil receber correspondências da Alemanha neste momento."

"Ainda nada da sua avó?"

"Nada de ninguém."

A Maggie veio para casa nas duas semanas que rodeavam a Páscoa. Passamos a primeira noite acordadas até tarde no quarto. "Estou preocupada com o Jonathan e com a mamãe e estou me sentindo sozinha e quero ficar em casa. Você está aqui. Não é justo", sussurrou ela por entre as nossas camas. A gente havia baixado o blecaute, e o luar entrava pela janela. "Odeio a escola, de verdade. Não odiava, mas agora odeio."

Contei à Maggie sobre a avó da Ruth. "O Jamie e eu devemos ter uma avó também", eu disse.

"Ora, é claro", respondeu a Maggie. "Duas avós."

Eu estremeci. Talvez as minhas avós tivessem sido tão horríveis quanto a minha mãe. Talvez fosse sorte minha não me lembrar delas.

"Pena que você não tem nada da sua casa em Londres", comentou a Maggie. "A sua mãe deve ter deixado algumas coisas para trás."

A Maggie me amava, mas jamais entenderia como era a minha vida em Londres. Só o Stephen White e o Jamie sabiam. Eu não tinha notícias do Stephen e esperava que o Jamie tivesse se esquecido. "A minha família não tinha nada", respondi. "Fotografias, livros, nada disso." Meti o pé direito para fora das cobertas. "Eu tenho essa cicatriz. É o que me faz recordar a minha mãe."

"A Susan te deu essa cicatriz. Não a sua mãe. É uma boa cicatriz."

"Acho que sim."

"Mas você também tem outras cicatrizes, não tem?" A Maggie rolou o corpo de costas. Vi que ela agarrava a beirada dos lençóis. "Todo mundo tem. Invisíveis."

Eu respirei fundo. Ar entrando, ar saindo. Levei o pensamento ao alto do campanário, onde doía respirar. Não conseguia imaginar cicatrizes na Maggie.

Ela continuou a falar. "Então você entende como é na escola, todo mundo com medo, tanta notícia de gente morrendo. O maldito rapaz do telégrafo subindo a estradinha de bicicleta."

Perto da Maggie, a Ruth se calava ainda mais do que perto de mim. "Ela fala?", perguntou a Maggie.

Eu dei de ombros. "Às vezes. Não muito."

"Comigo ela fala", disse o Jamie. "Toda vez que vocês duas vão cavalgar."

A Susan contou que a sexta-feira antes da Páscoa era chamada de Sexta-feira Santa. Era um dia especial para lembrarmos a morte de Jesus na cruz. "Este ano, porém", disse ela, de manhã, "ocorre que também é um dia especial pra Ruth. É o primeiro dia de um feriado judaico chamado *Pessach*." Antes do jantar, a Susan despejou água salgada em várias tigelinhas. Mandou a Maggie pôr uma ao lado de cada um dos nossos pratos. Me entregou vários ramos de salsa. "Ponha um raminho junto a cada tigela", disse ela.

"Onde você arrumou a salsa?" Nós havíamos começado a cultivar uma hortinha, mas até então só estavam brotando rabanetes e alface.

"A sra. Elliston tinha um pouco crescendo na estufa", respondeu a Susan. Abriu uma garrafa do vinho de lady Thorton, coisa que raramente fazia, e serviu um tantinho em cada copo à mesa. "Não é muito, mas pelo menos a Ruth vai saber que pensamos nela."

Quando a Ruth viu a mesa com o vinho e a salsa, levou as mãos à boca. Seus olhos se encheram de lágrimas. "Ah, obrigada."

"Eu não sei preparar um *seder* de verdade", lamentou a Susan.

"Mas você sabia que era *Pessach*", disse a Ruth. Enquanto nos sentávamos, a Ruth explicou que na primeira noite do *Pessach* toda a família se reunia para uma refeição especial chamada *seder*. Vinho, salsa e água salgada faziam parte da refeição.

"Uma vez, ainda na universidade, eu participei de um *seder*", contou a Susan. "Você gostaria de fazer as quatro perguntas?"

A Ruth olhou o Jamie. "Normalmente a pessoa mais nova é quem faz as perguntas."

"Quais são as quatro perguntas?", indagou o Jamie.

A Ruth respirou fundo. "A primeira é: 'Por que esta noite é diferente de todas as outras?'."

O Jamie baixou o garfo. Deitou as mãos no colo e repetiu. "Por que esta noite é diferente de todas as outras?"

A Ruth permanecia sentada, imóvel. Após uma pausa, disse: "Molhamos a salsa na água salgada para convertermos nossas lágrimas em gratidão". Apanhou a salsa, molhou na tigela e comeu. Assim fizeram a Susan, o Jamie, a Maggie e, um pouco depois, lady Thorton e eu.

Um amargor salgado me preencheu a boca. Tinha gosto de lágrimas.

32

Eu não podia levar a Ruth ao alto do campanário; o vilarejo jamais deixaria uma alemã participar da observação de incêndios. Numa noite clara, porém, algumas semanas depois, fiquei acordada até tarde e a levei para fora. O chalé era todo rodeado de árvores, mas fomos avançando pela viela até ter uma vista aberta do céu.

"A Susan me mostrou uns desenhos no céu", comentei. "Um arado e um dragão."

A Ruth deu de ombros. "Óbvio. Eu conheço. Você acha que foram os ingleses que inventaram a astronomia? Kepler era alemão."

"Quem é Kepler?" Parecia Hitler.

A Ruth riu. "Ah, Ada. Por que você me arrastou aqui pra fora?"

"Eu queria que você visse isso." As estrelas me traziam uma sensação boa. Talvez ajudassem a Ruth também. "Talvez a sua avó esteja olhando essas estrelas", eu disse. "As mesmas. Neste exato instante."

A Ruth apertou os lábios. "O que você quer que eu diga?", perguntou ela, depois de uma pausa.

"Nada. Achei que você precisava ver, só isso."

Ela caminhou de volta em direção à casa. "Não se preocupe com o que eu preciso."

Em 13 de maio de 1941, comemorei pela primeira vez meu verdadeiro aniversário. Completei doze anos.

Eu só conhecera a data do meu nascimento no mês de setembro anterior, quando minha certidão foi encontrada. A Susan havia preenchido as nossas carteiras de identidade com datas inventadas. E comemorara os nossos aniversários de mentira.

A Mãe nunca comemorava aniversários. A Mãe nunca comemorava nada.

A Maggie havia retornado à escola, mas a Ruth e o Jamie colheram flores das sebes e enfeitaram a mesa do café da manhã. A Susan me deu um pedaço de bacon e um ovo frito inteiro. Ela e lady Thorton empilharam presentes perto do meu prato — três livros novos.

Era demais. Um pânico feito o do campanário me invadiu a pele. Eu entreguei o bacon ao Jamie. Empurrei os livros para longe. Me forcei a engolir o ovo. A Susan ia ficar nervosa se eu desperdiçasse.

Eu devia ser habituada a aniversários. A Mãe devia ter comemorado os meus aniversários.

"Tudo bem", disse a Susan, me olhando. "Seja lá o que estiver sentindo, está tudo bem." Ela me abraçou.

"Por que ela não me amava?", sussurrei.

"Porque ela tinha problemas. Lembre-se disso. Quem tinha problemas era ela, não você."

Eu antes tinha o pé ruim, mas que agora funcionava melhor. O pé não era o motivo. Devia haver outra coisa errada comigo. A maioria das mães amava os seus filhos.

Eu fui até o jardim. A Ruth veio atrás. "Do que você tem medo?", perguntou ela.

"Não estou com medo", respondi. "Eu nunca sinto medo."

"Ah... você também diz que não tem nada de errado com o seu pé."

"Meu pé fica muito longe do cérebro", retruquei.

Ela arqueou as sobrancelhas. "Claro. Quem disse que não fica?"

"Estou indo aos estábulos. Vou dar uma volta." Dei dois passos e me virei de volta para a Ruth. "Quer vir?"

33

"É meu aniversário", eu disse ao Fred. "A Ruth vai cavalgar comigo, pra comemorar."

O Fred remexeu a boca. "Lady Thorton sabe disso?"

"Não", respondi. Havia encontrado um par de culotes antigos da Maggie no nosso guarda-roupas. Eram meio curtos para a Ruth, mas ela puxou as meias por cima. Corremos até os estábulos sem dizer nada a ninguém. "A Ruth pode cavalgar o Manteiga. Ele é o meu pônei, e eu decido quem monta nele. Eu vou na Hera." A Maggie não se importaria. Se pegássemos algum dos outros cavalos, lady Thorton ficaria irritada. "Lady Thorton foi para o escritório do SVF. Não vai descobrir. Nunca vamos contar a ela."

O Fred me olhou com uma carranca. "Isso não tá certo."

"Tá, sim", respondi. "O certo e o autorizado às vezes são coisas diferentes."

O Fred coçou a cabeça e suspirou. "Você duas façam o favor de ficar longe da cidade."

Montada no Manteiga, a Ruth não conseguia parar de sorrir. Eu nunca a vira sorrir tanto. Disse isso a ela. "Eu sei", ela respondeu, gargalhando enquanto trotávamos pela margem de um prado. "Estou com as bochechas doídas." Ela deu uma batidinha no pescoço do Manteiga. "Que pônei adorável." Cavalgava com competência, sem esforço; o Manteiga também parecia sorrir.

Levei a Ruth até o topo da colina de vigia. O sol brilhava forte e quente. O ar cheirava a sal e grama nova. O mar se estendia imenso e azul, com ondas brancas junto à costa e nenhum barco de pesca à vista. A Hera jogou a cabeça para trás. Sua longa crina roçou meus joelhos.

"No verão passado eu descobri um espião alemão", comentei. "Estava aqui em cima e o vi num barco remando para a praia."

A Ruth ergueu as sobrancelhas. "Um espião de verdade?"

Eu assenti. "Ele tinha um conjunto de rádio sem fio."

"Bem, pode ter certeza de que eu não sou espiã. Não tenho rádio sem fio."

"Eu sei", respondi. "O Jamie revirou as suas coisas logo que você chegou."

Por um instante a Ruth pareceu irritada, então irrompeu numa gargalhada. "Que horror! Que crianças terríveis!"

Ali fora, sob o sol, parecia engraçado. Demos meia-volta com os pôneis. A Hera começou a saltitar. "Quer galopar?", perguntei. "Costumamos descer a galope."

"Por favor!" A Ruth disparou com o Manteiga. Eu segui logo atrás.

Mostrei à Ruth a praia onde o espião havia desembarcado. Nós contornamos a cidade, então pegamos um caminho mais longo, pelas terras da família da Maggie. A maioria dos pastos agora abrigava plantações. Lady Thorton contou que o sr. Elliston havia dobrado o número de acres lavrados. O governo disse ao sr. Elliston exatamente o que plantar. "Batatas, nabos e linho", expliquei à Ruth.

A Ruth franziu o cenho. "Não conheço *linho*. Tem gosto de quê?"

Eu dei de ombros. "Sei lá." Supunha que em breve comeríamos. Eu havia comido todo tipo de esquisitice desde que fora morar com a Susan.

Circundamos um bosque de árvores e demos de cara com um trator parado à margem do terreno. Uma das lavradeiras remexia qualquer coisa por sob o capô. O capô não parava aberto; insistia em bater no cotovelo dela.

"Oi, me ajude aqui, pode ser?", disse a lavradeira.

Desci da Hera e entreguei as rédeas à Ruth.

"Segure a ponta do maldito capô", disse a garota. "O conserto não é difícil, só preciso de um minuto."

A lavradeira era um pouco mais velha que a Ruth. Usava uma camisa verde, botas de borracha e calças rasgadas, cortadas acima dos joelhos. Deu uma pancada no motor com uma chave inglesa.

"Aqui, isso deve resolver." Ela assentiu para mim, e eu larguei o capô, que se fechou com um estrondo. "Agora é só dar a partida nessa porcaria." Ela estendeu a mão. "Obrigada pela ajuda. Você deve ser a srta. Margaret. Eu sou a Rose."

"Eu sou a Ada", respondi, apertando a mão da Rose. "Ada Smith."

"Ah. Bem, obrigada de todo modo. Até."

"Ela vai contar?", perguntou Ruth quando eu subi de volta na sela.

"Contar a quem? As lavradeiras mal falam com o Fred, que dirá com lady Thorton." Começamos a trotar. "O Fred não gosta das lavradeiras. Diz que são ligeirinhas."

"O que é isso?"

"Não faço ideia, mas parece divertido."

Nós trotamos de volta pelo campo de batatas que agora cobria o grande gramado da frente dos Thorton. A Ruth analisou a casa. "É muito grande."

"É", concordei. "Que nem uma estação de trem."

A Ruth riu outra vez. "Parece muito mesmo uma estação de trem. Você é terrível, Ada. Eu gosto de você."

Ao fim da cavalgada, eu guardei os pôneis; depois, no depósito, a Ruth tornou a vestir a saia. "Vou ajudar com as tarefas", ela disse.

"Melhor não", respondi.

"Vou, sim."

"Você vai ficar fedendo a cavalo."

A Ruth deu um fungado apreciativo. "Sim. O melhor cheiro do mundo." Ela me abriu um sorriso. "Não se preocupe. Antes de entrar em casa eu faço uma visita à sra. Rochester. Quando lady Thorton me cheirar, vou estar fedendo a porco."

"Você parece contente", a Susan comentou comigo durante o jantar. Ela me havia feito um bolo de aniversário, bem pequenino, com uma única vela em cima, pois doze não iam caber e porque estava difícil arrumar velas. "Foi cavalgar? Se meteu numa aventura?"

Eu tive o cuidado de não olhar a Ruth. "O Manteiga foi maravilhoso", respondi.

Lady Thorton sorriu. "Que ótimo."

Depois disso, passei a permitir que a Ruth cavalgasse o Manteiga uma ou duas vezes por semana, durante as idas de lady Thorton à cidade. O Fred resmungou, até que contei a ele que o avô e o tio da Ruth haviam servido à cavalaria. "Os cavaleiros alemães foram os melhores de toda a história", disse o Fred. "Eu mesmo fui criado de um cavaleiro britânico na Grande Guerra, por isso sei. E olhe só para ela... bela postura, mãos sublimes."

A Ruth cavalgava com força, paciência, fluidez e graça. O Manteiga ia melhor com ela do que comigo. Quando comentei isso, a Ruth assentiu. "Balance os quadris", disse ela. "Solte os músculos. Se você tentar ficar imóvel, o cavalo te faz quicar."

Eu tentei. "Os meus músculos não soltam."

"Estou vendo. Você está muito rígida."

Eu me indignei. "A maioria das pessoas diz que eu cavalgo bem."

"Ah, sim", respondeu ela, "pros padrões ingleses."

O que era um insulto, sob qualquer ponto de vista.

"Não faz muito tempo que eu cavalgo", expliquei. "Só desde que cheguei aqui. E você sabe que eu tinha pé torto."

A Ruth me olhou de maneira avaliativa. "O pé torto que nunca te faz mancar? O pé torto que não tem nada de errado?"

"Estou melhor agora", respondi. "Eu fui operada no ano passado. Antes disso o meu tornozelo era todo curvado. Sem muletas eu mal conseguia andar."

A Ruth me observou. "Solte os pés do estribo. Balance as pernas assim." Ela demonstrou. Eu tentei. "Não, balance a partir do alto. Bem do alto."

Doía, mas de um jeito bom. "Melhorou", disse a Ruth. "Agora solte os joelhos."

"O Fred diz que é pra eu manter os joelhos firmes."

"Firmes, mas não apertados. Durante o trote elevado você tem que se erguer a partir do estômago, não das pernas. Dos músculos. Assim." Ela demonstrou.

Eu tentei. "Isso dói."

"Pois é. A prática vai te fortalecer."

Doía, mas era melhor. Até eu podia perceber. Nós percorremos a extensão de um pasto.

"Por que você odeia falar sobre o seu pé?", perguntou a Ruth, encarando a crina do Manteiga.

Eu respirei fundo. Pernas soltas, estômago firme. A Hera relaxou. "Por que você odeia falar sobre a sua avó?"

"Eu me preocupo com ela", respondeu a Ruth. "Falar a respeito me deixa mais preocupada."

"Ah." Cavalgamos em silêncio. "Estou cansada de sentir vergonha", eu disse, por fim. "Do meu pé."

A Ruth franziu o cenho. "Não há nada de que se envergonhar num pé torto."

"A minha mãe tinha vergonha. A Mãe, quer dizer."

"Ela estava errada", respondeu a Ruth.

Dei de ombros. "Posso até dizer isso. Acreditar é que é difícil."

A Ruth continuou saindo para cavalgar, embora não todos os dias, e nem sempre comigo. Se sumíssemos as duas do chalé sempre ao mesmo tempo e sempre durante a ausência de lady Thorton, a Susan começaria a suspeitar. Às vezes eu cavalgava o Manteiga sozinha, outros dias a Ruth ia. Eu desenhei para ela um mapa do terreno dos Thorton e das estradas no entorno da cidade, tal qual a Susan fizera um dia para mim. Desenhei o escritório do SVF, fiz uma seta apontando para ele e escrevi "*Dragões*". O covil de lady Thorton.

A Ruth deu uma risadinha. "Vou ser feito a Santa Margarida. Destemida."

34

Em julho, a Maggie veio por dois meses inteiros. "*Pelo menos* dois meses", disse ela. "Se eu conseguir o que quero, nunca mais vou embora."

Nós caminhamos até os estábulos na primeira manhã. "Tenho exercitado a Hera pra você", revelei.

"Ah, obrigada", disse ela. "Muito legal."

"Tenho deixado a Ruth andar no Manteiga."

A Maggie congelou. Virou-se para mim com a mão no ar. "Pode parar. Eu não ouvi o que você acabou de dizer. E nem quero que repita. Quando a minha mãe descobrir, e ela vai descobrir, quero poder dizer que não sabia de nada."

"Achei que você ia gostar..."

"A minha mãe vai ficar muito mais braba comigo que com você", respondeu a Maggie, recomeçando a andar. "Estou falando sério. Não quero saber."

"Achei que de repente você pudesse ir no Oban, daí nós três..."

A Maggie balançou a cabeça. "Nem morta."

"Covarde."

"Realista."

"A Ruth não está com medo."

"A Ruth não tem nada a perder."

"Claro que tem."

"Menos que eu. Por que eu me meteria em confusão por causa dela?"

"Achei que você tinha o nome de uma matadora de dragões", provoquei. "Santa Margarida, a Brava."

"Não", respondeu a Maggie. "Tenho o nome da bisavó da minha mãe. Margarida Comum, a Sensível. Não era santa, mas também não era mártir."

"A Ruth gosta da gente", eu disse. "E os cavalos ajudam."

A Maggie balançou a cabeça. "Não é meu dever ajudá-la, é?"

"Seu pai poderia achar que sim. Seu irmão também."

"*Poderiam*", repetiu a Maggie. "Mas eles não estão aqui. A minha mãe está, e todo mundo conhece a posição dela."

As semanas se passaram muito ensolaradas. Os dias eram tão longos, e as noites, tão curtas, que eu raramente precisava participar da observação de incêndios. Continuei permitindo que a Ruth cavalgasse o Manteiga, mas tive que reduzir meus próprios passeios. A Maggie não deixava a Ruth pegar nenhum cavalo dos Thorton, e eu também não podia. "Seria mais divertido se fôssemos as três", eu dizia.

"Preciso ficar bem com a minha mãe", respondia a Maggie. "Se eu a aborrecer, vou ter que voltar pra escola em setembro, com certeza."

A Maggie e eu colhemos frutinhas vermelhas nos bosques das encostas, e a Susan nos ensinou a fazer geleia. Era possível conseguir ração extra de açúcar para preservar frutas. A Susan havia comprado três quilos inteiros.

O Jamie entrou na cozinha feito um tufão e deixou a porta bater. "Mamãe! Mamãe! A sra. Rochester teve os bebês! Vem ver, mamãe!"

Estremeci. Tantos meses ouvindo o Jamie chamar a Susan de *mamãe* e eu ainda não havia me acostumado. "Mamãe!", disse o Jamie, puxando a mão da Susan. "Vem ver, vem ver!" Ele arrastou a Susan para fora.

"Por que te incomoda que ele a chame assim?", perguntou a Maggie, me observando.

Eu dei de ombros. Certas coisas eram muito difíceis de explicar.

A sra. Rochester deu à luz oito porquinhos. Ficou deitada de lado, grunhindo, amamentando os filhotes enfileirados, com a expressão satisfeita. "Que nomes vamos dar a eles?", perguntou o Jamie.

"Eles não vão ter nomes", disse a Susan. "São porquinhos do clube de porcos. Não damos nome aos animais que pretendemos comer."

"Eu não me incomodo", disse o Jamie.

"Eu me incomodo", respondeu a Susan.

"A mamãe ama a gente", disse o Jamie, certa noite. Estava sentado no sofá, todo enroscado, lendo *Os Robinsons Suíços* mais uma vez. A Maggie estava lá em cima no banho. A Ruth havia dito que daria uma saída, mas na verdade estava cavalgando o Manteiga, e a Susan e lady Thorton haviam levado cadeiras para se sentar lá fora, no gramado. A noite estava linda. "A Becky também", completou o Jamie. "A Becky ama a gente também."

"Ah, Jamie." Eu suspirei. "Que burrice. A Becky nem conheceu a gente." Ela havia morrido antes.

"Ela ama a gente lá do céu", disse o Jamie.

"E a Mãe?", indaguei, num tom azedo. "A Mãe também ama a gente lá do céu?"

"Provavelmente", disse o Jamie. "Acho que ela agora está capacitada."

O Jamie repetiu para a Susan que a Becky amava a gente. A Susan o abraçou. "Claro que ama."

Mais tarde, quando resmunguei a respeito, a Susan me encarou. "Você quer mesmo que eu diga a ele que não é amado?"

O que eu deveria responder?

Eu não diria à Susan que a amava, mesmo achando que fosse verdade. As palavras podiam ser tão perigosas e destrutivas quanto bombas.

"Acha que a Mãe está capacitada, agora que morreu?", perguntei, em vez disso.

A Susan inclinou a cabeça. "É um bom pensamento", respondeu. "Talvez todos nos tornemos versões melhores de nós mesmos depois da morte. Talvez todos alcancemos o céu, no fim das contas."

35

No meio de agosto eu estava escalada para a observação de incêndios com lady Thorton, mas convenci a Maggie a me acompanhar no lugar da mãe. A lua estava meio cheia, e o ar, limpo e morno. O vento soprava do mar.

De tão claro que ainda estava o céu, mesmo as estrelas mais vistosas brilhavam fracas. "Vocês já viram uma bomba ou um incêndio de verdade?", perguntou a Maggie. Ela caminhava pelo campanário, totalmente à vontade.

"Não." Desde o fim da Batalha da Grã-Bretanha, a maior parte da guerra tinha sido deslocada para outros pontos da Inglaterra. No ano anterior, os alemães haviam soltado apenas três bombas nos arredores da nossa vila. Nenhuma atingira construções, e a única morte fora a de uma ovelha.

A Maggie me olhou. "Então por que você está com medo?"

"Não estou..."

"Seja honesta. Estou vendo que está com medo."

"Não tenho medo das bombas", respondi. "Tenho medo de ficar presa."

Eu me assustei com minhas próprias palavras. Não sabia de onde viera aquilo, mas sabia que era verdade.

Eu tinha medo de ficar presa.

"Presa onde?", indagou a Maggie.

"Não sei, eu..." Espalmei as mãos. "Em tudo. Sonho com paredes caindo por cima de mim. Imobilizando outra vez a minha perna. Ou com bombardeios, e daí fico presa... ou então me vejo de volta no apartamento, enfiada debaixo da pia... e nunca consigo sair." Eu respirei fundo. "Eu cresci assim. No apartamento. Não conseguia sair."

"Mas saiu", disse a Maggie.

Soltei uma risada trêmula, quase à beira das lágrimas. "Acho que sim. Só que ainda preciso ficar de olho. Tenho que tomar cuidado, pra que nada de ruim volte a acontecer."

Ela tinha os olhos cheios de compaixão. "Você antes não podia evitar que as coisas ruins acontecessem. E ainda não pode. Na verdade, isso não cabe a você."

Eu caminhei até a beirada da mureta. Encarei o mar, negro feito carvão. "Estou observando os incêndios pela segurança do Jamie", afirmei. "Do Jamie, minha e de todo mundo."

"Não está", disse a Maggie. "Você está assumindo um turno da observação. Só isso. Se não estivesse aqui, outra pessoa estaria. Você estaria em casa, dormindo, e segura do mesmo jeito."

"Por favor, pare de falar."

A Maggie não parou. "As coisas não dependem todas de você."

Eu a encarei. "É assim que eu me sinto."

"E daí?" Ela me entregou o binóculo. Observamos. Nenhum bombardeio aconteceu.

36

Certa manhã bem cedinho, perto do fim de agosto, acordei com uma barulheira na janela. Pulei da cama. A Maggie também. Achei que fossem tiros, mas a Maggie estava rindo. "Pedrinhas", ela sussurrou, ao baixar o blecaute.

Já tinha quase clareado. Sombras azuladas se estiravam pelo quintal dos fundos. Um quarto de lua ainda pendia baixo no céu. Jonathan Thorton estava parado em frente à nossa janela, olhando para cima.

"Psiu", sibilou a Maggie, antes que eu pudesse gritar. Abriu a janela e pôs a cabeça para fora.

"Ponham os culotes", disse o Jonathan, baixinho. "É segredo. Nem um pio."

Nós nos vestimos. "O que vamos fazer?", sussurrei para a Maggie.

"Não faço ideia", ela sussurrou de volta.

No alto da escada, ouvi o estalo de uma porta. Dei meia-volta e vi a Ruth parada, de camisola, bem acordada. Ela nos olhou de cima a baixo.

A Maggie e eu congelamos. Então eu abri um sorriso. "Ponha os culotes", sussurrei.

A Ruth olhou para mim, depois para a Maggie. A Maggie balançou a cabeça. "Acha que ela vai ficar quieta se a deixarmos aqui?", argumentei.

A Maggie suspirou. Assentiu para a Ruth. "Culotes", sussurrou. Ruth correu de volta para o quarto. "Vocês vão me arruinar", disse a Maggie, baixinho.

A Ruth reapareceu, sorridente, vestida para cavalgar. Descemos às escondidas e saímos pela porta dos fundos.

Se o Jonathan ficou incomodado em ter a Ruth conosco, não disse nada. Ergueu o dedo aos lábios pedindo silêncio e nos conduziu pelo caminho rumo aos estábulos. Encontramos um segundo piloto parado ao lado de duas motocicletas à pouca distância do chalé. "Suba", disse o Jonathan à Maggie, acomodando-se numa das motos. "Você vai atrás de mim. Ada, você senta na frente. Ruth, você vai atrás do Stan."

"O que estamos..."

"Só suba."

Eu me equilibrei na pontinha do assento, à frente do Jonathan. Ele segurou o guidão. Eu me agarrei aos braços dele. Saímos rugindo pela estrada e fomos quase até os estábulos. O Jonathan ergueu a mão, então ele e o outro piloto pararam. "Espere aqui", disse Jonathan ao rapaz. "Eu não demoro." Para mim, a Maggie e a Ruth, pediu silêncio.

"O que estamos fazendo?", perguntou Maggie, mas ele não respondeu. Quase tivemos de correr para acompanhar as compridas passadas do Jonathan.

Ele me pareceu péssimo. Cansado. Ainda mais magro que antes, com os músculos do rosto trincados. Seus olhos emitiam um brilho quase assustador. Quando me viu encará-lo, porém, ele sorriu, e os olhos sorriram também.

No estábulo, os cachorros nos receberam em silêncio. O Jonathan abriu a porta do depósito. Mandou que a Maggie selasse a Hera, eu selasse o Manteiga e a Ruth selasse um dos cavalos de lady Thorton.

"Melhor a Ruth ficar com o Manteiga", eu disse. "Ela está acostumada com ele."

"Claro", respondeu ele. "Tanto faz."

O Jonathan selou o Oban, seu cavalo. Fomos todos caminhando lentamente por sobre as pedras do pavimento — se a intenção era não sermos vistos, como parecia que era, aquela seria a parte mais difícil, já que o barulho dos cascos nas pedras poderia acordar o Fred. Em pouco tempo, porém, retornamos à terra. O Jonathan encurtou os couros do estribo da sela do Oban. "Muito bem", disse, me entregando as rédeas. "Eu te ajudo pra subir."

Eu congelei. "Eu?"

Ele deu uma risadinha. "Acha que eu varei a noite de motoca por quê? Te prometi que íamos cavalgar."

"Não achei que fosse me deixar levar o Oban."

"Está com medo?"

Eu ri. Amava o Oban. "Não. Bem, talvez. Um pouco. Não a ponto de não querer ir."

Jonathan riu também. Ajudou-me a subir, então mais que depressa montou o cavalo que eu havia selado. "Saímos de mansinho, depois damos uma corrida."

"Quanto tempo você vai ficar?", perguntou Maggie. "A mamãe vai..."

"Não", disse o Jonathan. "Tenho que voltar pra pista de pouso às dez. Já vai ser bem apertado. Este é o nosso segredo. Não conte a ela. Promete?"

"Está bem", disse a Maggie, dando uma olhadela para mim. "A Ada tem deixado a Ruth cavalgar. O verão todo."

"Que bom", disse o Jonathan. "Por que não deveria?"

"A mamãe proibiu", respondeu a Maggie.

"Isso é bobagem. Os nossos cavalos ficam parados. Precisam de exercício. Vou escrever à mamãe a respeito disso."

Uma bruma se erguia com o sol por cima dos pastos verdes-dourados. As grandes folhas das plantações de batatas se estendiam e os pássaros cantavam alto sobre as sebes. Oban ia avançando com passadas soltas e maravilhosas. Juntei as rédeas até sentir as laterais de sua boca, e ele afrouxou o pescoço e relaxou nas minhas mãos. Deixei os quadris balançarem e respirei com tranquilidade.

"Está vendo?", disse o Jonathan à irmã. "Como é que a gente podia perder isso?" Ele assentiu para mim. Eu sorri. Era tão glorioso, tão inesperado, tão perfeito. O passeio, os pastos, o cavalo...

A sebe explodiu.

Era um faisão, não uma bomba. Um faisão que tinha feito um ninho na sebe se aborreceu com a aproximação dos cavalos e saiu voando, guinchando e batendo as asas direto sobre a cabeça do Oban.

O Oban se assustou e saiu correndo.

Quase caí de cima dele ao primeiro pinote, mas agarrei as mãos à crina e consegui me segurar. A sebe passava depressa. A Maggie gritou. O Oban se espichou. Galopava cada vez mais rápido, tragando o chão. Eu icei o corpo para cima feito um jóquei, as pernas esticadas nos estribos, lutando contra o pânico. Puxei as rédeas. Não tinha força para freá-lo; ele estava totalmente descontrolado. "Endireite o corpo!", bradou Jonathan bem atrás de mim. "Segure firme!"

O vento me fazia lacrimejar. A sebe avançava feito um borrão. Eu tinha a respiração travada na garganta; as pancadas do galope do cavalo ecoavam no meu corpo.

Estávamos voando.

Voando, voando de verdade. O Manteiga nunca na vida seria tão ligeiro. O Oban era um puro-sangue, criado para correr. Espichou mais o pescoço, alongou ainda mais as passadas.

De súbito, meu medo desapareceu. O Oban estava voando, e eu ia com ele. *Voando*. Eu estava voando! Era a melhor e mais feliz sensação do mundo.

Larguei as mãos na crina do Oban. Afrouxei as rédeas, deixei as mãos ondearem com o movimento de sua boca. Em vez de puxá-lo, dei um chutinho. Ele aprumou a traseira e acelerou.

O Oban amava correr. E eu amava a corrida do Oban.

Dei outro chutinho. Berrei. Ele seguiu acelerando, numa marcha deslizante como o vento, fluida feito água corrente. Eu avançava com ele, sem esforço.

No dia em que fui evacuada, olhei pela janela do trem e vi uma garota galopando num pônei, acompanhando o meu vagão. Agora eu era essa garota. Galopava, sorridente, a cabeça jogada para trás, o vento me lambendo os cabelos.

Eu me tornei a pessoa que queria ser.

No extremo oposto do pasto, o Oban começou a ficar ofegante, e eu também. Baixei o corpo. Ele reduziu o galope a um trote, depois a um passo calmo. As laterais de seu corpo pingavam de suor, soltando um vaporzinho. Eu o virei para a Maggie, a Ruth e o Jonathan, que se aproximavam a meio galope, a quase um quilômetro de distância.

"Tudo bem?", perguntou o Jonathan. Acenei para ele e alisei o pescoço suado do Oban.

"Bom garoto", sussurrei, com umas batidinhas. *Boa menina.* "Bom garoto."

"Desculpe", disse o Jonathan, já mais perto. "Tudo bem mesmo? Ele se assustou com o faisão, mas não sei por que disparou daquele jeito."

"Fui eu", respondi. "Eu mandei ele ir mais depressa."

"Ah, é?"

Eu assenti. "Foi maravilhoso!"

A Ruth e a Maggie riram. "Falei pra você", disse a Maggie ao Jonathan.

Ele sorriu. "É, mas eu não acreditei."

Demos meia-volta e retornamos aos estábulos em meio ao suor vaporoso dos cavalos. "Você é sempre assim tão corajosa?", indagou o Jonathan.

"Não foi coragem", respondi. "Eu só... eu não caí, então começamos a voar. Nós dois queríamos correr, então corremos."

Ele ergueu o olhar de leve para mim. "Que bom que eu vim hoje. Vou contar de você pros rapazes da pista de pouso. Você vai enchê-los de coragem, isso sim."

Eu duvidava, mas tudo bem.

Devolvemos os cavalos sem que ninguém acordasse ou ouvisse. O Jonathan e o amigo foram embora. A Maggie, a Ruth e [illegible]amos os cavalos, limpamos e secamos os equipamentos. [illegible] acordou, já tínhamos inventado uma história sobre os cavalos terem se soltado e disparado até o nosso chalé e o tempão que levamos para resgatá-los. Se o Fred duvidou da gente, não demonstrou. Susan e lady Thorton acreditaram.

O Jonathan pediu que o nosso passeio ficasse em segredo, e eu entendi por quê. Ele queria que fosse um presente, um pedacinho de seu tempo somente meu, da Maggie e da Ruth. Que não pertencesse a lady Thorton nem a mais ninguém.

E foi um presente. Foi o momento mais incrível da minha vida.

37

Setembro chegou. Apesar do excelente comportamento da Maggie durante todo o verão, lady Thorton insistiu que ela retornasse à escola. “Vai estar mais segura lá.”

“Estou igualmente segura aqui”, retrucou a Maggie. “Faz séculos que não tem bombardeio.”

“As bombas não são o único perigo”, disse lady Thorton. Mais tarde, eu a ouvi dizer à Susan: “Na escola, ela tem a companhia de boas meninas. É o tipo de ambiente que eu quero para ela”.

“O que eu sou?”, perguntei à Susan. “O ambiente errado?”

“Acho que ela não quis dizer isso”, respondeu Susan. “Lady Thorton nunca frequentou um internato. Deve imaginar que seja uma alegria só.”

A Susan havia frequentado um internato. “E é?”, perguntei.

“Não. Veja bem, eu não odiava. Mas estar rodeada de garotas pode ser tão solitário quanto estar sozinha.”

Três dias depois, a Ruth e eu fomos cavalgar juntas. Trotávamos pela estrada que levava à colina de vigia quando vi algo vermelho vindo na nossa direção. Era o automóvel de lady Thorton.

Não pude acreditar. Lady Thorton quase não dirigia a lu-
[illegible] nenhum. Além do mais, achei que ela estivesse caminhan-
[illegible]de.

[illegible] olhos e me espiou de esguelha. “É ela?”

"É ela." Quase não havia carros nas ruas naqueles dias. Era fácil reconhecer o de lady Thorton.

O carro foi reduzindo a marcha até parar. Lady Thorton nos encarou pelo para-brisa.

Meu primeiro impulso foi sair em disparada, mas eu sabia que era inútil. Puxei a rédea e parei à beira da estrada. A Ruth também. "De repente ela não fica nervosa", comentei.

A Ruth parecia controladíssima. "Ela vai ficar furiosa."

Lady Thorton *estava* furiosa. Desceu do carro e ficou parada de braços cruzados, contorcendo a boca. Cravou os olhos na Ruth e em mim por um longo e silencioso minuto.

"Eu prometi à Maggie que faria exercícios com a Hera."

"Há quanto tempo vocês duas vêm fazendo isso sem a minha permissão?"

Eu encarei o chão. A Hera mordeu as rédeas em minhas mãos rígidas.

"Ada?", insistiu lady Thorton.

"Eu passei o verão inteiro cavalgando", disse a Ruth.

"Só o Manteiga", intervim. "Ele é meu pônei. Posso deixar quem eu quiser cavalgar o meu pônei."

"Você permitiu que uma jovem alemã adentrasse a minha propriedade, contrariando minhas ordens explícitas, a despeito do fato de que a casa está sendo usada por uma agência do governo em plena guerra contra a Alemanha?" A voz de lady Thorton saiu tão afiada que daria para fatiar aço.

"O Jonathan disse..."

"Eu nunca pisei na casa da senhora", revidou Ruth. "Nunca falei com ninguém de lá. Não sou espiã. Eu odeio o Hitler."

"Isso absolutamente não vem ao caso", retrucou lady Thorton. "Tenho certeza de que me fiz muito clara. Estou decepcionada com vocês duas." Ela balançou a cabeça, ressentida. "Espero que a minha filha não esteja envolvida nisso."

"Não, senhora", respondi, grata por ser em grande parte verdade.

"Voltem para casa", disse lady Thorton. "Devolvam os pôneis e retornem direto para o chalé. A Susan e eu nos entendemos com vocês duas lá."

Retornamos em silêncio, os cascos dos pôneis ecoando na estrada. Andorinhas davam rasantes à nossa volta. Eu sentia uma indignação profunda. "O Manteiga é meu pônei", resmunguei, por fim.

"A gente sabia que era proibido", disse a Ruth. "Nos arriscamos e fomos pegas."

"Mas isso é besteira! Você não é espiã!"

"Não sou", respondeu a Ruth. "Mas não interessa."

"Lorde Thorton confia em você. O Jonathan também."

"Lady Thorton não. Nunca confiou."

Eu a olhei, desamparada. "Eu sinto muito. Não pretendia te meter em confusão."

Ela tinha o rosto sério e preocupado, mas de repente soltou uma risada. "Eu não sinto", disse ela. "Pelo menos passei uns meses cavalgando. Lady Thorton está irritada, mas não é o Hitler. Não vai nos matar nem nos jogar na cadeia."

"A Susan vai se irritar." Meu estômago revirou. Eu nunca havia feito nada que deixasse a Susan nervosa de verdade. *Cavalos são bons*, pensei. *A Ruth precisava de cavalos.*

Devolvemos os pôneis, evitando o Fred. Caminhamos lentamente até o chalé. Havíamos acabado de dobrar a última curva quando a Ruth prendeu a respiração. "Ai, não", disse ela. Eu olhei.

O rapaz do telégrafo vinha subindo de bicicleta.

38

A Ruth e eu paramos de andar. Ela estendeu a mão e agarrou a minha. "Talvez não tenha a ver com o Jonathan", eu disse.

O mensageiro desceu da bicicleta. Bateu à porta.

"Vai ver que ele foi capturado", disse a Ruth. "Ou está ferido. Ou desapareceu em ação."

Lady Thorton atendeu à porta. Viu o mensageiro. A cor se esvaiu de seu rosto.

"Talvez tenha precisado saltar do avião por sobre as linhas inimigas."

Lady Thorton agarrou o telegrama da mão do rapaz. Abriu-o, com as mãos trêmulas. Fechou os olhos e desabou no chão.

"Ele estava aqui com a gente", sussurrei. "Estava tudo bem."

A Ruth apertou os meus dedos. Lágrimas deslizaram por seu rosto.

A Susan subiu com lady Thorton para o quarto. Eu não sabia onde estava o Jamie. Temia ter que contar a ele.

"Vai chegar um rapaz do telégrafo para a Maggie também", concluí. Ele cruzaria a estradinha até a porta da escola, e a Maggie o observaria pela janela da sala de aula, com o coração apertado.

"A gente não pode mudar isso", disse a Ruth.

Do alto da escada ouvimos um gemido longo e cansado. Enterrei a cabeça nas almofadas do sofá e sufoquei as lágrimas.

“Eu mal o conhecia”, disse a Ruth, “mas acho que teria gostado dele.”

“Eu gostava dele”, respondi. “Gostava muito dele.”

O Jamie chegou com um balde de legumes colhidos do quintal. “Cadê a gororoba?”, perguntou ele. “Está na hora da comida da sra. Rochester.”

A gororoba ainda fervia no fogão. O fundo estava queimado, mas a sra. Rochester não ia se incomodar. Despejei no balde do Jamie. “Só dê pra ela depois de esfriar.”

O Jamie me observou. “O que aconteceu?”

Eu não conseguia dizer as palavras. A Ruth disse por mim. “Jonathan Thorton morreu.”

“Não”, gritou o Jamie. “Não! Não, não, não!”

“Sim”, eu disse, agarrando com força seu corpinho trêmulo e soluçante.

A Ruth e eu fizemos o jantar, mas só o Jamie comeu. Fizemos um bule de chá. Quando a Susan tornou a descer, entreguei a ela uma caneca.

Ela deu um golinho, e seus olhos se encheram d’água. “Você adoçou. Você sempre adoça.” Ela esfregou o rosto com as mãos. “Que dia horrível, horrível.”

“O que vão fazer com o corpo?”, perguntei. Era péssimo imaginar o Jonathan Thorton numa caixa.

“O avião explodiu sobre o canal da Mancha”, disse a Susan. “O corpo não vai ser resgatado.”

Jamie choramingou e Susan o puxou para o colo. “É apropriado”, disse ela, abraçando o Jamie. “Sempre foi costume sepultar os guerreiros no mar.”

Fomos para a cama. Subi o blecaute e me deitei no vazio escuro do quarto. Pensei na Maggie. Quando ela receberia o telegrama? O que faria?

O Jamie abriu a porta do quarto. Ficou parado no batente, de pijama, cabelo desgrenhado, agarrado ao gato. "O Bovril está triste demais pra dormir."

"Ah, Jamie." Estendi os braços para ele, que se aninhou em mim, respirando com força. O Bovril se aboletou no meio, todo molengo. Talvez soubesse que o Jamie precisava dele.

Logo em seguida, entrou a Ruth. "Estou ouvindo ela pela parede do meu quarto. Lady Thorton. A Susan disse que ela estava dormindo, mas ela fica fazendo uns barulhos." A Ruth subiu na cama da Maggie.

Uns minutos depois, a Susan enfiou a cara no nosso quarto. "Pois bem, vocês estão sendo sensatos", disse ela. "Fiquem juntos. Vou me sentar com lady Thorton."

De manhã, acordamos. Ainda era tudo verdade.

A Maggie havia recebido o telegrama. Estava a caminho de casa.

39

Foi uma semana horrível, interminável. Foi insuportável, mas suportamos. Não houve escolha.

Lorde Thorton também recebeu um telegrama. Apanhou a Maggie na escola, e os dois vieram para casa. Sentaram-se no nosso sofá. Lorde Thorton chorou.

Eu nunca tinha visto um homem chorar. Foi péssimo.

As mulheres do SVF, a sra. Elliston, a esposa do pároco e outras pessoas que conheciam os Thorton trouxeram comida para nós e se sentaram com a gente. A Ruth se trancava no quarto sempre que tínhamos companhia, ou fazia longas caminhadas pelo campo. Nenhuma de nós cavalgou. Eu cumpria as tarefas todos os dias, como de costume. Escovava as costas esguias do Oban e recordava cada pulsação do nosso galope pelo pasto.

No lugar do velório, os Thorton organizaram uma cerimônia fúnebre na igreja. Toda a cidade foi. Lorde e lady Thorton e a Maggie se acomodaram no primeiro banco; pareciam que iam despedaçar ao mais leve toque. Eu me sentei mais para o fundo, com a Susan toda de preto de um lado, e a Ruth, quieta e cabisbaixa, do outro. O Jamie segurava com força a mão da Susan. Eu me sentia tão frágil quanto a Maggie aparentava estar. Perguntei-me se tinha o direito de me sentir assim.

O sr. Collins, o pároco, permanecia à porta da igreja cumprimentando o povo que saía. Eu encarei o cemitério adiante dele. “Será que pelo menos podemos pôr o nome do Jonathan numa pedra?”, indaguei. O Jonathan era parte da cidade; havia frequentado a igreja. Devia ser lembrado.

“Tenho certeza de que com o tempo faremos isso.” Ele me tomou a mão, desceu comigo as escadas e cruzou o caminho até o centro do cemitério, em frente a uma comprida coluna de pedra onde se via uma longa lista de nomes gravados. “Estes são os rapazes da cidade que pereceram na Primeira Guerra Mundial”, disse ele. “Nenhum corpo retornou para casa. Os soldados da primeira guerra foram todos sepultados onde morreram.”

Vinte e três nomes. Eu contei. Perto do topo havia dois: Corydon Collins Jr. e Charles Collins. Toquei os nomes e encarei o sr. Collins.

“Pois é”, disse o pároco. “Eram meus filhos. Rapazes adoráveis, os dois.” Ele baixou a voz a um sussurro. “Rapazes adoráveis, adoráveis.”

Eu odiava a guerra.

Lorde Thorton retornou ao trabalho, seja lá onde fosse. A Maggie retornou à escola, por mais que tivesse implorado e suplicado para ficar em casa. Lady Thorton virou um animal selvagem aprisionado no chalé.

Ela nunca dormia. No meio da madrugada nós a ouvíamos circular pelo quarto. Andava de um lado para o outro. Abria a janela. Tornava a fechar. Às vezes descia a escada, fazendo ranger violentamente o quinto e o sexto degraus, então ficava acordada no sofá, encarando a escuridão, ou percorria a sala de estar de uma ponta à outra. Durante o dia permanecia sentada à mesa, segurando xícaras de chá até esfriarem. Eu nunca a via comer, só bebericar o chá. Ela estava acabando com a nossa ração de chá, mas a Susan fazia bules frescos e não ligava.

“O que ela pensa quando olha pra mim?”, perguntou a Ruth à Susan.

Eu não achava que lady Thorton sequer pensasse na Ruth. Não achava que ela pensasse em ninguém além do Jonathan.

A Ruth e eu confessamos as cavalgadas à Susan. "Lady Thorton ficou braba", revelei. "Sei que você vai ficar também."

A Susan soltou um suspiro. "Não exatamente. Acho que você não devia ter feito isso sabendo que não tinha a permissão de lady Thorton. O Manteiga pode ser seu pônei, mas vive na propriedade dos Thorton. Só que tudo isso agora parece de uma irrelevância terrível."

"Quer dizer que ninguém se importa muito com quem cavalga qual pônei, agora que o Jonathan está morto."

"Isso mesmo", disse a Susan.

Eu preferia ter arrumado problemas.

Sempre que eu me sentia sobrecarregada, minha cabeça dava uma escapulida. O problema era que a tristeza insistia em me pegar de surpresa. Eu estava lavando a louça do café, sem pensar em nada, e de repente meu estômago dava um nó e eu sentia vontade de chorar, e tudo o que era possível fazer era desligar a cabeça. Eu não sabia ao certo se tinha o direito de estar tão triste. Comparada aos Thorton, não havia perdido nada.

"Não é uma competição", disse a Susan quando contei a ela. "Você também tem direito de sofrer."

A Ruth foi passar duas semanas no campo de internamento, para celebrar com a mãe uns feriados judaicos dos quais eu nunca tinha ouvido falar. Queria ter ido com ela. Queria fugir.

"Aguente", disse a Susan. "É só o que podemos fazer."

"Quer dizer só *sentir*?"

A Susan puxou o Jamie para o colo. "O Jonathan está no céu", disse ela, apertando o Jamie com força.

"Acreditar nisso melhora as coisas?", perguntei.

A Susan olhou para cima. "Isso. A maioria das pessoas tira conforto na ideia da vida eterna."

"Agora o Jonathan é igual à Mãe", disse o Jamie.

"Ele não é nada igual à Mãe", retruquei, irritada.

"Os dois estão mortos", disse o Jamie. "Estão no céu. Com o Billy White."

Eu esperava que o céu fosse um lugar bem grande. Esperava que o Jonathan fosse esperto o suficiente para ficar bem longe da Mãe.

"Uma das lavradeiras falou que as pessoas que vão pro céu viram anjos", eu disse. "E contou que todo mundo no céu usa roupa branca e toca harpa." A Susan tinha me mostrado a imagem de uma harpa na Bíblia. Parecia ridículo. Se fosse para ser feliz no céu, eu ia querer cavalos.

"Ninguém sabe como é o céu", respondeu a Susan. "Ninguém nunca voltou pra contar. Mas não acho que as pessoas se transformem em anjos. Acho que os anjos são diferentes."

"Por quê?", perguntou o Jamie.

"Eu só acho."

Que resposta fraca. As perguntas todas eram impossíveis, e as respostas eram insuficientes. "Não sei nem por que estamos lutando essa guerra", ralhei. "Por que o Hitler não fica quieto no lugar dele?"

"Estamos lutando pra Ruth poder ter a avó dela de volta", disse o Jamie.

"Isso mesmo", concordou a Susan. "Estamos lutando pela avó da Ruth e por todas as pessoas feito ela. Por todas as pessoas a quem o Hitler quer fazer mal."

Se eu pudesse ver o céu num mapa, me sentiria melhor. No cantinho, talvez, bem longe da Alemanha ou mesmo da Inglaterra. Lá adiante, onde ficavam os dragões. Talvez o Jonathan pudesse voar até lá. Ou chegar num cavalo muito ligeiro. Chegar no céu a galope. Gostei disso.

40

A Susan ainda lia pra gente à noite. Estávamos na metade d'*O Livro da Selva*. Na segunda semana após a morte do Jonathan, lady Thorton torceu o nariz tão logo a Susan começou. "Precisamos mesmo disso todas as noites?", indagou ela, das profundezas da poltrona de braços. "Não podemos ter uma única noite de paz?"

Nós a encaramos. Nunca líamos a noite toda. A gente parava e ligava o rádio para ouvir o noticiário das nove. "Só um capítulo", respondi.

A Susan já havia fechado o livro e se levantado. "Vou levar a Ada e o Jamie lá para cima."

Não era tão gostoso lá em cima, longe do fogo, embora estivesse quentinho e não precisássemos da lareira. Durante a subida, o Jamie chutou o corrimão. A Susan lhe agarrou o ombro com força. Ele não falou nada, mas fez cara feia.

"A gente vai ficar bem aqui em cima", disse a Susan.

"A gente estava bem lá embaixo", resmunguei.

"Ela está sendo horrorosa", disse o Jamie.

"Ela está de luto", disse a Susan. "Ainda está muito cedo, e vocês precisam relevar."

O luto de lady Thorton havia começado a parecer raiva. Eu conhecia essa sensação. "Ela está com raiva de tudo agora", comentei. Com raiva de nada, ou de tudo. Eu costumava me descontrolar tanto. Já não me sentia assim, nem quando pensava na Mãe. Conseguia estancar meus sentimentos e deixá-los sob controle.

A Susan apertou a minha mão. "Pois é."

O Jamie subiu o restante dos degraus em silêncio. Entramos no quarto dele e nos acomodamos na cama. "A Mãe também vivia com raiva de tudo", disse ele, baixinho.

Eu girei a cabeça bruscamente. "Por causa de mim. Por causa do meu pé." Ela havia repetido incontáveis vezes.

O Jamie balançou a cabeça. "Não. Ela tinha raiva de *tudo*."

Eu o encarei. Aquelas palavras me invadiram o cérebro.

Um nó que eu não sabia que carregava se desfez, bem na minha barriga.

A Mãe estava sempre com raiva.

De tudo. O tempo todo.

A Mãe nunca sentira nada além de raiva. Até sorrindo, sentia raiva por dentro. Sem tristeza, sem alegria. Só raiva.

Jamais tivera a ver comigo.

Eu não conseguia respirar. Fui até a janela e olhei para fora, sem ver nada, agarrando com força o peitoril.

Não tinha sido minha culpa.

O Jamie batucou com os pés em cima da colcha. "Você ficou com raiva quando a Becky morreu?", perguntou ele.

"Fiquei", respondeu a Susan. "Senti muita coisa. Raiva, sem dúvida, foi uma delas."

"Você ia ficar com raiva se eu morresse?"

"Sim", disse a Susan. "Muita raiva mesmo."

Eu podia ouvir as palavras da Susan, mas não era obrigada a acreditar. Sofrer por mim como sofrera pela Becky? Eu não queria ter todo esse peso. "Não sou tão importante", retruquei.

"Felizmente você não manda nos meus sentimentos", disse a Susan. "Venha cá, vamos ler a história." Ela deu uma batidinha na cama, ao lado dela. "Todos nós amávamos o Jonathan."

"Eu não amava", respondi. "Claro que não amava." Não tinha lógica. Eu mal o conhecia.

A Susan balançou a cabeça. "O amor não é tão raro quanto você pensa, Ada", disse ela. "Podemos amar todo tipo de gente, de todas as maneiras possíveis. E o amor não é de forma alguma perigoso."

Claro que era. Jonathan Thorton estava morto.

Querida Ada, escreveu a Maggie da escola, *como vai a minha mãe? Estou contando com você para me contar a verdade.*

O que eu podia responder?

Querida Maggie, estou com saudades. A sua mãe não dorme nunca. Também nunca parece acordada. É como se estivesse presa no meio do caminho.

Eu escrevia para a Maggie toda semana. Escrevia todas as verdades que podia, mas não dava para contar tudo.

Querida Maggie, tentamos fazer a sua mãe comer, mas ela nunca come. Não dá para culpá-la, com uma comida tão ruim. Na quarta-feira, a Susan mandou que ela fizesse as compras, pois achou que uma caminhada lhe faria bem. Ela voltou com um pedaço de carne de baleia. Carne de baleia de verdade. Disse que era a única coisa que o peixeiro tinha quando chegou a vez dela na fila. A Susan ficou braba, mas no dia seguinte foi sozinha fazer as compras e descobriu que era verdade.

A carne de baleia era tenebrosa. No fim das contas, demos quase tudo à sra. Rochester. Ela ficou com gases. A cidade inteira deu risada daquele horror de carne.

Querida Maggie, estou com saudades. Noite passada a sua mãe enfim conseguiu dormir. Teve um pesadelo e começou a gritar. Acordou todo mundo. O Jamie ficou com tanto medo que dormiu o resto da noite na cama da Susan. A Susan diz que se a sua mãe se permitisse chorar durante o dia, talvez facilitasse.

Claro que eu jamais poderia escrever isso.

Querida Maggie, e você? Como você está?

Querida Ada, não quero parecer odiosa. Estou triste, muito triste. Eu gostava demais do Jonathan, eu o amava, claro. Mas estava acostumada a não tê-lo por perto, ainda mais estando na escola. Quase não convivia com ele. Então de fato não sinto falta dele, mesmo que esteja triste por ele estar morto. Às vezes percebo que me esqueci dele por algumas horas. Acho que sinto falta da ideia *dele, mais do que dele em si. Isso faz de mim uma pessoa ruim? Temo que sim. Você é a única pessoa para quem eu posso contar isso. Não confio nas garotas daqui como confio em você. Imagino que você saiba quanta maldade pode haver nos outros, então é provável que não fique chocada.*

Querida Maggie, é claro que eu não fico chocada. Nada a seu respeito poderia me chocar. Eu odeio essa guerra horrível.

41

A Ruth retornou com a expressão mais séria do que nunca. Contou que a mãe enfim recebera uma carta da Alemanha. A avó da Ruth havia sido levada a um campo de internamento chamado Ravensbruck.

"Parece bom", eu disse. "A sua mãe está num campo de internamento e está bem."

Os olhos da Ruth faiscaram. "Os campos do Hitler são muito diferentes dos ingleses", disse ela. Deu um tranco em mim e na Susan para passar. "Com licença."

Eu subi a escada atrás dela e me sentei em sua cama. "Vá subir a colina com o Manteiga", eu disse. "Você vai se sentir melhor."

"Ela não vai deixar."

"Ela só te proibiu de entrar na fazenda. Eu selo o Manteiga e a Hera e te encontro na estrada."

A Ruth me encarou, desconfiada. "Por que você faria isso?"

"Os cavalos ajudam", respondi.

"Eu sei. Por que você se importa?"

"Por que eu não me importaria?" A Ruth morava comigo.

"Eu sou alemã. Sou judia. Sou inimiga de todo mundo."

"Eu cresci presa num quarto. Você não é minha inimiga." Respirei fundo. "Eu nunca tive uma irmã."

A Ruth me encarou por um longo instante. "Nem eu. Sempre quis uma."

Cavalgamos até o topo da colina e ficamos sentindo o vento, encarando o mar. "Não posso retornar a um país que aprisiona idosas", disse a Ruth. "Eu já não tenho casa."

"Você tem casa", respondi.

"A de lady Thorton? Não creio."

Lady Thorton seguiu sofrendo. À medida que os dias ficavam mais curtos, Susan caía num período depressivo. Ela se forçava a levantar todas as manhãs para nos dar aulas, mas vivia triste e desinteressada.

"Honestamente, Ruth", disse ela, certa manhã. "Interpolação linear não é um conceito tão difícil assim."

Eu ergui os olhos. Me parecia difícil.

"Desculpe", murmurou a Ruth.

"Não peça desculpas", rebateu a Susan. *"Se concentre."*

Quando a Susan se levantou para apanhar um chá, a Ruth me encarou. "Eu fiz alguma coisa errada? Quer dizer, fora a matemática."

"Acho que não", respondi. "Ela fica assim."

A Ruth assentiu. "Que bom que não é comigo."

"A Margaret vem para casa hoje à noite", disse lady Thorton certa manhã, durante o café. "Por causa das batatas."

"Que batatas?", indaguei.

Lady Thorton franziu o cenho. "Como assim, 'que batatas'? Essas porcarias estão em todo canto. Cresceram até no meu gramado."

"Mas por que..."

"Ela tem que colher. Suponho que você e o Jamie tenham também."

Por conta da minha cirurgia, a gente havia perdido a última colheita. Ocorre que na Inglaterra a colheita de batatas era tão importante ao esforço de guerra, que todas as escolas ainda abertas — até as chiques, feito a da Maggie — liberavam as crianças por duas semanas, para que todos pudessem participar.

"Eu também", disse a Ruth. "Vou trabalhar."

Lady Thorton ergueu os olhos. "Não creio. O fato de eu não tê-la punido pelas suas façanhas não significa que tenha esquecido. Deixei bem claro que você não tem permissão de entrar na minha fazenda."

A Ruth franziu o lábio, obstinada. "Eu não vou aos seus estábulos. Eu *vou* colher as suas batatas." Frente à ausência de resposta de lady Thorton, a Ruth insistiu. "Eu tenho plenas condições e também quero ser útil. O Hitler levou a minha avó e eu não pude impedir."

Lady Thorton terminou o último pedaço de torrada. "Muito bem", disse, por fim. "Acho que vou permitir."

A Maggie chegou em casa naquela noite. Parecia mais alta e magra, com a pele do rosto repuxada que nem a do Jonathan da última vez que o vimos. A saia do uniforme estava larga na cintura. Eu quis abraçá-la, mas tive medo que ela quebrasse. Lady Thorton, que havia caminhado até a estação de trem, deu-lhe um beijo rígido.

"Como vão os estudos?", perguntou ela à Maggie.

A Maggie não havia trazido a mala, só uma mochila. Eu me ofereci para carregar e bamboleei com o peso. "Livros", explicou. "Só trouxe livros, meias e calcinhas." Para a mãe, ela disse: "Não consigo estudar. Não aprendi nada".

"Como vão as suas amigas?"

"Não sei. Não perguntei."

"Como está o boletim?"

"Horrível."

Até eu sabia que *boletim* significava notas, e que notas horríveis não eram coisa boa. Mas lady Thorton estava se esforçando. Eu balancei a cabeça para a Maggie. A Maggie revirou os olhos e ficou em silêncio.

Na sala de estar a Susan havia posto o fogo bem alto. Labaredas dançantes iluminavam as deprimentes paredes cobertas com o blecaute. Lady Thorton se afundou no sofá, como se exaurida. A Maggie apanhou a mochila da minha mão e subiu as escadas. Fui atrás. A porta da Ruth estava fechada.

A Maggie parou no meio do nosso quarto. "A mamãe não está tão ruim quanto eu achei que estaria."

"Estamos de olho nela", respondi. "A Susan e eu."

"Pensei em fugir da escola. Fugir e vir pra casa. Mas não sei se teria ajudado. Agora um monte de garotas já perderam parentes... tantos locais diferentes sofreram bombardeios. A minha situação não tem nada de especial."

No meio da noite, ouvi a Maggie chorando. Fiquei calada. Depois de um tempinho ela soltou uma fungada. "Sei que você está acordada. Estou te ouvindo respirar."

"Estou tentando ficar quieta", respondi.

"Eu não. É um alívio tão grande não estar naquele dormitório. Você contou à mamãe ou à Susan sobre o nosso passeio com o Jonathan?"

"Claro que não."

"Que bom", disse a Maggie. Eu a ouvi rolar o corpo. "Colher batatas é horroroso. Eu colhi no ano passado. Você vai odiar."

42

Colher batatas era tedioso, sujo, exaustivo e frio. Eu adorei.

O sr. Elliston corria um arado pelas fileiras de plantações de batatas, puxando-as para cima e soltando o solo em volta. O restante de nós seguia a pé, remexendo a terra úmida e pesada para terminar de escavar as batatas. Enchíamos baldes e os esvaziávamos numa carroça à beira do campo. Trabalhávamos do amanhecer ao entardecer, com pequenas pausas, e ao final de cada dia estávamos imundos e semicongelados.

Éramos úteis. Colher batatas era um trabalho de verdade, uma tarefa de guerra importante, e eu havia me tornado uma garota forte, capaz de passar horas trabalhando duro. Eu me tornara uma garota capaz de ignorar as dores nos ombros e os calos que brotavam nas palmas de minhas mãos.

Além das três lavradeiras, éramos apenas o Jamie, a Ruth, a Maggie e eu para percorrer a vasta extensão dos terrenos dos Thorton. Na primeira manhã, a Maggie ficou para trás. Ao terminar minha fileira, voltei ao início para ajudá-la. "Vá embora", disse ela. "Eu alcanço. Não preciso de você."

"Deixa disso, Maggie..."

Ela cravou os olhos em mim. "Estou fazendo o melhor. Meus dedos estão congelados. Odeio isso."

Odiar não tinha nada a ver com nada, certo? Ninguém havia perguntado se queríamos colher batatas. Era trabalho de guerra, e esperava-se que fosse feito. "Meus dedos também estão congelados", eu disse.

A Maggie parecia prestes a chorar. "Queria que o meu pai estivesse aqui. Queria que este ainda fosse o meu quintal da frente. Queria que o Jonathan..."

Eu ergui os olhos para a majestosa casa dos Thorton, à beira da plantação de batatas, com carros estranhos estacionados na entrada e homens desconhecidos de uniforme indo e vindo. A Maggie vivera ali a vida toda. Agora dividia um quarto do antigo chalé do caseiro da família com uma órfã nascida na miséria. A Maggie começara a vida com mais privilégios que qualquer pessoa que eu conhecia. A guerra só lhe trouxera perdas.

Eu sempre fora aleijada e ignorante, e passara a vida atrás da janela de um apartamento xexelento em Londres. Agora andava com os dois pés, sabia ler e dividia o quarto e os livros com a filha de um barão. Exceto pela morte da Mãe, eu só havia ganhado. A morte da Mãe contava como perda ou ganho?

A Maggie se agachou. Minha mão encontrou uma batata. "Torpedo!", gritei, e atirei na cabeça da Maggie. Ela deu um salto, assustada, e se virou para me encarar. "Ria, por favor", eu disse. "Foi engraçado."

Ela riu. "Sua idiota."

"Você que é." Sorrimos uma para a outra. Então as duas atiramos batatas na Ruth.

A Ruth jogou de volta. O Jamie e uma das lavradeiras entraram na bagunça. Arremessávamos uns nos outros batatas imundas, amassadas, cobertas de lama. Uma das batatas da Ruth acertou minha boca.

"Parem com isso!", gritou a Rose. Era a lavradeira mais velha, a líder. Disparou em nossa direção, abanando o balde vazio. "Parem com isso! Parem! Apanhem essas batatas agora! *Parem de atirar batatas!* Não podemos desperdiçar comida. Estamos no meio de uma guerra!"

O Jamie atirou uma batata para a Rose. Ela agarrou no ar.

"Não me tente", ralhou ela. "Tenho cinco irmãos, e a minha mira é melhor que a sua."

Depois disso a Maggie até trabalhou mais rápido. Umas gargalhadas facilitavam a colheita.

Durante o almoço, nos sentamos todos à comprida mesa da cozinha dos Elliston. A comida da sra. Elliston era quentinha e gostosa. A Ruth mal havia falado durante a manhã, e eu não a culpava. "Você é a garota alemã?", perguntou a sra. Elliston.

A Ruth assentiu. "O pai dela perdeu o emprego", expliquei, "e a família dela perdeu tudo, e agora a avó dela está presa num lugar chamado Ravensbruck. Além disso, ela é judia."

As lavradeiras trocaram olhares. "Meus dois meninos estão lutando na guerra", disse a sra. Elliston. Encarou a Ruth de forma avaliativa. "Não posso dizer que estou feliz com a sua presença aqui. Estou sendo honesta. Vejo que é apenas uma menina e lamento pelos problemas da sua família, mas é difícil confiar em você, pode acreditar."

"Eu sei", respondeu a Ruth. "Não culpo a senhora."

"A minha mãe não queria deixar ela colher as batatas", disse a Maggie.

"Eu não chegaria a esse ponto", refletiu a sra. Elliston. "Toda a ajuda que temos ainda está longe de ser suficiente."

"Quando a minha mãe me trancava", contei à Ruth durante a caminhada de volta para casa, "dizia a todos os vizinhos que eu tinha o miolo mole. Daí ninguém tentava me ajudar."

"A Ruth me encarou. "Não é a mesma coisa. Eu *sou* alemã, e a gente *está* em guerra. Eu compreendo o medo deles."

"Tenho certeza de que a sua avó vai ficar bem", eu disse.

"Tenho certeza de que não", respondeu a Ruth.

A Ruth apanhou mais batatas que todos nós, incluindo as lavradeiras, acostumadas a pegar pesado. No fim do dia, a Rose fez questão de cumprimentar a Ruth. "Te vejo amanhã", disse ela.

"Vê mesmo", respondeu a Ruth, com um sorrisinho.

Eu joguei o último balde de batatas no carroção. A Rose me

olhou, perplexa. "Por que fez isso? Você sabe que tem permissão de levar batatas pra casa."

Eu não sabia. "Sério? Quantas?"

A Rose abriu um sorriso. "Quantas conseguir. Acha que demos esse duro todo de graça?"

"Claro", respondi. "É trabalho de guerra. Achei que fosse nossa obrigação."

A Rose balançou a cabeça. "Vocês vão ser pagos também."

"*Sério?* Dinheiro *de verdade?*"

A Maggie chegou por trás de mim. "Dois xelins por dia. Foi isso no ano passado."

Dois xelins por dia! E ela tinha ficado infeliz? Eu faria qualquer coisa por dois xelins por dia. Enfim uma chance de ganhar dinheiro. "Ruth! Vamos ganhar dois xelins por dia!"

A Ruth abriu um sorriso. Jamie veio correndo. "Eu também?"

"Você também", disse a Rose. "Você trabalhou duro."

O Jamie sorriu. Era lama dos pés à cabeça. Só se via os dentes ainda brancos.

Enchi nossos baldes de coleta até a boca. A Maggie encarou. "Não vou carregar esse tanto de batatas até em casa."

"Maggie, é comida. Pro inverno. A gente ganhou."

"A gente *ganhou*", repetiu o Jamie.

"Estou com bolhas", disse a Maggie.

Eu espalmei as mãos molhadas diante dela. A Ruth veio e estendeu as suas. Uma estava até sangrando.

A Maggie suspirou e apanhou os baldes. "Às vezes, Ada", disse ela, "eu fico muito cansada com você servindo de exemplo pra todo mundo."

"Se eu soubesse que vocês queriam um dinheirinho", disse a Susan, no jantar, "teria arrumado um jeito de dar a vocês."

"Não seria certo", respondeu a Ruth. "Não posso pegar dinheiro de você. Você está sendo paga pra me dar aulas."

"Também não quero o seu dinheiro. Quero ganhar", eu disse.

"Ada", retrucou a Susan, "eu já disse e repeti. Você não precisa se preocupar com dinheiro."

Claro que eu precisava. Se algo de ruim acontecesse, seria muito melhor termos dinheiro guardado.

Ela cravou os olhos em mim. "Você não é capaz de aprender a confiar?"

Apanhei um pedaço de pão. Dei de ombros. Desviei o olhar.

"*Mãe*", disse o Jamie, com profunda satisfação. Minha mão comichou para descer um tapa nele.

Naquela noite, ouvi um barulho do outro lado da parede do meu quarto, a que dava para o quarto da Ruth. "Maggie", chamei, me sentando. "A Ruth está chorando."

A Maggie se sentou também. "Ela não quer a gente bisbilhotando", concluiu, depois de um instante.

"Ela nunca chora." Eu me levantei e fui até o corredor. Bati à porta da Ruth. "Venha ficar comigo e com a Maggie."

A Ruth não destrancou a porta. "Por favor, vá embora." O choro parou. Eu, pelo menos, não ouvi mais.

Na segunda manhã da colheita, acordei com o corpo rígido e todo dolorido. Estava pior do que quando aprendi a andar sozinha. Na hora do almoço, minhas mãos doíam tanto que eu mal conseguia segurar o garfo. Todos estávamos doloridos. Era trabalho demais. À noite tomamos banho e fomos cedo para a cama. Lady Thorton torceu o nariz para as bolhas da Maggie. "Você tem que usar luvas."

"As minhas mãos estão iguais às de todo mundo", respondeu a Maggie. "A senhora já viu as da Ruth?"

Claro que não tinha visto. Desde a morte do Jonathan, lady Thorton mal enxergava a Ruth. Na hora do jantar, porém, ela cortou a carne em seu prato e dividiu entre nós — a Maggie, o Jamie, a Ruth e eu. E se serviu de mais batatas. Isso a gente tinha de sobra.

Passamos doze dias colhendo batatas. Cada um de nós trouxe para casa mais de quatro quilos de batatas por dia, o que significava que ao final havíamos apanhado quase cinquenta quilos de batatas. Lotamos o quartinho dos fundos. Podíamos passar o inverno todo comendo batatas. Não precisaríamos entrar na fila nem carregá-las para casa desde a cidade.

Um quartinho cheio de batatas. No apartamento da Mãe a gente nunca tinha nada extra guardado.

Além disso, cada um de nós ganhou vinte e quatro xelins.

Vinte e quatro xelins. Mais que uma libra. Nunca na vida esperei ter tanto dinheiro de uma vez só. Certamente a Mãe nunca teve. Eu contei os xelins sobre a mesa. Quatro pilhas de seis. Oito pilhas de três. Seis pilhas de quatro. Xelins, xelins, xelins.

O dinheiro poderia ser um tipo de guardião.

"Ada." A Susan se sentou do meu lado, com um suspiro.

"Você pode morrer", eu disse.

"Eu não vou."

"Mas pode", respondi. "O Jonathan..."

"Era piloto..."

"A mãe do Stephen..."

"Foi a Blitz. Já passou."

"A Becky."

O nome da Becky estava entre nós. A Becky, que a Susan amava. A Becky, que eu nunca havia conhecido. A Becky, que estava morta como a Mãe.

A Susan pegou a minha mão. Eu deixei. "Você passou por tanta dificuldade", disse ela. "Às vezes me esqueço de quanta coisa você já viveu. Guarde o seu dinheiro, se te faz sentir melhor."

"Por favor, me deixe ficar em casa", implorou a Maggie. "Eu não estou aprendendo nada. Posso voltar depois do Natal."

"Não seja ridícula", retrucou lady Thorton. "Você está mais segura na escola."

"Faz séculos que a cidade não é bombardeada! A senhora

está só tentando se livrar de mim. A Susan não obriga a Ada a ir pra escola."

"A Susan conhece a minha posição. E você também. Esta questão não está aberta a debate."

"Não fale comigo como se eu fosse uma das mulheres do SVF", bradou a Maggie. "Eu sou sua filha. Finja que tem alguma compaixão."

Foi golpe baixo, mas eu não a culpava.

"Vou ficar de olho nela", eu disse à Maggie ao me despedir. "Vou te avisando de como ela está."

"Obrigada", respondeu a Maggie, com um abraço.

"Quem está de olho na Maggie?", perguntei à Susan.

"Ela tem amigas na escola. Tem professoras."

Eu balancei a cabeça. "Ela precisa da mãe."

43

Cerca de uma semana depois, estávamos todos — exceto lady Thorton, que havia ido mais cedo para a cama — sentados diante da lareira, escutando o noticiário das nove. De repente, alguém bateu à porta. A Susan deu um salto. Eu pulei também. Telegrama, àquela hora?

Era o Fred. Ele gaguejou, grunhiu e largou um jato de vômito no chão.

"Ai!" A Susan pulou para o lado, mas recebeu respingos de vômito. "Ah, Fred, você precisa de um médico?" O que não fazia sentido, já que o Fred poderia ter ligado para um médico dos estábulos. Nosso chalé não tinha telefone.

"Desculpe", disse o Fred. Agarrou o batente da porta. "Estamos todos passando mal... peixe ruim... e o cavalo está abatido. Não consigo andar com ele. Preciso de ajuda. Ada."

Eu estava parada junto à Ruth e ao Jamie, encarando o Fred e a poça de vômito. "O Manteiga?", indaguei, com a voz ligeira e aguda. "Aconteceu alguma coisa com o Manteiga?"

"Não. É o Oban."

Corri para apanhar o casaco e os sapatos. O Fred agarrou a barriga e vomitou outra vez.

"Kolik?", perguntou a Ruth. Eu nunca tinha ouvido aquela palavra. "É *kolik*?"

"É", disse o Fred. "Cólica. Isso." Ele bamboleou e afundou no chão.

A Ruth meteu os pés nos sapatos. "Eu sei o que fazer."

A Susan se agachou por cima do Fred com uma toalha. "Tem certeza, Ruth?"

A Ruth assentiu. "A Ada vai me ajudar."

Corremos até os estábulos pelo bosque enluarado. O Oban estava deitado de lado na baia, a pele escura empapada de suor. Pelo aspecto da cama, havia andado se debatendo.

A Ruth escancarou a porta. Chutou o Oban com força. "De pé! De pé!", gritou ela. "Levante-se!"

Eu voei para cima dela. "Para com isso! Não machuca ele!"

A Ruth se ajoelhou para afivelar o cabresto do Oban. "Você tem que fazer o que eu mandar." Ela amarrou uma corda ao cabresto e puxou com força. Seus olhos cintilavam à luz fraca. "Dê um chute nele. Faça ele se levantar. A gente precisa fazê-lo caminhar, senão ele morre."

Meu estômago se revirou, mas eu puxei o Oban e o chutei com força. Ele arquejou e gemeu, então se levantou. "Bom", disse a Ruth. "Encontre outra corda para puxar. Me ajude a caminhar com ele." Ela o conduziu da baia ao pátio do estábulo. O Oban cambaleou e quase caiu. "Não!", gritou a Ruth, chutando-o de novo. Ele se afastou, quase arrancando a corda das mãos dela. Eu cheguei pelo outro lado e estalei a minha corda no quadril dele.

"Bom", disse a Ruth. "Faça ele caminhar."

Fizemos o Oban cruzar o pátio, cambaleante. Ele gotejava de suor. "Está mal", disse a Ruth. "Muito mal."

"Será que é melhor a gente cobrir ele?" Estava uma noite fria para o cavalo suar tanto. Os cavalos se resfriavam muito fácil, e a pele grossa do Oban estava empapada.

"Uma coberta, isso."

Encontrei um cobertor de cavalos no depósito. Joguei por cima do Oban enquanto a Ruth caminhava com ele. "Bom", disse ela. Os dois foram até o final do pátio, deram meia-volta e retornaram. Quando ele bamboleava, ela gritava e o açoitava com a ponta da corda. Era horrível, mas ela parecia saber exatamente o que estava fazendo.

"Água?", perguntei.

"Não. Sem água nem comida. Só caminhando." A Ruth virou o Oban e recomeçou a puxá-lo. "Cólica é sinal de dor de estômago. Para um cavalo isso é muito sério. Cavalos podem morrer de cólica."

O Oban tentou se desvencilhar da Ruth. Seus joelhos começaram a ceder. Fui até o outro lado e o empurrei. "Oban!", gritei, açoitando-o.

"Bom. Ele precisa se movimentar pra ter chance de sobreviver. Se ficar deitado na baia e rolar o corpo, pode trançar... trançar as entranhas, o estômago. Daí ele morre, com certeza", explicou a Ruth. "Oban? O nome do cavalo é Oban?"

Eu assenti. "Era o cavalo do Jonathan."

"O que você galopou. Eu lembro."

"Se ele piorar demais", disse a Ruth, dez minutos depois, "vamos precisar de uma arma. Você sabe onde arrumar?"

"Uma arma! Quer dizer para..." Eu não conseguia pronunciar as palavras.

A Ruth assentiu. "Não vamos deixar que ele sofra se não houver esperança."

Era horrível como podia haver verdade nas coisas mais difíceis. "Há esperança?"

Ela deu de ombros. "Um pouco."

"O Fred tem uma arma. Eu não sei onde fica. Não sei usar."

"Eu sei", disse a Ruth.

Meia hora depois, a Susan veio ver como estávamos. Contou que as lavradeiras e os Elliston estavam vomitando também. Todos haviam jantado juntos — um imenso pedaço de peixe, provavelmente estragado.

O Oban estava suando um pouquinho menos. "Estamos indo", contei à Susan. "A Ruth sabe o que fazer."

"Talvez o cavalo também tenha comido peixe", comentou a Ruth, depois que Susan foi embora.

Percebi que ela estava brincando e sorri. "Você conseguiria mesmo atirar nele?", perguntei.

Ela assentiu. "Acho que sim. Sei como fazer. O meu pai uma vez atirou num dos cavalos dele, que quebrou a perna. Foi misericórdia, não crueldade. Está entendendo?"

"*Misericórdia* significa não punir alguém, mesmo tendo condições."

"Também significa dar fim a um sofrimento."

Demos outra volta no pátio, ladeando o Oban. "Estou entendendo", respondi, "mas não seria capaz de fazer."

A Ruth me olhou por um longo minuto. "Seria, sim. Você é forte, honesta e os ama."

Depois da volta seguinte, ela explicou: "Você marca um X entre os olhos e a parte de baixo da orelha". Fez o desenho com os dedos na face do Oban. "Então atira bem no meio do X. Assim ele morre na hora. Não atire entre os olhos. Machuca, mas ele não morre na mesma hora."

Eu guardei a informação no imenso arquivo mental chamado "Coisas que eu preferia não saber", o que incluía a sensação de andar com um pé torto durante dez anos e ouvir minha própria mãe dizer que não queria me ver nunca mais.

"Os cavalos não temem a morte", disse a Ruth. "Nenhum animal teme."

Os cavalos tinham sorte por ser assim.

Caminhamos quilômetros naquela noite, indo e vindo pelo pátio do estábulo. "Você acredita em céu?", perguntei à Ruth.

"Sim", respondeu ela. "E você?"

"Acho que sim."

Clop, clop. O Oban pisou nas pedras do pavimento. Eu já não tinha que açoitá-lo com tanta frequência. "A minha mãe morreu", eu disse. "Ela não era boa pessoa. Mas a Susan diz que talvez Deus seja misericordioso."

"Também acho", respondeu a Ruth. "Talvez a alma da sua mãe vá sofrer por um tempo. Quem sabe ela se arrependa. Então vai poder ficar pra sempre com Deus."

Quem sabe. Eu gostava dessa expressão. Quem sabe.

Algumas horas depois, o Oban começou a caminhar com mais facilidade. Seu couro suado secou. A Ruth pressionou os dedos sob sua mandíbula e me ensinou a sentir uma leve pulsação. “São as batidas do coração dele. Vá contando em voz alta quando eu mandar.”

Eu contei. A Ruth conferiu no relógio de pulso. Meneou a cabeça. “Está acelerado, mas não demais. Quando os cavalos sentem dor, o coração acelera.” Ela deixou o Oban beber um golinho d’água. Então caminhei com ele sozinha, para dar um descanso à Ruth. Fui e voltei, fui e voltei. Quando me cansei, ela tornou a assumir. Nós duas nos enrolamos em cobertores de cavalo e continuamos caminhando, indo e vindo pelo pátio frio e escuro.

Conversamos a noite toda. Eu nunca tinha ouvido a Ruth falar tanto. Ela me contou sobre seu próprio cavalo, na Alemanha. “Parece este aqui”, disse ela, afagando a cara do Oban. “Qual é a palavra em inglês para essa cor?”

“Baio”, respondi. “Ele é um puro-sangue.”

“Isso. O meu é mais pesadão.”

“Onde ele está agora?”

Sua expressão se entristeceu. “Não contamos a ninguém sobre a nossa partida. Tivemos que dar um jeito de fugir. Os cavalos estavam num estábulo de aluguel, com a hospedagem do mês paga. Alguém deve tê-los pegado. Eram bons cavalos.”

Contei à Ruth sobre o dia em que saltei com o Oban para fora do pátio do Manteiga. Ela riu. “Parece algo que eu faria”, ela disse. “Somos parecidas, eu e você.”

O Oban parou de andar. Eu puxei a guia. Ele puxou de volta, ergueu o rabo e despejou uma pilha fumegante de esterco nas pedras. *“Wunderbar!”*, gritou a Ruth, com um pulinho. Abraçou-me e esfregou a mão com força na testa do Oban. “Lindo! Bom! Bom rapaz! Isso é um bom sinal. Ele está melhor. Talvez não morra!”

“Não vai morrer?”

“Hoje, não”, disse a Ruth, me abraçando. “Não hoje. Nós o salvamos.”

44

De manhã, ao saber do Oban, lady Thorton ficou vermelha de raiva. "Por que diabos vocês não me acordaram? Eu sei lidar com cólica de cavalos. Óbvio que sei. Honestamente... por que *diabos*?"

Aquilo nem sequer tinha me passado pela cabeça. Quando comecei a cavalgar, lady Thorton me ofereceu a ajuda do Fred, não a própria.

"A Ruth sabia o que fazer", respondi.

Lady Thorton se empertigou. "Por que não me acordaram?", indagou ela, num tom mais alto. "Susan!"

A Susan abriu a boca, então fechou.

"Não acharam que eu pudesse ser útil? Não acharam que eu devesse ser informada?"

A Susan parecia incomodada. "Não pensei nada", respondeu ela. "Me desculpe."

"E se ele tivesse que ser abatido?"

O queixo da Susan caiu. "Eu não achei..."

"A gente teria feito", respondi. "A Ruth falou. Ela sabe."

"Você teria deixado essas crianças tomarem uma decisão dessas sozinha?", gritou lady Thorton. "Você as teria deixado suportar uma tragédia dessas?"

"Eu não sabia", disse a Susan. "Elas disseram que sabiam o que fazer. Eu não sabia que poderia ser tão ruim."

"Eu sabia!", retrucou lady Thorton. "Não sou tão incompetente assim! Não preciso ser tratada feito um bibelô!

Estenda a mim a honestidade e franqueza que estende a todo mundo e, pelo amor de Deus, da próxima vez que houver algo errado, *me tire da cama!*" Ela olhou de volta para mim e a Ruth.

"Na verdade, foi a Ruth", soltei. "Eu não sabia nada de cólicas. A Ruth salvou ele."

"Obrigada", disse lady Thorton. "Muito obrigada." Ela estendeu a mão. A Ruth a apertou. "Aquele cavalo é muito importante para mim. Estou com raiva por não ter sido chamada, mas não era sua responsabilidade fazer isso, e não estou de forma alguma irritada com você. Estou muito grata. Por favor, saiba disso."

"Fico feliz por ter podido ajudar", respondeu a Ruth. "Ele me faz lembrar o cavalo que eu deixei pra trás."

Fui às compras com lady Thorton. Ela e a Susan agora se revezavam, e eu com frequência ia junto. "A senhora estava errada em relação à Ruth", comentei.

"Obrigada, Ada", respondeu ela. Seguia marchando pela rua, os calcanhares pesados ecoando no pavimento. "Vou tirar minhas próprias conclusões."

"O Oban teria morrido sem ela." Eu tinha que correr um tantinho para alcançá-la. "Nunca ouvi falar em cólicas. Não teria sabido o que fazer."

"Eu teria. No futuro você vai se lembrar disso."

"Mas a Ruth deu conta. Ela fez tudo direitinho."

"E eu sou grata." Ela me olhou de soslaio. "Sei que você ainda está permitindo que ela cavalgue o seu pônei. Perguntei ao Fred Grimes."

"Ela não entra nos estábulos. Eu a encontro na estrada."

"Exceto por ontem à noite, óbvio", disse lady Thorton, secamente. "Nenhuma de vocês me considera competente. Isso está muito claro."

"A Ruth precisa de cavalos como eu precisava", expliquei. "Como a Maggie precisa. A senhora não está usando. Seria como deixar o chalé vazio e não permitir que a Susan e nós morássemos lá."

Lady Thorton fechou a cara. "Não é a mesma coisa, Ada. Ela é ale..."

Eu interrompi. "Ela não tem culpa do lugar onde nasceu."

Na semana seguinte, a Ruth recebeu uma carta da mãe. Abriu à mesa do jantar, e todos vimos seu rosto desabar. Lágrimas lhe encheram os olhos e desceram pelas bochechas. "Ela morreu", sussurrou a Ruth.

Eu agarrei a mão dela. "A sua mãe?"

A Ruth balançou a cabeça. "A minha avó. Morreu naquele campo." Ela jogou a carta sobre a mesa. "'Morreu em paz', disseram os nazistas."

Lady Thorton pigarreou. "Para os mais velhos, uma morte pacífica pode ser uma bênção", disse ela.

A Ruth cravou os olhos nela. "Se a senhora acha que a minha *oma* morreu em paz, ainda não entende nada sobre o Hitler." Ela se levantou e subiu a escada batendo os pés. Trancou-se no quarto até a manhã do dia seguinte. Durante o café, encarou a aveia, com os olhos fundos. "É o começo das más notícias. Se mataram a minha avó, ninguém da minha família na Alemanha vai sobreviver a esta guerra."

Lady Thorton limpou a boca no guardanapo e pediu licença para se retirar da mesa. Subiu, e ao descer jogou um par de seus próprios culotes no colo da Ruth. "O Oban parece plenamente recuperado", disse ela. "Espero que esteja disposta a exercitá-lo para mim. Ele fica bem melhor quando cavalgado todos os dias."

A Ruth abriu a boca. Tornou a fechar. Abriu de novo. "Sim", disse, por fim. "Obrigada."

A Ruth e eu cavalgamos juntas, no Oban e no Manteiga, sob o vento ligeiro de outubro. "Só a passo calmo, por enquanto, até garantirmos que ele está bem", disse a Ruth. Estava frio para não correr, mas eu concordei. Subimos a colina e encaramos o mar coberto de ondas brancas. Queria que a Maggie estivesse com a gente.

"Vamos circular pela cidade", eu disse. "Agora você pode."

A Ruth sorriu. Esfregou o pescoço do Oban. "Não vamos dar chance pro azar."

Eu a observei. Calma como sempre. "Eu sinto tanto sobre a sua avó."

A Ruth assentiu. "Você teria gostado dela."

45

As provas da Ruth já estavam quase chegando. Ela agora passava as noites resolvendo problemas de matemática diante do fogo. Debatia com a Susan usando palavras que eu nunca havia ouvido. *Algoritmo. Interpolação. Otimização.* Quando eu pedia que a Susan me explicasse, ela não conseguia fazer de forma que eu entendesse. "As coisas que eu não sei simplesmente não têm fim", resmunguei.

"O mundo inteiro é assim", disse lady Thorton, das profundezas da poltrona de braços. "Cheio de coisas que a gente não entende."

Não imaginei que ela estivesse escutando. "Senhoras como você entendem tudo."

"Você, dentre todo mundo, devia saber que isso não é verdade, já que é você que está me ensinando a cozinhar. Veja só a Susan, com seu diploma de Oxford, e eu aqui, educada precariamente por uma governanta de pouca instrução. A minha própria ignorância me envergonha."

Eu estava ensinando o Jamie a tricotar um paninho de lavar. Larguei as agulhas e encarei lady Thorton. "A Susan sempre diz que a gente não deve se envergonhar da nossa ignorância."

"Na sua idade, talvez", respondeu lady Thorton. "Na minha, nem tanto."

Nunca imaginei que lady Thorton sentisse vergonha. Nunca pensei que ninguém além de mim mesma sentisse vergonha.

"Susan não sabe cavalgar como a senhora. E a senhora é a melhor do SVF."

"Obrigada", respondeu a Susan.

"Todos temos as nossas forças", disse lady Thorton. "A maioria de nós também tem fraquezas."

"A senhora viajou", eu prossegui. "A Susan, não. A senhora disse que foi a Dresden." Do outro lado da sala, a Ruth ergueu a cabeça.

"Pois é", disse lady Thorton. "É uma bela cidade."

"Era", interveio a Ruth. "Já não acho que seja bonita."

"Eu conhecia a parte do mundo onde cresci", disse lady Thorton, olhando direto para mim. "Você conhece a parte onde cresceu. Agora nós duas conhecemos mais."

Quando o tempo esfriou bem, o sr. Elliston abateu nosso porquinho do clube. Cortou-o em pedacinhos, salgou o bacon e o presunto. Esperei que o Jamie ficasse triste, mas ele não ficou; ajudou na descarnadura, dizendo que precisava aprender. O sr. Elliston adorava ensinar ao Jamie.

No Dia do Porco, a Susan assou costeletas e convidou todo mundo da fazenda para comemorar. Também assamos batatas, pastinacas e cenouras; com a gordura do porco, fizemos um molho encorpado. A Ruth não comia porco, claro, mas a sra. Elliston trouxe para ela um pedaço de cordeiro, que a Susan fez numa assadeira separada.

Entre a festa do porco e o Natal, o Jamie completou oito anos. Saí às compras com os meus xelins, mas não encontrei nada que quisesse dar de presente, então juntei minhas rações de manteiga e açúcar e fiz umas balas de caramelo. O Fred deu a ele uma espada, e lady Thorton, um livro. A Susan arrumou o melhor presente. Encontrou um par de galochas de verdade — de segunda mão, mas ainda ótimas. Por conta da guerra, a fabricação de galochas havia sido suspensa. Nada mais de pés frios e molhados para o Jamie.

"Botas de fazendeiro!", ele disse ao vê-las. "Botas de fazendeiro de verdade!" Estavam um tantinho grandes, o que era bom; a Susan meteu uns pedaços de pano nos dedões e disse que com sorte ele as usaria por alguns anos. Eu duvidei. O Jamie crescia mais rápido que os porquinhos.

Certa noite, no início de dezembro, ligamos o rádio para o noticiário das nove, como de costume. O locutor era sempre vago ao mencionar qualquer coisa relacionada à guerra, pois os espiões nazistas obviamente escutavam o noticiário. "Bombardeio hoje em uma área de Londres", ou "uma cidade de porte médio foi bombardeada" era só o que ele dizia.

Dessa vez, ouvimos especificamente que o Japão havia atacado um lugar dos Estados Unidos chamado Pearl Harbor, além de uma colônia britânica chamada Cingapura. Os Estados Unidos e a Inglaterra haviam declarado guerra ao Japão.

Entreguei à Susan o livro de mapas que lady Thorton havia trazido da casa dos Thorton. "Mostre pra mim", pedi.

Pearl Harbor ficava no Havaí, um grupo de ilhas bem no meio do oceano. Cingapura era uma ilha perto do Japão. Era difícil imaginar que valesse a pena lutar por ilhas tão pequeninas. "A Inglaterra é uma ilha pequena", disse a Susan.

A Alemanha e o Japão eram aliados, então a Alemanha declarou guerra aos Estados Unidos. Os Estados Unidos declararam guerra de volta na mesma hora. A Susan balançou a cabeça, pouco impressionada. "Pode ser útil", disse ela, "ter os ianques do nosso lado."

Lady Thorton torceu o nariz. "Difícil supor que eles fossem se aliar ao Hitler. Você achava que ganharíamos esta guerra sem os americanos? Eu não."

O olhar do Jamie se iluminou. "Então agora a gente ganha?"

"Ainda não", respondeu a Susan.

46

O Natal estava chegando. Eu temia demais. "A gente não pode ir pra algum lugar?", perguntei à Susan.

Estávamos picando legumes para um cozido. Ela me olhou, estupefata. "Pra onde? Como?"

Por conta da guerra, ninguém deveria viajar a lazer. *A sua viagem é mesmo necessária?*, se lia em grandes pôsteres nas estações de trem.

"Pra qualquer lugar", respondi. "Longe daqui." O chalé estava repleto de tristeza, melancolia e lembranças do Jonathan. "Talvez possamos visitar a sua família. Seus irmãos e seu pai." Seria um pouco como ter primos. Primos e um avô.

A Susan estremeceu. "Nem pensar. Gostaria que fosse boa ideia, mas na verdade é uma ideia péssima." Ela baixou a faca. "Sei que você não entende, mas acho que um dia vai entender. A minha família me odeia de verdade por coisas que eu não posso mudar. Eu queria que eles não me odiassem, mas eles me odeiam."

"Não entendo. Você não é aleijada. Não tem nada de errado com você."

"A minha família é que tem problema. Não eu. Eles."

"Mas eles estão errados."

A Susan me encarou nos olhos. "Pois é. A minha mãe morreu, você sabe disso. O meu pai está errado. Ele devia me amar. Não ama. Não posso consertar isso. É difícil, mas é verdade."

Feito a Mãe.

Nunca pensei que a família da Susan fosse como a Mãe.

Eu ainda ouvia a Mãe, dentro da minha cabeça. *Quem é que ia querer você? Eu respondo: ninguém.* Sentei-me à mesa e afundei a cabeça entre os braços.

O Jamie entrou se arrastando pela porta dos fundos. "Vou matar a Penífera pra ceia de Natal", anunciou ele, "já que ela está muito velha para botar ovos. Ada, por que você está chorando?"

Eu ergui um tantinho a cabeça. "Porque o pai da Susan não ama ela. E a nossa mãe não amava a gente."

O Jamie soltou uma bufada. "Claro que ela ama." Ele largou os braços no pescoço da Susan. "Você ama a gente. Não ama?"

A Susan deu-lhe um beijo. "Amo. Amo muito vocês dois."

Era a segunda vez que ela dizia que nos amava. Aquilo me fez chorar ainda mais, embora eu não tivesse ideia do motivo.

Na manhã seguinte, em vez de fazer as tarefas escolares, desenhei um tipo de mapa diferente. Comecei do lado esquerdo, com uma caixa escura e uma garota presa dentro. Então um trem. O Manteiga. A casa antiga da Susan. O chalé onde morávamos agora. A Maggie, a Ruth e lady Thorton. O Jamie dependurado numa árvore, com os dois braços bons. Acima de nós, dragões circundando o céu. No centro, a Susan, corajosa feito Santa Margarida, uma espada reluzente na mão.

"O que vem em seguida?", perguntou a Susan, ao ver o desenho. "Este é o mapa do seu passado. O que está no mapa do seu futuro?"

Eu a encarei. "O que você quer?", insistiu ela.

Eu não fazia ideia. Quando fui evacuada, eu queria ser feito a garota no pônei, correndo com o trem. Agora eu era. Certas partes de mim ainda eram confusas — mas talvez aquela garota também fosse confusa. Eu só a havia visto por fora.

"Quero ir a outros lugares", respondi. "Quero viajar. Quero conhecer Dresden."

A Susan me abraçou. "Quando a guerra acabar, você vai."

"O que você quer pro futuro?", perguntei ao Jamie.

Ele refletiu. "Mais galinhas."

47

A Maggie veio passar o Natal em casa. Estava com uma cara horrível.

"No Natal passado a gente ceou na casa dos Thorton", contei à Ruth. "O Jonathan foi legal comigo e com o Jamie. Foi legal com todo mundo."

A Ruth assentiu. "Quando eu fui visitar a minha mãe, nas festas de Rosh Hashaná e Yom Kipur, só conseguíamos pensar nos anos passados, com toda a nossa família na nossa casa em Dresden."

"O que você fez pra se sentir melhor?", perguntei.

"Nada. Ficamos infelizes." Ela respirou fundo. "É melhor ficar infeliz junto que separado. Eu acho."

Eu também achava. Tentamos nos alegrar. A Maggie, o Jamie e eu apanhamos uma linda árvore de Natal — muito mais bonita que a feiosa do ano anterior. Aparamos os galhos de baixo e usamos as rebarbas para decorar a cornija. Eu passara o ano guardando papel, então fizemos correntes de argolinhas coloridas e estrelinhas de papel brilhante. A Maggie e eu reviramos o sótão da casa dos Thorton e encontramos luzes elétricas e ornamentos de vidro, feito os que a Susan tinha. A árvore ficou linda. A bem da verdade, ninguém deu bola.

"Esta casa ainda parece uma caverna", disse a Maggie.

"*É* uma caverna", respondeu o Jamie.

"Está menos sombria do que antes", retruquei.

A Maggie balançou a cabeça. "Se pelo menos o blecaute não tivesse que ser preto."

"Não tem", respondi, de súbito me dando conta. "Não do lado de dentro."

A Maggie abriu um sorriso. "Tem razão!"

As telas do blecaute eram feitas de um tecido preto e pesado, esticado por cima das armações de madeira do exato tamanho das janelas. A Maggie catou umas tintas no sótão da casa dos Thorton, e passamos os dois dias seguintes pintando o lado de dentro das telas com a paisagem que víamos das janelas quando o blecaute estava baixado. As árvores, com o sol brilhando por entre os galhos, a bicicleta do Jamie. O galpão e o cercado da sra. Rochester. O jardim adormecido de inverno, os montinhos de palha empilhados na terra. O abrigo antiaéreo ao lado da casa. As novas galinhas e o galo.

A Ruth removeu a tela do blecaute do quarto dela, pintou de branco o lado de dentro, pegou um lápis e rabiscou e apagou até ficar satisfeita. Então pintou o que havia desenhado: um caminho de pedras, árvores floridas e uma cama de tulipas multicoloridas. "A minha casa na primavera", disse ela. "A casa que eu tinha." Ela sorriu para mim. "É besteira todo esse trabalhão por um período tão curto de tempo." A Ruth havia sido aprovada nos exames de admissão; partiria para Oxford no início do ano. "Mas me agrada tornar a olhar essa vista."

"A gente guarda", eu disse a ela. "Você vem nos visitar."

Tentamos muito nos alegrar, mas não deu certo. Eu me sentia triste e ansiosa. A Maggie estava agitadiça, e lady Thorton e a Susan desabaram em depressão. O resfriado de lady Thorton também não ajudou.

Não fomos à igreja na noite de Natal. Lady Thorton disse que não tinha condições de ir. A Susan, que nunca tinha gostado de igreja, decidiu ficar em casa com ela, e a Maggie queria ir buscar lorde Thorton, que chegaria de trem bem na hora da missa. Ele teria que ir andando até a casa; já não havia táxis na cidade.

"Vocês podem ir à igreja, Ada e Jamie", disse a Susan.

"Vou ficar com a mamãe", disse o Jamie.

Ela não era nossa mãe.

Decidi caminhar com a Maggie até a estação. A Ruth veio também. "O clima nesta casa está horrível", disse ela, puxando o cachecol por sobre o rosto. "Se isso é Natal, ainda bem que sou judia."

"Isso não é Natal", disse a Maggie.

A Ruth abraçou a Maggie. "Eu sei."

Os trens costumavam atrasar durante a guerra, mas aquele chegou cedo. Chegamos à estação bem a tempo de ver lorde Thorton saindo do vagão, alto, grandalhão, de sobretudo pesado. Outro homem saiu com ele, igualmente agasalhado, depois uma mulher de casaco preto e lenço na cabeça.

A Ruth deu um berro. Atirou-se em cima do casal. Dependurou-se neles e começou a soluçar.

A mulher apertou a Ruth contra o peito, murmurando palavras que eu não entendia. O homem abraçou as duas.

Palavras em alemão. Eram os pais dela.

Eu observei os três se beijarem e abraçarem. Não conhecia ninguém que abraçasse e beijasse com tanto entusiasmo. Lorde Thorton deu abraços em mim e na Maggie, mas parecia incrivelmente triste. Até ao sorrir para a Ruth parecia cansado. Não que a Ruth tivesse percebido. Ela saiu tagarelando em alemão. Trouxe a mãe para perto de mim, deitou a mão no meu braço e disse qualquer coisa que fez a mãe me abrir um sorriso e me tascar um beijo bem nos lábios, antes que eu pudesse recuar.

"Minha mãe te agradece", disse a Ruth.

Agradecia por quê? Eu não sabia como responder. Uma completa estranha me beijando! Encarei a Ruth. "Como se diz 'de nada' em alemão?"

"Bitte", respondeu a Ruth, sorrindo.

"Bitte", repeti. A mãe da Ruth sorriu e me beijou outra vez.

"Por que ela está me agradecendo?"

"Eu contei a ela tudo sobre você", respondeu a Ruth.

Tudo podia ser qualquer coisa. Contudo, a julgar pelo beijo, não parecia ser coisa ruim.

Fomos para casa. A Ruth deu as mãos aos pais. Lorde Thorton, a Maggie e eu caminhamos um pouco atrás.

"Então soltaram a mãe da Ruth", concluí.

"Os campos de internamento ingleses não são prisões", disse lorde Thorton "Mas sim, soltaram. O pai passou um tempo trabalhando comigo, e enfim conseguimos soltar a mãe. Ela vai poder morar com *herr* Schmidt e a Ruth."

"A Ruth vai para Oxford."

"Isso."

"O senhor trabalha perto de Oxford, então?" Sempre quiséramos saber que tipo de trabalho de guerra lorde Thorton fazia. Ele não podia dizer, mas não significava que não pudéssemos tentar arrancar.

Ele me olhou do alto, pela lateral do nariz, e não respondeu. Doidice.

O pai da Ruth falava um pouco de inglês; a mãe, menos. Ela dizia frases compridas em alemão para lady Thorton e para a Susan, meneando a cabeça e sorrindo, e lady Thorton e a Susan assentiam de volta como se entendessem.

"O que foi que ela disse?", perguntei a Susan.

Susan olhou para mim. "Você a entendeu tanto quanto eu."

O engraçado era que eu entendia. *Frau* Schmidt dizia a nós o quanto estava feliz por termos cuidado da Ruth e feliz por conhecer as mulheres que haviam dado uma casa à sua filha. Eu não conseguia traduzir as palavras, mas compreendia o significado.

Lady Thorton havia sido uma péssima anfitriã para a Ruth, mas agora estava sendo gentil. Apesar do resfriado e do luto, sorriu para os Schmidt. Disse coisas agradáveis. Pendurou seus casacos e mandou que o Jamie subisse com as malas. Foi até a copa e retornou com uma garrafa de vinho. Todos os adultos tomaram uma taça e brindaram. Foi bastante civilizado. A Ruth sorria de orelha a orelha.

Aquele acabou sendo o melhor momento do Natal.

Penduramos nossas meias na lareira; até a Ruth, por insistência do Jamie, mesmo torcendo o nariz. De manhã, cada uma continha um pedaço de doce e um xelim. Comemos o equivalente a um mês de bacon e uma dúzia de ovos, escutando canções natalinas no rádio. Acendemos a lareira, cujo fogo fazia dançarem os enfeites da árvore de Natal. O sol brilhava. Teria sido um dia glorioso, exceto pelo fantasma do Jonathan.

No ano anterior, o Jonathan estivera conosco. Contara piadas à mesa, fora divertido e agradável.

As lembranças do Jonathan eram como dragões, criaturas reais e imaginárias, ferozes e aladas. Lembranças da Mãe me atingiram feito pedras, feito carvão. Tentei evocar uma única lembrança feliz da minha mãe. Se a Mãe tivesse vindo morar com a gente, na casa da Susan, poderia ter aprendido a ser feliz? Alguma coisa poderia tê-la transformado em alguém melhor? Eu jamais saberia.

"Respire", disse a Susan, me abraçando. "Uma respiração de cada vez. A gente vai passar por isso."

A Susan, a mãe da Ruth e lady Thorton começaram a preparar o jantar. Lorde Thorton e o pai da Ruth foram jogar gamão. A Maggie, a Ruth, o Jamie e eu fomos ajudar o Fred no estábulo e trazê-lo para jantar.

Jantamos e abrimos os presentes. Foi quando eu tive a surpresa.

48

A Susan me deu um livro e um suéter tricotado por ela própria. Ao Jamie, um suéter e um novo aviãozinho de brinquedo. Eu dei a todos — até ao lorde Thorton e à Ruth, mas não aos pais da Ruth, pois não os estava esperando — novas boinas de tricô.

Comecei a sentir uma energia estranha vindo de lorde e de lady Thorton. Fiquei nervosa. Era um pouco feito a energia que a Mãe emanava antes de começar a esbofetear os outros — mais amigável, porém parecida. Colei-me à Susan, que pareceu tão intrigada quanto eu ao ver lorde Thorton apoiar no meu colo uma caixa embrulhada.

"Espere", ele disse, quando a apanhei. "Eu quero ler uma coisa antes." Ele tirou do paletó um envelope, que continha uma carta. Estava velha e amassada, como se tivesse sido dobrada e redobrada incontáveis vezes.

Lorde Thorton pigarreou. Fez uma pausa, engoliu e tornou a pigarrear. Então falou, com a voz trêmula.

"Caro lorde Thorton", ele leu.

"Eu devia ter escrito antes, sei disso, mas tem sido meio... bem, não vou me justificar. Eu devia ter escrito antes. Sinto muito. Seu filho Jon era um amigo muito próximo. Era um bom piloto e um homem de coragem.

"Tenho certeza de que o senhor ouviu a história da nossa última aventura, mas achei que deveria relatar o meu ponto de vista.

"A vida de piloto, depois de um tempo, fica muito difícil. Voamos noite após noite, sempre sem o retorno de alguns aviões. Você começa a pensar todas as noites que será o próximo, e isso é muito desgastante, consome as entranhas. Não é exatamente medo; é como se a espera fosse insuportável.

"De todo modo, certa noite o Jonnie veio me chamar, já bem tarde. Estávamos ambos de folga e deveríamos estar dormindo, mas, às vezes, por mais cansados que estejamos, não conseguimos dormir. O Jonnie perguntou se eu estava a fim de uma aventura, e eu naturalmente confirmei. Ele havia pegado duas motocicletas emprestadas. Contou que queria cumprir uma promessa que havia feito e achava melhor fazer enquanto era tempo. Então adentramos a noite na total escuridão, enfrentando mais frio do que devia estar... de todo modo, dali a umas duas horas nós chegamos a um chalé no interior de uma imensa propriedade. A princípio não percebi que era a casa do senhor. O Jon não falava desse tipo de coisa.

"Ele entrou sorrateiro pelos fundos e atirou pedrinhas numa das janelas. Logo em seguida surgiram umas meninas em idade escolar, esfregando os olhos de sono. A irmã do Jon era a cara dele, claro. Então vi duas meninas de cabelo escuro que talvez fossem irmãs, uma mais jovem, uma mais velha.

"Todos subimos nas motocas e seguimos até os fundos do casarão, onde estavam os estábulos. O Jon perguntou se eu cavalgava. Eu disse 'nunca na vida, meu irmão'. Cresci na cidade de Liverpool, sem muitos cavalos por perto. Então ele me pediu para seguir de moto, mas em silêncio, para não acordar o velho criado.

"As garotas chegaram com uns cavalos. O Jon pegou um, e em seguida o vi largar a garotinha mais nova de cabelo castanho sobre a sela do maior cavalo. Os olhinhos dela brilhavam — eu nunca ia querer me sentar naquele bicho, que me parecia bufante e feroz, mas a garota estava tão empolgada que eu soube que aquela havia sido a promessa feita pelo Jon.

"Eles seguiram pelos pastos, e eu fui atrás. Então alguma coisa assustou o cavalão, que desatou a correr, ligeiro e furioso,

como se tivesse sido ejetado de um canhão. A garotinha quicou em cima dele por um instante — honestamente, achei que ela fosse se machucar —, e a próxima coisa que vi foi a pequena dominar o estribo feito um jóquei competidor do Grand National. Ela disparou a voar pelos pastos. Os outros galoparam atrás, mas sem alcançá-la, e eu só conseguia crer que teríamos de chamar uma ambulância.

"No fim das contas, o cavalo parou. A garotinha olhou para trás. Tinha os cabelos soltos, as bochechinhas rosadas e gargalhava. *Não estava com medo, nem um tiquinho. E disse: 'Foi incrível, Jonathan! Ah, obrigada!'.*

"Tivemos que correr para retornar a tempo. Deixamos as garotas com os cavalos e quaisquer explicações que tivessem que inventar.

"Presumi que a garota no cavalo do Jon fosse mais uma filha dos ricaços locais, mas quando voltamos à pista de pouso, ele me disse que não. Contou que ela era do leste de Londres, da parte ruim, e havia sido evacuada no início da guerra. Que chegou sem condições de andar. 'Você viu a carinha dela? Viu que coragem?'

"Eu disse que tinha visto.

"Mais tarde, naquele dia, ele disse: 'É por isso que estamos lutando. Por esse tipo de coragem. Não podemos nos deixar abater, porque estamos lutando pelo espírito da Inglaterra'.

"Eu sabia do que ele estava falando. De alguma forma, saber que ainda há pastos verdes e crianças cheias de coragem gargalhando neles, mesmo no meio desta guerra, faz um homem se sentir melhor. O Jon disse que daria a seu avião o nome de Invencível Ada. *E pintaria o nome na cauda.*

"Ele não teve a chance, mas teve o desejo, e eu queria que o senhor soubesse. Se puder contar tudo isso à menina de nome Ada, acho que o Jon ia gostar que ela soubesse também."

Lorde Thorton dobrou a carta, pôs de volta no envelope e o retornou ao bolso. Assentiu para mim. "Abra o seu presente, minha querida."

Dentro da caixa havia um cabresto de couro, limpo, flexível e polido com óleo. Na barra da faceira havia uma plaquinha de metal onde se lia "Oban". Era o cabresto do Oban.

"Não entendi", eu disse.

Lady Thorton parecia feroz, quase raivosa. "Estamos dando ele a você", respondeu ela. "Estamos te dando o cavalo."

"Vocês não podem fazer isso. Ele é do Jonathan."

Acredito que esse tenha sido o momento em que eu de fato compreendi a morte. Quer dizer, eu sabia o que significava estar morto. Sabia que o Jonathan, o meu pai, a minha mãe, a família do Stephen White, a Becky e todas as outras pessoas que haviam morrido não iriam retornar. Até então, porém, eu não compreendia de verdade. Se está difícil entender, bem... muita coisa é.

Ninguém disse nada. Todos os olhos na sala se voltaram para mim. Eu ergui o cabresto, esfreguei a plaquinha com o nome e recordei aquele lindo, lindo amanhecer de verão. "Eu o amo muito."

"Que bom", disse o lorde Thorton. "É só o que pedimos."

"Estão falando sério? Ele é mesmo meu?"

"É claro que estamos."

"Eu posso fazer o que quiser com ele?"

"Pode", respondeu lady Thorton, com um pouco de desdém. "Sei aonde está querendo chegar. O Oban é seu. Pode escolher quem vai cavalgá-lo."

"Obrigada." Eu me levantei e empurrei o cabresto nas mãos da Ruth. "Se ele é meu", concluí, "então estou dando à Ruth. Agora é dela."

49

A Ruth me encarou. "Eu sou judia", ela disse. "Não ganho presentes de Natal."

"Não é presente de Natal", respondi. "É um presente de amizade. É... é um presente de irmã. Você ouviu o que o amigo do Jonathan disse... ele achava que éramos irmãs. Eu tenho o Manteiga. Não preciso do Oban. Você precisa."

"Estou indo embora na semana que vem", disse a Ruth, agarrando o cabresto. "Não posso levar um cavalo."

"Você volta de vez em quando. Eu cuido dele pra você enquanto isso."

A Ruth curvou o corpo por sobre o cabresto. Seus ombros tremiam. Sua mãe a abraçou e disse qualquer coisa baixinho em alemão. A Ruth respondeu, em alemão, sem erguer a cabeça.

"Pelo amor de Deus", disse lady Thorton, irritada.

"Pois é", disse a Susan. "Eu diria que sim."

Dava para ver que lady Thorton não tinha gostado da minha atitude, mas ela não podia voltar atrás. Não consegui saber o que lorde Thorton achava, mas também não liguei.

A Maggie sorria. O Jamie também. "Venha me ajudar a fazer o chá, Ada", disse a Susan, caminhando até a cozinha.

"Está com raiva?", perguntei a ela, quando estávamos só nós duas.

"É claro que não. Por que eu estaria? Só que o Oban é um cavalo muito mais refinado que o Manteiga. Até eu sei disso."

“A Ruth é uma jóquei mais refinada que eu. Além do mais, eu amo o Manteiga. Além do mais, por que eu precisaria de mais de um cavalo?”

A Susan riu. “Você se surpreenderia com a quantidade de coisa que as pessoas creem necessitar.”

Eu dei de ombros. “Estamos em guerra.”

“Pois é, e você está vencendo. Só acho justo deixar um alerta. Quando lady Thorton tiver tempo pra pensar, acho que não vai ficar nada feliz com isso.”

A Susan tinha razão. Durante toda a noite de Natal eu senti a raiva de lady Thorton se aprumando. Vi-a avançando feito uma tempestade, cruzando o mar por sobre a minha colina de vigia. Ela sentia raiva por eu ter dado o Oban, e ainda por cima a uma alemã judia. Sentia raiva por saber que o Jonathan tinha vindo por mim e pela Maggie, não por ela.

Estava com muita, muita raiva por não lhe termos dado a chance de vê-lo pela última vez.

Também estava com raiva porque o Jonathan queria dar o meu nome ao avião. Ela não dizia nada, mas eu sabia.

“Você devia ter me contado”, disse lady Thorton à Maggie na manhã seguinte. Era dia 26, aniversário da caça ao tesouro. Lembrei-me do Jonathan freando o Oban quando eu caí na vala, dele dizendo que estava tentando ser cavalheiro. Recordei o sorriso dele e tornei a sentir toda a dor daquela perda. Se era tão ruim assim para mim, devia ser muito pior para os Thorton.

“Eu prometi ao Jonathan que guardaria segredo”, retrucou a Maggie.

“Pois devia ter me contado antes de prometer. Não devia ter prometido. Devia ter me contado em primeiro lugar.”

“Eu não podia!”, gritou a Maggie. Subiu as escadas correndo, engasgada em lágrimas meio contidas.

Lady Thorton se virou para mim. “Você devia também.”

"Eu deveria ter dedurado a Maggie ou quebrado a promessa ao Jonathan? Qual das duas coisas? Estou feliz por não ter feito nenhuma delas", respondi.

Eu sabia que não devia ser grosseira. Devia ser grata. Quanto pior era a atitude de lady Thorton, no entanto, menos gratidão eu sentia.

Ruth e lorde Thorton levaram os pais da Ruth aos estábulos para conhecer o Oban. Os Schmidt sabiam tanto sobre cavalos que lorde Thorton combinou com todos nós uma cavalgada naquela tarde: eu, a Maggie, a Ruth, lorde Thorton e os pais da Ruth. "Você também", disse ele a lady Thorton.

"Creio que não", ela respondeu, de cara torta.

"Vai ser bom para nós."

"Não."

Mesmo assim, o grupo foi. Galopamos, saltamos e passamos duas horas felizes. O Oban cavalgou lindamente; a Ruth era só sorrisos. Mais tarde, a mãe dela me afagou e arrulhou comigo. Eu não sabia o que ela dizia, mas bem que gostei.

A Ruth ocupou a cama da Maggie enquanto os pais dela dormiam em seu quarto, e a Maggie veio dormir comigo. Depois da cavalgada, não consegui dormir. Fiquei falando sobre o Manteiga, o Oban, contei sobre como o salvamos da cólica, sobre o nosso passeio naquele dia.

"Ada", disse a Maggie, "fica quieta."

"É como ter irmãs", respondi. "Eu nunca tive família além do Jamie."

"Você tinha a sua mãe", disse a Ruth.

"Não tinha. Um dia eu te conto."

A Ruth estendeu a mão no espaço entre as camas. Havíamos baixado o blecaute, e eu enxergava pouco sob a luz fraca. Estendi a mão à Ruth. "A Maggie também", disse ela. A Maggie se apoiou no cotovelo para que sua mão alcançasse as nossas. "Todas as três juntas", disse a Ruth. "Irmãs."

"Diga em alemão", pedi.

"Schwestern", disse a Ruth.

"*Schwestern*?", perguntou a Maggie, com uma risadinha. "É hilário."

"*Schwestern*", repetiu a Ruth com firmeza. "Vocês duas agora são minhas *schwestern*. Então vou contar um segredo. Eu não vou pra Oxford."

Eu larguei a mão dela e me empertiguei na cama. "Mas você disse que passou nas provas!"

"E passei. Aprendi toda a matemática. Estou pronta. Mas lorde Thorton disse que, se eu quisesse, poderia ir trabalhar com ele e o meu pai. Vou pra Oxford depois da guerra."

"Trabalho de guerra de verdade?", indagou a Maggie.

A Ruth riu. "Isso. De verdade mesmo."

"Onde?", perguntei. "O que você vai fazer?"

"Não posso dizer", respondeu a Ruth. "Mas vou escrever pra vocês, e vocês vão me escrever, e Maggie, você precisa exercitar o meu cavalo pra mim sempre que estiver aqui. Você já está ficando maior que o seu pônei."

"Você vai vir pra casa quando puder", eu disse.

A Ruth se deitou na cama. Pude ouvi-la sorrir. "O seu governo concluiu que nós não somos espiões. A minha família vai morar junta, e o meu pai e eu vamos trabalhar juntos. E sim, eu vou vir pra casa quando puder."

Na manhã seguinte, lady Thorton começou a discutir com a Maggie logo cedo. A Susan, a Ruth e eu escapamos para a cozinha e fomos preparar o café. Lady Thorton veio para a mesa numa nuvem de fúria, rígida e empertigada. A Maggie afundou na cadeira ao lado dela, os olhos vermelhos e inchados de tanto chorar.

De súbito, a minha própria nuvem de fúria explodiu. Nada daquilo era culpa da Maggie, nem minha. "Não entendo por que a senhora está sendo tão horrível", eu disse a lady Thorton. "A senhora sabia daquela carta há semanas." Ela sabia. Lorde Thorton havia mandado uma cópia para ela. Ele disse.

"Foi difícil ouvir a carta ser lida em voz alta", respondeu lady Thorton, "e quando penso no ato de traição da minha própria filha..."

"A senhora não precisava ter relido. Podia ter guardado segredo ou entregado a nós para lermos."

Ela torceu o nariz. "Foi uma decisão de lorde Thorton."

Eu me aprumei. "Então se irrite com ele", retruquei, encarando lady Thorton nos olhos. "Não com a Maggie. A senhora está deixando ela infeliz por uma coisa que ela não pode consertar. Não é justo."

Manchas vermelhas surgiram nas bochechas de lady Thorton. "Eu não creio que mereça ser repreendida por alguém como você."

"Ah...", disse a Susan.

Eu mantive o olhar cravado em lady Thorton, mesmo com o coração às marteladas. "A senhora não merece uma filha como a Maggie. É uma mãe horrível."

Todo mundo na cozinha congelou. Lady Thorton ficou branca. Em meio ao silêncio gélido e completo, a Ruth disse: "Ada, peça desculpas agora mesmo. Você sabe que isso não é verdade".

50

Eu cravei os olhos na Ruth. Ela me encarou de volta. "Ela está fazendo tudo errado", eu disse. "A Maggie precisa dela, e ela continua com raiva. Está com raiva porque o Jonathan morreu, e a Maggie não pode fazer nada, não é culpa da Maggie."

"Ela está fazendo o melhor que pode", disse a Ruth.

"Como é que você sabe?" Eu sentia a frustração se elevando dentro de mim feito uma onda. "Ela é horrível com você! É horrível com todo mundo!"

"Ada!", disse a Susan.

"Todas as mães são horríveis!" Eu me levantei e disparei pela escada até o meu quarto.

Poucos minutos depois, alguém bateu na minha porta. Não respondi.

"Ada?"

Não era a Susan nem a Maggie. Era a Ruth.

Ela entrou e se sentou ao pé da cama. Eu estava enroscada na colcha, só com os olhos para fora. Não estava chorando.

"A Susan contou que a época do Natal é difícil pra você", disse ela.

"Eu fiquei bem este ano", respondi.

"A época toda é difícil."

"E daí?"

"E daí que talvez você veja que nem tudo é culpa de lady Thorton."

"Não sei por que você está do lado dela. Ela nunca gostou de você."

A Ruth suspirou. "Eu não estou do lado de ninguém. O que você disse foi horrível. Que ela não merecia ter a Maggie. Sendo que a Maggie é a única coisa que sobrou pra ela."

"Ela não devia ser tão ruim com a Maggie. Devia escutar a Maggie. Devia amar a Maggie, mesmo a Maggie não sendo perfeita..."

"Ela ama. Lady Thorton também não é perfeita. Ela ama a Maggie."

"E como é que você sabe?" Eu sabia que estava sendo indelicada. Pouco me importava.

A Ruth agarrou a ponta do meu cobertor e enfiou debaixo dos pés. Nossos quartos eram sempre frios no inverno. "A minha mãe é um gênio", disse ela. "É o que o meu pai diz. Que somos inteligentes, eu e ele, mas ela é muito mais. Só que os pais dela nunca permitiram que ela fosse para a universidade, porque ela é mulher. Então ela nunca fez nada com tanta inteligência, o que às vezes deixa ela frustrada. Daí ela fica com raiva, mas não tem nada a ver com a gente."

"E daí?" A mãe da Ruth era gentil. Ela me beijou e acarinhou. Não era nada parecida com lady Thorton.

"A minha mãe nos tirou da Alemanha", prosseguiu a Ruth. "Foi persistente. Tentou e tentou, até encontrar um lugar que nos acolhesse. Não teve medo de deixar a nossa casa pra trás. Lamentou não ter conseguido convencer o resto da família a vir, mas foi corajosa e forte pelo meu pai e por mim."

"A minha mãe era um monstro", eu disse. "Não consigo me lembrar de nada bom em relação a ela."

"Então a sua mãe era um monstro. Não significa que a minha seja. Não significa que lady Thorton seja." A Ruth me cutucou com o pé. "As pessoas são complicadas. Você mesma não é a pessoa mais fácil de amar. Ainda assim é a minha irmã."

Eu cravei os olhos nela. "Você também não é a pessoa mais fácil de amar."

"Tenho certeza disso", disse a Ruth, "e mesmo assim você me ama. Eu também sou sua irmã."

Ela continuou. "Quando a minha mãe fica difícil, o que acontece com muita frequência, eu penso no olhar dela quando o nosso barco atracou na Inglaterra... na gratidão que ela sentiu não só por ter saído da Alemanha, mas por ter me tirado da Alemanha. Por eu estar a salvo." A Ruth me olhou. "Lady Thorton está tentando manter a Maggie a salvo."

"Ela está fazendo errado."

"Talvez. Não significa que não esteja tentando fazer certo."

Eu soltei uma bufada. "E daí?"

"E daí que você precisa pedir desculpas."

Eu não queria. Temia o que podia acontecer. Depois que a Ruth saiu, porém, a Maggie entrou. "Você não devia ter dito aquilo", ela disse.

"Eu estava tentando te apoiar."

"Eu sei. Mesmo assim não devia ter dito. A Ruth e eu estamos indo aos estábulos com os nossos pais e *frau* Schmidt. A minha mãe vai ficar aqui."

"Está bem." Eu havia entendido o recado. Meu estômago doía. Minhas mãos estavam molhadas. Sentei-me no quarto gélido e me lembrei de respirar.

Depois de um bom tempo, me desenrosquei da colcha. Desci a escada com cautela. Lady Thorton e Susan estavam na sala, sentadas diante da lareira, tomando chá. Eu não vi o Jamie.

"Eu..." Eu não sabia o que dizer. Fui me aproximando delas. Meus joelhos tremiam.

Lady Thorton e Susan ergueram o olhar. Esperaram. "Me desculpe por dizer que a senhora é uma péssima mãe", soltei.

Lady Thorton assentiu. "Obrigada." Tomou outro gole de chá.

Esperei o que aconteceria em seguida.

"Vá tomar café da manhã, Ada", disse a Susan. "Você não comeu. Tem aveia sob o fogão."

"Eu posso tomar café?" A minha voz saiu baixa e assustada.

Lady Thorton franziu o cenho. "Não temos o hábito de desnutrir as crianças malcriadas. Já aceitei as suas desculpas. Vá comer."

Eu caminhei até a cozinha, meio aturdida. Era mesmo só isso? A Mãe costumava me trancar no armário — eu engoli em seco. Não consegui comer aveia, mas tomei uma xícara de chá.

Mais tarde naquele dia, quando consegui me acalmar um pouco, lady Thorton se sentou ao meu lado no sofá. "Qual foi a pior coisa da sua vida?", perguntou ela. "Antes de você vir para cá."

Eu pensei durante um tempo. O carvão caía na grade da lareira. "A minha mãe podia ter consertado o meu pé", respondi, por fim. "Escolheu não fazer isso. E me culpou."

Outro silêncio se estendeu. "É por isso que você sente tanta raiva", disse lady Thorton. "Acha que eu estou culpando a Maggie por coisas que têm a ver com o Jonathan. Não estou. Eu culpo a mim mesma."

51

Naquela noite, no nosso quarto, eu ainda me sentia frágil. "Achei que alguma coisa pior aconteceria", disse à Maggie. "Mesmo assim estava disposta a te defender. Estava tentando ajudar."

"Eu sei", respondeu a Maggie. "Santa Ada enfrentando o dragão."

"Por que você acha que a minha mãe era tão horrível?"

Do outro lado do quarto, a Ruth soltou um grunhido. "Por que o Hitler é horrível?", perguntou ela. "Ninguém sabe. Tem gente que é horrível. Você teve azar com a sua primeira mãe. Com a segunda teve sorte."

"A Susan não é minha mãe."

A Ruth deu de ombros. "Pode dizer isso se quiser."

A Ruth, os pais dela e lorde Thorton foram embora. Caminhamos com eles até a estação. O governo havia enfim proibido por completo o uso de gasolina para fins particulares. O carro de lady Thorton jazia arriado sobre uns tijolos no canto do pátio do estábulo.

A Ruth me deu um abraço de adeus. "Não faça essa cara de tragédia", disse ela. "Eu vou te escrever. Você vai escrever de volta."

O endereço para correspondência era um escritório em Londres. Não era onde ela de fato estaria. "As suas cartas vão ser encaminhadas pra mim", disse a Ruth. "Não fique triste. Não vou embora pra sempre."

O Stephen White parecia ter ido embora para sempre. Depois que ele partiu, eu não tinha recebido notícias. Nenhuma vez.

A Ruth tornou a me abraçar. "Minha pequena *schwester*." Beijou o Jamie. "Pequeno *bruder*. Cuide daquela porca pra mim."

A Maggie e eu cavalgamos por pastos cobertos de neve sob o vento cruel. Eu cavalguei no Oban. Pela Ruth, pelo Jonathan. O Oban jogava a cabeça, querendo galopar, mas eu não podia deixar, naquele solo instável e congelado.

"Vai ter que passar horas trotando para exercitá-lo", disse a Maggie. A Hera baforava nuvens brancas, lutando para manter o ritmo. Cavalgamos pelo pasto onde o faisão irrompeu. Eu jamais olharia aquele pasto sem me lembrar do Jonathan.

"Invencível Ada", disse a Maggie, e eu soube que ela também pensava nele.

"Não tinha a ver comigo, na verdade", concluí. "O Jonathan queria algo por que lutar. Estava enxergando o que queria que eu fosse."

No momento de retornar à escola, a Maggie encarou uma batalha que, caso fosse contra o Hitler, nos teria conquistado a guerra. Infelizmente, era contra lady Thorton.

A Maggie xingou, gritou e chorou. Lady Thorton não se abalou. Por fim, à mesa do jantar, a Maggie se levantou. "Se a senhora me obrigar a voltar", ela disse, num tom grave e firme, "eu nunca vou perdoar a senhora. Vou odiar a senhora enquanto eu viver."

Eita. Era pior que chamá-la de mãe horrível. Imaginei o que a Ruth diria.

Lady Thorton abocanhou uma garfada de comida, mastigou lentamente e engoliu antes de responder. "Para garantir a sua segurança e felicidade, esse é um risco que estou disposta a correr."

"Não vou pedir desculpas", disse a Maggie, à noite, no nosso quarto. "Não lamento coisa nenhuma."

52

A casa estava triste e vazia sem a Ruth e a Maggie. A Susan jurava que os dias estavam voltando a se estender, mas era difícil acreditar tendo que subir o blecaute no meio da tarde. A Susan tornou a cair em depressão; estava apática e embotada. Então, certa manhã, não levantou da cama. Tossia sem parar. Tinha as bochechas vermelhas e mal conseguia falar.

"Receio que tenha pegado o meu resfriado", disse lady Thorton. "Tenho trabalho no SVF o dia todo. Ada, você vai ficar bem? Devo pedir à sra. Elliston para vir dar uma olhada em você e no Jamie?"

Eu cuidaria da Susan. Seria sua guardiã. "A gente vai ficar bem", respondi.

Levei chá e torradas para a Susan. O Jamie cuidou das galinhas e da sra. Rochester. Preparou a lareira. Nós nos encolhemos defronte ao fogo, o Jamie brincando com os aviõezinhos de lata, eu lendo um dos livros da Maggie.

A Susan não quis o almoço. Depois que o Jamie e eu comemos, levei outra xícara de chá. Ela havia pegado no sono. No quarto fazia um frio assustador, com filetes de gelo no peitoril da janela, mas quando toquei a bochecha da Susan senti que ela ardia. Tinha a respiração chiada. Afastei um pouco os cobertores para resfriá-la e deixei o chá na mesinha de cabeceira. Pelo menos ela havia parado de tossir.

Já havíamos feito as tarefas. Eu ensinava o Jamie a descascar batatas quando lady Thorton chegou em casa. "Como está a Susan?", perguntou ela.

"Eu fui conferir... meia hora atrás", respondi, olhando o relógio. "Ela estava dormindo. Passou a tarde toda dormindo."

"Que bom", disse lady Thorton. "Dormir é a melhor coisa para ela."

Mandei o Jamie subir logo antes do jantar. A Susan ainda estava dormindo. "Não queria ter que acordá-la", disse lady Thorton. "Como ela está?"

O Jamie deu de ombros. "Dormindo."

Depois do jantar, tomamos banho, começamos a preparar o balde dos porcos e varremos o chão. A própria lady Thorton subiu para conferir a Susan.

"Ada!", gritou ela, um instante depois. Eu me assustei com a urgência em sua voz. "Ela estava assim mais cedo?"

Caminhei até a escada. Lady Thorton me encarou, a testa franzida de preocupação. "Com essa febre tão alta, respirando com dificuldade?"

Eu subi os degraus. A Susan tinha os olhos meio abertos, vidrados e sem foco. Pela boca aberta eu pude ouvir a respiração chiada, bem mais alta que antes. "Ela estava quente, mas eu tirei uns cobertores", respondi.

"Ela está com febre", disse lady Thorton.

A Susan grunhiu. Lady Thorton se aproximou. "O que foi?"

"Dói", sussurrou a Susan.

"Dói muito?" A voz de lady Thorton soava irritada e gentil ao mesmo tempo.

"Sim." A Susan fechou os olhos.

Meus pés se enraizaram no chão. "Eu fiz alguma coisa errada?"

"Vamos chamar o dr. Graham", disse lady Thorton. "Ah. Não... onde está o telef... Jamie!" Ela desceu correndo as escadas. "Jamie, preciso que você leve uma mensagem aos estábulos. Peça ao Grimes que telefone para o dr. Graham. Vou apanhar um lápis."

"Eu vou", eu disse.

"O Jamie é mais ligeiro." Sobre a mesa da cozinha, lady Thorton rabiscou um bilhete, enquanto o Jamie vestia o casaco e as botas. "Vá de bicicleta", disse lady Thorton, enfiando o bilhete na mão dele. "Depressa."

"O que foi que eu fiz?", perguntei. "Eu fiz alguma coisa errada?"

"Não." Lady Thorton parou para tocar meu braço. "Ou ela piorou muito rápido, ou você não percebeu que os sintomas estavam tão ruins. Vamos chamar o dr. Graham aqui. Ela vai melhorar."

Lady Thorton foi até a cozinha, encheu a chaleira e pôs para ferver. Revirou a copa até encontrar uma garrafa de alguma coisa. "Aqui." Ela me entregou a garrafa, uma tigela grande e uma toalha limpa. "Leve isso e vá se sentar do lado dela."

Todo o corpo da Susan suava, feito o Oban durante a cólica. O quarto estava congelante. A Susan parecia dormir; quando eu a chamei, bem baixinho, ela não respondeu. Pus o dedo com cuidado em seu pescoço. Ela deu um salto e se afastou. Seus olhos tremularam. "O que está fazendo?" As palavras saíram baixas, porém claras.

"Conferindo o seu coração."

"É... ainda bate", respondeu ela, com um sorriso fantasmagórico.

"Está se sentindo muito mal?"

Ela assentiu. "Não consigo... respirar."

Eu não sabia o que fazer. Não tinha a menor ideia. Nunca havia me sentido tão impotente.

Lady Thorton chegou trazendo a chaleira fumegante. Deitou-a no chão. "Vá pegar outro travesseiro." Eu peguei, e ela o acomodou atrás da cabeça da Susan. Meteu a mão por baixo das suas axilas e a elevou. "Agora me dê a tigela."

Ela encostou a tigela no peito da Susan. Despejou o líquido adstringente e de odor forte que havia na garrafa, então acrescentou a água quente da chaleira. Cobriu a cabeça da Susan e a tigela com a toalha.

"O que é isso?", perguntei.

"O vapor e o mentol vão ajudar na respiração."

"Eu não sabia."

"Eu sei que você não sabia. Está tudo bem. Não esperava que soubesse."

"Achei que ela estava quente por causa dos cobertores", expliquei. "Feito eu no hospital."

"Ela está com febre. É quando o corpo eleva a própria temperatura. Calor interno. É sinal de que ela está lutando contra alguma infecção."

"Ah." Eu deveria saber. De alguma forma, eu deveria saber.

"Não se preocupe", disse lady Thorton.

O dr. Graham ouviu o peito da Susan com o estetoscópio. Sentiu seus batimentos, mediu a temperatura e batucou os dedos em seu peito. Parecia cada vez mais preocupado. "Onde fica o telefone mais próximo?", perguntou ele, olhando lady Thorton.

"Nos estábulos", respondeu ela.

Mais que depressa, eu me interpus. "Posso levar o recado. O Fred faz a ligação."

O dr. Graham balançou a cabeça. "Nós paramos no caminho, para comunicar a chegada. Vou levá-la a um hospital. Tem um muito bom em Londres para tórax e pulmões."

"Londres?"

Ele me olhou. "De carro não é longe." Os médicos ainda tinham permissão para dirigir. "É o lugar mais próximo para o que precisamos. Lady Thorton, a senhora vem comigo?"

"Claro", respondeu ela. "Ada, enquanto eu me troco, vá apanhar a identidade e os cartões de ração da Susan. Pegue o livreto inteiro. E prepare uma bolsinha para ela... camisola, escova de dente, essas coisas."

O dr. Graham desceu a escada com a Susan no colo, envolta em cobertores. Ela não conseguia andar. Eu nunca a vira tão pequena e indefesa. Ela soltou um gemido e forçou uma tosse, mas parecia alheia ao que acontecia. Meu coração estava disparado, como se eu tivesse corrido um quilômetro.

Joguei a bolsa no banco de trás do carro do dr. Graham. O frio da calçada me penetrava os pés, calçados com meias. O vento me açoitava os cabelos. Eu me debrucei na janela do passageiro. A respiração da Susan embaçava o vidro.

Lady Thorton saiu, encolhida no casaco.

"Deixa eu ir", pedi, as palavras roucas na garganta.

Ela balançou a cabeça. "Sinto muito. Hospital não é lugar de criança. Eu volto daqui a um ou dois dias. Vou mandar o Grimes vir ficar com vocês." Ela entrou no banco de trás. O dr. Graham passou por mim para dar a volta até a frente do carro.

"O que é que ela tem?", perguntei.

Antes de bater a porta, ele me deu uma olhadela. "Pneumonia."

53

Pneumonia.

Pneumonia.

Eu havia ouvido essa palavra antes.

Mais de dois anos antes, quando chegara à casa da Susan, quando ouvira falar da Becky, sua melhor amiga. "Ela morreu de quê?", eu perguntara, e a Susan respondera: "Pneumonia. É uma doença dos pulmões."

Eu estava desabando. Não havia ninguém para me segurar. A Susan estava morrendo. Não havia lugar seguro para mim.

O carro partiu, deixando um redemoinho de folhas mortas. O vento uivava nas árvores. Dei um passo em direção à casa, depois outro. Dois pés bons. Abri a porta.

O Jamie estava na base da escada, com o Bovril nos braços. Eu tinha que cuidar do Jamie.

Quem cuidaria de mim?

Eu não podia ir para a cama. Lá em cima estava tão frio. Não suportaria ficar sozinha no quarto sem a Maggie, sem a Ruth, sem a Susan no quarto ao lado, mesmo sem lady Thorton. Levei uns cobertores lá para baixo e pedi que o Jamie trouxesse mais carvão para a lareira.

Ele fez isso com um braço só, segurando o Bovril no outro. Não o culpei.

"Se você se enrolar com bastante força", disse o Jamie, me envolvendo com o cobertor, "não vai sentir tanto medo."

Era um bom conselho. Nós dois nos enrolamos com bastante força. Apagamos todas as lâmpadas. Afastei uma mesinha baixa do caminho e puxei o sofá para a frente da lareira. Quando o Fred chegou, pouco depois, me encarou, encolhida com o Jamie e o gato bem diante do fogo. "Bem pensado", disse ele. Tirou as botas e foi dormir na poltrona de braços de lady Thorton.

De manhã, tão logo acordamos, nos arrastamos até os estábulos e ligamos para o número que o dr. Graham havia deixado. O Fred fez a chamada, já que eu não estava acostumada a telefones. "Admitida e estável", disse ele ao desligar.

"O que isso significa?", perguntei.

"Não morreu", sussurrou o Jamie.

"Não." O Fred deu uma batidinha nas costas do Jamie. "Ela está no hospital, sendo cuidada. Não vai morrer."

"A Becky morreu", disse o Jamie, então eu soube que ele também se lembrava.

Eu era a guardiã da Susan. Deveria protegê-la. Ela deveria me proteger. Passei aquele dia inteiro e o seguinte sentindo meu tronco comprimido por uma faixa de ferro. Eu não tinha pneumonia, mas mal respirava. Mal funcionava. Fazia minhas tarefas — todas que encontrasse, até as mais simples —, mas sempre que tentava comer, a garganta travava e eu não conseguia engolir. À noite, não conseguia dormir. Deitei-me no sofá, me enrosquei bem firme, abracei o Jamie e o gato e fiquei escutando o Fred roncar na poltrona de braços.

Quando lady Thorton voltou, no meio do segundo dia, eu desatei a chorar. Não queria, mas não consegui parar. Comecei a perguntar como estava a Susan, e as palavras foram virando sílabas sem sentido, que se transformaram em lágrimas e gritos penetrantes.

Lady Thorton me encarou. Eu estava parada na cozinha, soluçando. Não queria que ela me tocasse. Não sabia como me acalmar.

O Jamie chegou com um dos cobertores. "Aqui", disse ele. Eu enrolei o cobertor no corpo. O Jamie apertou com força e me abraçou.

"A Susan está bem", disse lady Thorton.

Nós a encaramos.

"Não inteiramente", prosseguiu ela. "Está muito doente. Mas está recebendo um novo tipo de medicamento, e os médicos esperam começar a ver resultados em breve. Só retornei para apanhar mais umas roupas e outras coisas. Vou ficar em Londres, perto do hospital. Ela precisa de alguém por lá."

"Eu posso ir", afirmei. "Eu tenho que ir. Por favor, me deixe ir." Eu precisava da Susan. Ah, como eu precisava da Susan.

"Eles só permitem a entrada de visitas uma vez por dia. Não é muita coisa. E o visitante tem que ter pelo menos doze anos de idade. Não vão deixar o Jamie entrar."

"No meu hospital deixaram."

"A ortopedia infantil pode até driblar as regras. A pneumologia feminina, jamais." Ela me analisou. "Ada, você está com uma cara horrível. Precisa se cuidar."

Eu havia me cuidado apenas o necessário para não desmoronar por completo. "A Becky morreu de pneumonia."

Lady Thorton fechou a expressão. "Tem razão. Eu tinha me esquecido." Ela refletiu por um instante. "Jamie, vou perguntar à sra. Elliston se ela pode ficar com você. Ada, pode vir comigo. Vá arrumar suas coisas."

"Também quero ir", disse Jamie. Lady Thorton não respondeu.

Eu sempre havia cuidado do Jamie em primeiro lugar. Ele ia se virar com os Elliston. Eu não.

54

O dr. Graham dissera que o caminho até Londres de carro não era longo. De trem era. Eu havia percorrido aquele trajeto três vezes na vida — duas boas, uma ruim. Essa, agora, era a pior de todas.

Eu tinha que me forçar a respirar.

Lady Thorton deu uma batidinha no meu joelho. "Aconteça o que acontecer", ela disse, "vocês vão ficar bem."

Eu a encarei.

"Você e o Jamie não vão ficar largados no mundo. Se acontecer o pior, estou disposta a assumir a custódia de vocês dois."

Eu não conseguia falar.

"Lorde Thorton e eu", completou ela.

Eu ainda não conseguia falar.

"Não importa", disse lady Thorton. Abriu e revirou a bolsa. "Não vai chegar a esse ponto. Ela vai ficar boa."

Chegaria àquele ponto. Senão lady Thorton não teria dito nada.

Eu sabia que devia ser grata. Devia ser grata, sem dúvida, por saber que lady Thorton estava disposta a assumir a minha guarda e a do Jamie.

Um dia eu seria grata. Naquele momento, não havia espaço.

Chegamos a Londres numa total escuridão. Fiquei surpresa ao ver táxis na saída da estação. Lady Thorton chamou um. "Para o Claridge's", disse ao motorista. "Perdemos a hora de visita. Lá do hotel eu telefono para o hospital."

Eu remexi o cinto do casaco. "Preciso ver ela."

"Sim. Vamos amanhã na primeira hora e vemos se conseguimos falar com um médico. O horário de visita é à tarde."

"Eu preciso ver ela hoje."

"Eu compreendo. Mas você não pode. Não tenho como mudar isso."

Pelo menos lady Thorton me escutou.

Não sei como o motorista do táxi circulava naquela escuridão. Avançamos pelas ruas escuras, e quando o carro parou ainda não havia luz que indicasse onde estávamos. Na calçada, um homem de uniforme segurava uma lanterninha de luz fraca. "Bem-vinda, madame", disse o homem, abrindo uma porta coberta por um blecaute.

Do outro lado da porta havia um espaço totalmente escuro e uma segunda porta, também com blecaute. Do outro lado da segunda porta se abria um imenso salão, surpreendentemente iluminado, de piso branco e preto, lisinho e lustroso. Do teto pendia uma gigantesca luz elétrica com centenas de vidrinhos cintilantes.

Lady Thorton torceu a minha mão. "Não fique encarando."

Eu baixei os olhos e me grudei nela. Ela falou com um homem atrás de um balcão, depois outro homem apanhou sua mala — e as minhas coisas — e nos conduziu até uma saleta que mais parecia um armário. Lady Thorton e o homem se viraram de frente para a portinha por onde entramos. A saleta sacolejou por uns instantes. Então a porta se abriu, sozinha, num lugar completamente diferente. O edifício inteiro havia se mexido enquanto estávamos dentro do armário.

"É um elevador", disse lady Thorton, me empurrando para a frente. "Você nunca andou de elevador antes?"

O armário havia se mexido, não o prédio. O armário havia se mexido *para cima*.

O homem enfiou a chave numa das portas de uma comprida fileira. Adentramos um quarto com carpete florido, paredes pintadas e duas camas com arrumação chique. Me lembrou a casa dos Thorton.

O homem saiu. "Ponha o seu vestido de igreja e lave o rosto", disse lady Thorton. "Vamos descer para comer."

"Achei que a gente ia ficar num quarto em cima de um pub", comentei.

"Sempre preferi o Claridge's", disse lady Thorton.

O jantar foi servido num salão absurdamente imenso, mas a comida em si estava bem normal, decerto por conta da guerra. "Não consegue comer mais que isso?", perguntou lady Thorton.

Eu balancei a cabeça.

"Não, creio que não", disse ela. "Não tem problema." Ela deu uma olhada no jornal que havia pedido ao garçom. "O que mais vamos fazer amanhã?"

"Susan", sussurrei.

"Sim, minha querida, mas além disso?"

O hospital era um edifício comprido e estreito, de tijolos vermelhos. O interior tinha exatamente o mesmo cheiro do hospital onde eu fora operada. Demos entrada num balcão perto da porta principal, e uma enfermeira desceu para dizer que a Susan havia tido uma noite difícil. A febre ainda estava alta. Ela ainda estava sendo medicada com sulfas. Os médicos esperavam que houvesse melhora em breve.

As visitas começavam às três da tarde.

Eu analisei as paredes e escadas. Se conseguisse fugir de lady Thorton, só por um instante, poderia subir a escadaria correndo e encontrar a Susan.

"É difícil", disse lady Thorton. Ela tomou a minha mão e me levou de volta para fora. Não soltou, nem quando tentei me desvencilhar.

A Londres próxima ao hotel e ao hospital era uma Londres desconhecida para mim. Mesmo na guerra, com sacos de areia enfileirados nas calçadas e em frente às lojas, janelas sem vidraças e vários prédios com partes bombardeadas, mesmo sob o inverno cruel, aquela Londres era mais bonita e mais verde do que eu jamais imaginara. As vitrines das lojas ainda exibiam produtos. Havia arbustos perenes, por vezes até árvores. Havia grama.

"A primeira coisa que faremos", disse lady Thorton, "é comprar um casaco novo para você."

"Não preciso de casaco novo."

"Bobagem", retrucou ela. Eu a encarei. "O que você acha que a Susan diria? Ela ia querer que você tivesse um casaco novo?"

Era jogo sujo. Eu ainda estava usando o casaco que a Susan comprara mais de um ano atrás, durante a minha estada no hospital. Já naquela época ficava pequeno em mim; agora, mesmo com as repetidas reformas que a Susan fizera, estava irremediavelmente apertado no meu corpo. Não havíamos conseguido encontrar um casaco do meu tamanho à venda na cidade, nem novo nem usado, e não havíamos conseguido ir a outro lugar.

A Susan ia amar me ver de casaco novo.

Fomos a um lugar chamado loja de departamentos. Era imenso, uma cidade de lojas debaixo de um só teto. Na seção infantil, uma mulher tirou as minhas medidas e trouxe quatro casacos diferentes para que eu vestisse, todos feitos de lã boa e novinha. Experimentei um por um.

"Ficaram ótimos", disse lady Thorton, assentindo. "Qual você prefere?"

Vermelho, azul-marinho, cinza e um verde meio amarronzado. "Não sei", respondi.

"Eu não vou escolher por você. O casaco é seu, quem tem que gostar é você."

A Susan dizia que o vermelho me deixava pálida. Estendi a mão para o casaco cinza. "Excelente", disse lady Thorton. "Vamos levar."

Lady Thorton informou à balconista que eu sairia da loja de casaco novo. Deu a ela o meu antigo e pediu que fosse entregue no Claridge's. "Sim, senhora", disse a mulher, com uma voz suave.

Na hora do pagamento, desviei o olhar. Não queria saber quanto custava.

Menos que a minha cirurgia, mas mesmo assim.

Em seguida fomos de ônibus até um imenso prédio que lady Thorton chamou de museu. Ela não explicou o que era um museu. "As pinturas foram removidas, por precaução", contou ela, "mas agora são feitas apresentações todos os dias de semana na hora do almoço." Entramos numa comprida fila que avançava lentamente. Do lado de dentro, nos acomodamos entre fileiras de cadeirinhas. Lady Thorton foi até uma mesa lateral e comprou um sanduíche para cada.

De vez em quando uma mulher vinha tocar piano na frente do salão. Lady Thorton me explicou que aquilo se chamava piano. Eu nunca havia visto um, embora fosse parecido com o órgão da igreja. A música não era trêmula feito a da igreja. Não parecia qualquer música que eu conhecia. Eram só sons reunidos, sem palavras; por algum motivo, se eu fechasse os olhos me vinham boas lembranças, como o verão, a alegria, o verde da grama. Era o tipo de música onde eu poderia desaparecer, então me permiti desaparecer. Consegui respirar. Quase adormeci.

Depois da apresentação, lady Thorton também ficou mais relaxada. "Amo concertos."

Concerto, piano, hotel, elevador. Loja de departamentos. Museu. Queria estar com o meu dicionário.

"A Maggie já veio aqui, já fez tudo isso?", indaguei.

"Bem, esses concertos em particular ela não viu", respondeu lady Thorton. "Estes são especiais, por conta da guerra."

"Eu falei... das lojas, e do Claridge's, e dos prédios vistosos."

Lady Thorton riu. "Mas é claro! Era um mundo completamente diferente antes da guerra. A Margaret e eu costumávamos vir aqui aos fins de semana. Eu a levava às pantomimas, ao zoológico, todo tipo de coisa. Vivíamos grandes aventuras." A lembrança fez lady Thorton abrir um enorme sorriso. Até os olhos dela estavam felizes.

Caminhamos de volta ao hospital por ruas destroçadas por bombas. Alguns edifícios haviam sido parcialmente restaurados; outros jaziam em amontoados retorcidos e depredados. Paramos para encarar uma pilha de entulhos espremida entre duas lojas, abertas normalmente. "Suponho que não haja tempo para limpar as coisas", disse lady Thorton.

No hospital. Porta adentro. Escada acima, um comprido corredor. Paredes brancas divididas por uma faixa de madeira escura. Uma porta de madeira. Rostos desconhecidos até a última cama à esquerda, bem no final. Lá estava a Susan.

Dei as últimas passadas correndo, mas parei antes de tocá-la. Eu tinha permissão de tocá-la? Ela estava dormindo, a cabeça e os ombros erguidos sobre uma pilha de travesseiros de fronha branca.

"Susan", disse lady Thorton. "A Ada está aqui."

As pálpebras dela tremularam. Abriram devagar.

A Susan sorriu.

Soltei um barulho meio risada, meio choro.

"Pode se sentar", disse lady Thorton. "Não vai machucá-la."

Com muito cuidado, sentei-me na beirada da cama. Cheguei um tantinho mais perto, então inclinei a cabeça e os ombros até tocar a lateral do corpo da Susan. Eu a teria abraçado, como o Jamie fazia, mas não queria dificultar sua respiração.

"Eu tive que trazer a menina", disse lady Thorton. "Ela estava adoecendo de preocupação."

A Susan tocou o meu cabelo com delicadeza. "Claro", sussurrou ela.

Eu precisava cuidar da Susan. Ela estava doente. Eu estava forte. Eu era sua guardiã. Lady Thorton, porém, já foi apanhando as coisas da Susan que havia trazido. Lady Thorton penteou os cabelos da Susan e encheu a jarra d'água, e eu simplesmente fiquei ali, ao seu lado, deixando que ela me afagasse o cabelo.

"Eu não vou morrer", disse a Susan.

Lady Thorton e eu congelamos.

"Não se preocupem", disse a Susan. "Eles disseram que eu ainda não comecei a melhorar, mas eu acho que sim. Não vou morrer nas suas mãos, Ada."

"A Becky", murmurei.

"Sim. Eu sei." Ela falava devagar, parando para respirar a cada palavra. "Mas agora existem novos medicamentos. As sulfas. Não existiam quando a Becky adoeceu."

"São excelentes remédios", disse lady Thorton, no tom caloroso que usava ao encorajar o SVF.

"Estão fazendo efeito", sussurrou a Susan. "Ada. Eu não vou morrer."

Não acreditei totalmente nela, mas acreditei um pouquinho.

55

Na hora de ir embora, dei um beijo na bochecha da Susan. Ela ainda ardia em febre. Ao sair do quarto, senti como se a estivesse abandonando. Como se estivesse sendo abandonada.

"Ela está sendo bem cuidada", disse lady Thorton. Agarrou a minha mão para me forçar a apressar o passo.

"Eu devia estar cuidando dela."

"Não seja ridíc...", lady Thorton começou a dizer. Para minha surpresa, porém, ela suavizou o tom. "Nós duas faríamos o possível, mas não somos médicas nem enfermeiras. Ela precisa estar no hospital."

Caminhamos vários quarteirões em silêncio. "Afinal de contas", concluiu lady Thorton, "a própria Susan não pôde consertar o seu pé. Você precisou de um cirurgião para isso."

Na manhã seguinte, lady Thorton me levou ao zoológico. Era imenso, extenso feito uma fazenda com um monte de construções, e cada construção abrigava tipos diferentes de animais. Havia cabaninhas de sacos de areia, áreas destruídas por bombardeios e um prédio da Cruz Vermelha, mas a maior parte do zoológico era feito Londres: apesar da guerra, seguia em frente.

"Aqui fica a casa do macaco", disse lady Thorton.

Os macacos tinham a cara parecida com a das pessoas. Balançavam-se em cordas e gritavam. Alguns eram pequenos, mas outros, chamados de chimpanzés, eram maiores que eu. Eu não conseguia parar de olhar. O Jamie teria adorado.

As zebras pareciam pôneis listrados. Os leões eram versões gigantes do Bovril. Os avestruzes eram diferentes de tudo o que eu já vira. Era difícil acreditar que fossem mesmo aves.

Pinguins. Eram aves também. Elefantes. Camelos. Girafas. Um hipopótamo. Eu nunca havia imaginado que os animais fossem assim. "Queria que o Jamie estivesse aqui. Ele ficaria extasiado."

"Vamos arrumar um tempo para vir com ele", disse lady Thorton. "Eu só soube que o zoológico estava aberto durante a guerra quando perguntei lá no hotel."

A área dos répteis estava fechada. "Tiveram que abater as cobras venenosas", informou um dos guardiões. "Para caso houvesse um bombardeio e elas escapassem. Deslocaram o restante para o interior."

"Que pena", lamentou lady Thorton. "Queria mostrar especialmente à Ada o dragão."

Dragão? "A senhora disse que dragões eram imaginários!"

"Os das histórias são, sem dúvida. Mas existe um tipo de lagarto grandão chamado dragão de Komodo. A Margaret sempre achou fascinante."

Não dava para acreditar em nada que os outros diziam.

"Ele não voa", explicou lady Thorton. "Nem cospe fogo. Não é assim tão interessante."

"E os anjos?", perguntei.

Lady Thorton ergueu as sobrancelhas. "O que tem eles?"

"Estão aqui também?" Se o zoológico tinha dragões, por que não?

"Não que eu tenha visto", disse lady Thorton. Eu teria feito mais perguntas, mas de súbito ela abriu um sorriso. "Ah, o lago dos patos. Devíamos ter trazido pão para os patos. Era o passatempo preferido da Margaret quando pequena." Ela apontou para a beira de um laguinho que circundava umas ilhotas. "Eu me lembro dela paradinha ali, de casaquinho marrom-dourado, rodeada de patos às gargalhadas." Lady Thorton tinha a voz mais suave que de costume.

"Ela tinha o cabelo todo cacheadinho. E usava o chapeuzinho mais adorável."

Adorável? Eu jamais ouvira lady Thorton usar uma palavra dessas.

"Nós amávamos o zoológico", disse lady Thorton.

A Susan não melhorou, mas não piorou. Todos os dias lady Thorton e eu acordávamos, íamos ao hospital ter notícias da Susan, caminhávamos pelo centro de Londres e retornávamos ao hospital para o horário de visitas. Lady Thorton me levou ao Palácio de Buckingham, onde morava o rei. Havia sido bombardeado, mas não muito. Mostrou-me a Torre de Londres, as Casas do Parlamento e a Abadia de Westminster, que era feito uma igreja, mas com um monte de tumbas dentro. Mostrou um tantão de edifícios que eram importantes para ela, mas não para mim. Não achei nenhum tão interessante quanto o zoológico. Além do mais, a Susan ainda não estava boa. Era difícil prestar atenção em qualquer coisa além da Susan.

Certo dia, lady Thorton e eu ultrapassamos pilhas de destroços e ruas devastadas e meio fechadas para chegar a uma imensa igreja chamada St. Paul. Estava quase toda intacta em meio a blocos de destruição. Ao vê-la, lady Thorton soltou um longo suspiro. "Milagre", disse ela. "O que Londres faria sem a catedral?"

Eu não me incomodava em visitar os prédios — tínhamos de passar o tempo antes do horário de visita —, mas nada me chamava a atenção. Eu me via notando pequenas coisas, feito os buracos nos meios-fios de concreto onde os gradeados de ferro dos parques haviam sido destruídos para a fabricação de balas e armas. Ou o balão de barragem prateado com um cabo solto, sacolejando ao vento. Ou um passarinho pousado numa placa de rua. Quando escrevi ao Jamie no papel chique do hotel, contei sobre as coisas pequenas, não as grandes.

No quinto dia em Londres, lady Thorton me levou até uma rua curva, ladeada de grandes prédios brancos. "Foi aqui que eu cresci", disse ela, apontando para uma porta. "Terceiro andar, quarta janela de lá para cá, criada por uma babá, depois uma governanta."

Eu olhei para a janela. A casa era toda chique, mas a janela... "A senhora vivia trancada? Só tinha aquela janela?"

"Ah." Lady Thorton balançou a cabeça. "Eu saía para caminhadas duas vezes por dia. Costumava ver meus pais durante uma hora, depois do chá."

Então não vivia totalmente trancada. Era diferente. Ainda assim...

"Às vezes eu ia a festas e chás infantis, mas até ficar maiorzinha não tinha nenhum amigo de verdade", disse lady Thorton. "Em parte foi por isso que insisti para que a Margaret frequentasse o internato. Nunca quis que ela fosse solitária como eu fui."

Eu encarei a janela. Terceiro andar, feito a minha.

Ao fim das contas, lady Thorton e eu tínhamos coisas em comum.

A febre da Susan cedeu. Quando fomos visitá-la naquela tarde, ela já conseguia erguer a cabeça. Inclinou o corpo para a frente, esgarçou o rosto num sorriso e me abraçou. Eu me atirei em cima dela, abracei-a e chorei.

Chorei como se nunca fosse parar. Todas as lágrimas que eu não havia chorado a semana inteira desaguaram numa longa torrente. A camisola da Susan ficou empapada e cheia de ranho. Eu não liguei. Nem a Susan.

"Eu te amo", sussurrei. Enterrei a cabeça no ombro da Susan. "Me desculpe. Desculpe por não ter dito isso antes."

"Não peça desculpas", sussurrou ela de volta. "Eu sei que você me ama. E você também sabe que eu te amo."

Na saída do hospital, lady Thorton me tomou a mão e parou. "Agora que ela está melhor, em breve nós vamos embora de

Londres. A recuperação total ainda vai levar mais umas semanas, mas eu e você temos trabalho em casa."

Eu assenti. Estava com muitas saudades do Jamie, do Manteiga e do Fred.

"Então, tenho um favor a pedir. Eu te mostrei a minha Londres. Você me mostra a sua?"

Eu a encarei, perplexa.

"Me mostra o lugar onde você cresceu?", pediu lady Thorton. "Onde você morou?" Eu não queria. Não queria voltar lá nunca mais, e ainda menos com lady Thorton. Mas ela havia me levado até a Susan; eu não podia negar.

56

Lady Thorton tinha o nome anotado num pedaço de papel. Meu primeiro endereço, resgatado dos arquivos do SVF. Um lugar chamado Elsa Street. Eu jamais tinha sabido o nome.

"Elsa Street?", disse um dos homens de roupa elegante atrás do balcão do hotel. "Nunca ouvi falar. Fica em Mayfair?"

"Duvido muito." Lady Thorton se aprumou e olhou o homem de esguelha. "Acredito que seja na parte leste."

O homem pigarreou, suspirou e enfim apanhou um enorme livro de mapas, então procurou até botar o dedo numa pequenina parte de Londres. Elsa Street.

"Muito bom", disse lady Thorton. "Qual o melhor caminho para chegar lá? Parece longe para ir a pé."

O homem engoliu em seco. "Madame, não dá para andar até lá, não."

"Pegamos um trem? Seria uma boa aventura."

"Não chegam trens lá, madame", respondeu o homem.

Lady Thorton se encheu de arrogância. "Como assim, 'não chegam trens'? Estamos falando da cidade de Londres, não de onde Judas perdeu as botas."

"Madame." O homem empurrou o mapa para ela. "A linha central estava em expansão até Bethnal Green, mas foi interrompida por conta da guerra. Não passa trem ali perto."

"Então vamos de táxi", disse lady Thorton.

O porteiro arrumou um táxi para ela. O motorista ficou horrorizado. "Elsa Street? A senhora não pode..."

"Já não aguento mais", disse lady Thorton, num tom amável, "que me digam o que querer ou não querer." Ela se virou para mim enquanto o táxi começava a andar. "Você morou lá, Ada. Sentia que era inseguro?"

Ela ainda não estava entendendo.

"Você se sentia insegura?", insistiu lady Thorton.

"Eu nunca me sentia segura", respondi. Depois de um longo instante, durante o qual ela me encarou, concluí: "Acho que era por causa da Mãe, não da rua".

"O Jamie vivia inseguro?", perguntou ela. "Pobre, sim, desnutrido, sim... mas *inseguro*? Como criança?"

Eu não sabia. Como poderia saber?

"À luz do dia", acrescentou lady Thorton, como se fizesse alguma diferença.

Passamos pela carcaça de uma loja de departamentos que havia sido incendiada na Blitz. Depois pelos destroços dos edifícios ao redor da catedral. Então por novos arredores, nem de longe tão destruídos, mas que já começavam a se assemelhar à antiga vista da minha janela: ruas estreitas, prédios espremidos em fileiras apertadas. Sem grama, sem arbustos, sem árvores.

"Retornamos à rua Oxford", disse o motorista do táxi.

"Minha nossa", disse lady Thorton.

O motorista parou ao lado de uma igreja de pedras cinzentas e uma torre quadrada. "St. Mary?", perguntei. O Jamie costumava falar da St. Mary. Eu nunca havia de fato visto.

"St. Dunstan e Todos os Santos", respondeu ele. "Nos fundos do pátio fica a Whitehorse Street. Na esquina à esquerda ficava a Elsa. Vou esperar aqui."

Assim que saímos do carro eu entendi por que ele não havia dirigido até lá. Todo o entorno da St. Dunstan estava bombardeado. As antigas casas e lojas em frente à igreja agora se resumiam a tijolos e tábuas quebradas. Cruzamos a igreja, caminhando devagar. Do lado oposto ainda havia algumas casas, meio destruídas, mas quando olhamos para a esquerda...

A Elsa Street havia desparecido.

Já não havia nem mesmo uma rua, nem sequer um caminho aberto entre as pilhas de entulho amontoadas de ambos os lados.

Sem barulho. Sem poeira. Os destroços haviam sido lavados pela chuva e pelo vento. Não se via gente ou qualquer criatura viva.

No topo de um montinho tremulava uma bandeira improvisada. Nada mais se movia.

"Ada", disse lady Thorton, meio engasgada.

"Debaixo do nosso apartamento havia um pub, onde a Mãe trabalhava à noite", comentei. "Da minha janela eu podia ver uma peixaria, e uma loja de penhores, e parte de uma mercearia. Tinha um açougue também... uma vez o Jamie roubou uma costeleta pra mim. Ele gostava de ir correndo até as docas pra ver os navios chegarem. E a escola... a escola de onde fomos evacuados não ficava muito longe." Eu procurei, mas não conseguia me localizar naquela destruição. Em algum ponto havia um apartamento onde eu era feita prisioneira. Em algum lugar, uma travessa cheia de gente que eu reconhecia, que às vezes parava para acenar para mim. Talvez tivesse sido ali. Já não existia mais.

Lady Thorton tinha lágrimas nos olhos.

A Mãe estava morta. Elsa Street havia desaparecido. Eu realmente não voltaria. Nunca, nunca mais.

Apertei a mão de lady Thorton. "Obrigada."

"Ah, minha querida", ela disse, entrelaçando os dedos nos meus. "Isso poderia ter acontecido com você."

57

Eu estava viva. A Susan estava viva. Lady Thorton e eu voltamos para casa, deixando a Susan em Londres para terminar a recuperação. Eu podia vê-la sentada na cama do hospital, lendo as cartas que eu e o Jamie mandávamos. Então estava tudo bem. Difícil, mas bem.

Escrevi para o endereço de Londres da Ruth. A carta de alguma forma chegou a ela, fosse lá onde ela estivesse, e ela respondeu. *Fico tão feliz pela Susan. Mande minhas lembranças a ela.*

Contei à Ruth sobre a rua em que eu vivia. *Agora você não tem casa, feito eu*, escreveu ela.

A gente tem casa, escrevi de volta. *O Jamie disse que na nossa caverna cabe todo mundo.*

Na casa dos Elliston, o Jamie dormia numa cama acoplada a um armário próximo à parede da cozinha. Era aconchegante e parecia mesmo uma caverninha. Quase fiquei com inveja quando vi.

"Os Elliston gostaram de mim", contou o Jamie. "Gostaram de ter um menino na fazenda outra vez."

Semanas depois, a Susan voltou para casa. O dr. Graham foi buscá-la, para poupá-la da viagem de trem. Ela respirava bem, mas ainda estava muito fraca. Lady Thorton e eu planejamos e cozinhamos uma refeição de gala em comemoração, com galinha assada (Penélope), salada de agrião, frutas enlatadas, que estavam guardadas para uma ocasião especial, e um pudim que levou o último pote da geleia de amoras do verão anterior. Convidamos todo mundo: o dr. Graham, o Fred, os Elliston, as lavradeiras. Todo mundo, menos a Maggie, que ainda estava presa na escola. Uma galinha para dez pessoas não era muito, mas estava deliciosa, e para compensar eu assei uma montanha de batatas como acompanhamento.

Eu não conseguia parar de encarar a Susan. Só queria olhar para ela. Botar açúcar extra no chá dela, olhar enquanto ela bebia. Olhar enquanto ela respirava.

"Ada", disse a Susan, lá pelo meio da noite, "pare de me rondar. Estou bem."

"Não estou rondando." Como se eu soubesse o que isso significava.

"Está rondando. Está colada em mim feito um beija-flor, feito uma mosca. Você está, não há dúvida. Pode relaxar agora."

"Estou relaxada."

"Nunca foi sua função cuidar de mim."

"Era, sim. Devia ser."

"Esse é o outro significado", disse ela, como se lesse a minha mente. "Essa definição de *pupilar* não cabe a nós. Mais uma vez, é minha função cuidar de você." Ela deu uma batidinha na minha mão. "Quando eu não pude, lady Thorton fez isso por mim."

Eu ergui a cabeça com um tranco. Olhei lady Thorton, que me abriu um sorriso ligeiro a caminho da cozinha para apanhar mais batatas. "Pois é", confirmei, engolindo em seco. De tão ansiosa que eu estava por conta da Susan, nem havia percebido. Eu poderia ter alegado estar cuidando de mim mesma.

Eu tinha me sentido sozinha, mas não estava. Era tão estranho. Eu tinha confiado em lady Thorton. Quase como confiava na Susan.

Talvez ela não fosse uma mãe tão horrível.

"Eu sei", disse a Susan. "Não me preocupei. Sabia que você e o Jamie estavam em boas mãos."

Boas mãos. As mãos de lady Thorton. As boas mãos de lady Thorton. Quem poderia imaginar?

Querida Maggie, escrevi, *a sua mãe ficou muito feliz em Londres ao me contar sobre as coisas que costumava fazer com você. Ficou contente em me mostrar tudo, mas só por causa das lembranças que ela tinha de ter estado lá com você. Acho que ela te ama mais do que você imagina.*

Querida Ada, escreveu a Maggie. *Estou muito infeliz. Diga à minha mãe que eu preciso voltar para casa.*

58

A Susan e eu estávamos escaladas para a observação de incêndios, mas naturalmente a Susan ainda não estava bem o bastante, então lady Thorton se ofereceu para ir em seu lugar. Pegamos um turno mais tardio, das duas às quatro da manhã. Lady Thorton acertou o alarme e me acordou.

A noite estava branca, clara e enluarada. O chão coberto de neve refletia o brilho da lua cheia. Desde a vigília com a Maggie, no verão, eu participara da observação de incêndios repetidas vezes. Nunca acontecia nada. A subida ao campanário estava ficando cada vez mais fácil, mas meu medo jamais se esvaía por completo. De certa forma, aquilo me ajudava a entender por que eu sentia medo.

"Ficar aqui em cima te traz a sensação de estar de volta em Londres?", indagou lady Thorton. Ela estava junto ao parapeito, o binóculo apontado para o céu.

"O quê?"

"Esse seu olhar... é o mesmo de quando fomos ver a sua antiga rua."

Eu a encarei. "Um pouco. Não quero ficar presa."

Lady Thorton mexeu a boca para responder, mas eu não consegui ouvir as palavras. Um guinchado súbito, inesperado e agudo lhe abafou a voz. As sirenes de ataque aéreo.

Bombas. Bombas de verdade, vindo na nossa direção. As primeiras em meses.

Lady Thorton deu uma guinada e espichou os olhos para o céu. Eu também. Para a esquerda, por sobre as colinas, avistamos pequeninas silhuetas no céu iluminado pelo luar. Aviões.

"Bombardeiros!", gritei. Eram aviões grandes que vinham no meio, ladeados de caças menores.

"Sim!", gritou lady Thorton. "Preste atenção!" Precisávamos saber onde as bombas estavam caindo. Onde os incêndios poderiam começar.

As sirenes seguiram ecoando. Imaginei a Susan e o Jamie descendo a escada do chalé em disparada, para se proteger no abrigo antiaéreo. Imaginei o Fred e as lavradeiras correndo até o abrigo deles.

Da barriga dos bombardeiros saíram pequenos objetos escuros, que explodiram ao tocar o solo. Chamas bruxulearam e desapareceram, abafadas pela neve.

Graças aos céus pela neve.

Da nossa pista de pouso decolaram Spitfires para enfrentar os aviões alemães. Eu ouvi o clangor das armas antiaéreas, vi o brilho rajado do fogo no céu. Então, bem acima de nós e ainda muito distante, um Messerschmitt irrompeu em chamas.

O avião foi tombando em um arco comprido. Passou estrondeante pelo campanário, a centímetros de nós, e desabou bem na rua principal do vilarejo, com um terrível estrépito de metal retorcido, estilhaços de vidro e tijolos espatifados.

Nós sentíamos o calor das chamas. Sentíamos o cheiro de combustível de aviação queimado. Lady Thorton e eu permanecemos no campanário, atentas, até que soassem as sirenes sinalizando o fim do ataque aéreo, até que o resto do esquadrão alemão estivesse sobrevoando o canal e tivéssemos certeza de que nada além do Messerschmitt estava pegando fogo. Então descemos as escadas.

Eu não estava presa. Meu coração martelava, mas meus passos não falharam.

Na rua, os Voluntários de Defesa Local operavam bombas d'água manuais para apagar as chamas. Por pura sorte, nenhuma casa fora destruída. A banca de jornal havia sido diretamente atingida, mas eu sabia que o jornaleiro não morava lá dentro.

O calor era tão intenso que não conseguíamos nos aproximar. Encostamo-nos na parede do cemitério. Metade da cidade havia ido observar, e o único som era o crepitar das chamas. Quando o fogo começou a baixar, lady Thorton deu um passo à frente e se agachou para olhar os destroços. Endireitou o corpo, a expressão horrorizada. "Achei que o piloto tivesse saído."

"Não saiu?"

"Não."

A caminho de casa, lady Thorton curvou o corpo e vomitou no meio da estrada. Limpou a boca com um lencinho. Suas mãos tremiam. "Ele morreu queimado", disse ela.

Era alemão. Um homem, um piloto. Se tirasse o uniforme, era igual ao Jonathan.

59

Em casa, lady Thorton desabou na poltrona da sala fria e escurecida pelo blecaute. “A senhora não vai para a cama?”, perguntei a ela. Só amanheceria dali a algumas horas.

“Acha que ele sofreu?”, indagou ela.

Eu não sabia se ela estava falando do Jonathan ou do piloto alemão. Não sabia o que dizer. Certa vez, cozinhando, eu havia queimado meu braço. Tinha doído demais.

Pus carvão no fogo abafado e remexi. “Faço chá?”

Lady Thorton não respondeu. Repeti a pergunta. Ela ergueu os olhos. “Não.”

A Susan não estava no quarto. Ela e o Jamie haviam pegado no sono no abrigo antiaéreo, enroladinhos nas cobertas. Quando abri a porta do abrigo, ela se desembrulhou e me abraçou com força. “Está cheirando a gasolina”, disse. “Os aviões estavam muito perto? Foi horrível?”

“Lady Thorton se desmantelou”, respondi.

A Susan pôs o Jamie na cama. Ficou acordada comigo e com lady Thorton. Fez um chá, que lady Thorton ignorou. Cobriu lady Thorton e se sentou ao lado dela sob a escuridão fria da manhã. “Vá dormir, Ada”, disse a Susan. “Agora é o meu turno.”

Eu subi para o quarto vazio e me entoquei sob os cobertores. Após um longo tempo, caí no sono. Horas depois, o Jamie me acordou com sacudidelas. “A mamãe está dormindo no sofá”, ele disse. “Lady Thorton está de olhos abertos, mas não fala nada. Não importa o que eu diga. Ela nem olha pra mim.”

"Ela viu um piloto morto na cidade, daquele avião alemão que caiu."

O Jamie franziu a testa. "Então ela não consegue falar porque está muito triste?"

"Isso mesmo." Eu afastei os cobertores. "Vem cá. Preciso da sua ajuda."

Lady Thorton estava presa. Eu sabia o que tinha que fazer.

60

O Jamie já tinha dado de comer à sra. Rochester, ao Bovril e às galinhas. Eu calcei as meias mais grossas e vesti o suéter mais quentinho.

Peguei minha caixa especial na prateleira de livros e apanhei os xelins que havia guardado. Meti todos no bolso. Lá embaixo, preparei o café da manhã para o Jamie e para mim. A Susan ainda dormia, e lady Thorton estava do jeitinho que o Jamie havia dito: olhos abertos, imóvel, sofrida. Eu apertei sua mão com força. Ela deu um pinote, mas desviou o olhar.

"Ela está dando medo", sussurrou o Jamie.

Eu dei a ele um bilhete que havia rascunhado. "Quando a Susan acordar, entregue isso a ela. Mas não a acorde, espere ela se levantar sozinha."

O Jamie leu o bilhete e olhou para mim. "Por quê?" Eu estava vestindo o casaco e o chapéu. "Aonde você vai?"

"É segredo", respondi. "É pra guerra." O Jamie arregalou os olhos. "Não se preocupe. É totalmente seguro."

"Que nem o trabalho da Ruth?"

"Isso", eu disse. Dei-lhe um beijo. "Faça as tarefas do celeiro pra mim e ajude a Susan o máximo que puder. E não se preocupe. Vou ficar fora uns dias, mas volto."

Na cidade, os destroços do Messerschmitt incendiado ainda bloqueavam a rua principal. Passei bem longe. Não queria olhar lá dentro.

Eu tinha o endereço, que copiei das cartas da Maggie. Tinha o dinheiro da passagem. Temia que o chefe da estação, que me conhecia, fizesse perguntas, mas ele não fez.

Eu nunca havia andado de trem sozinha, muito menos baldeado entre três. Não importava. Os vagões, como sempre, estavam apinhados de soldados, que ficavam se desdobrando para me agradar. Sempre me arrumavam um assento. Alguns me davam xícaras de chá. Um enfiou um pedaço de chocolate na minha mão.

Invencível Ada. Inspiração para um piloto morto. Recostei a cabeça no vidro frio da janela e não senti nada além de pesar. Não havia me sobrado coragem. Do lado de fora, os pastos deslizavam, vazios e cinzentos.

Já era noite quando cheguei à escola da Maggie. Os blecautes estavam erguidos, então ninguém me viu caminhando pela estradinha.

Eu sabia que os internatos tinham regras e formalidades. Não conhecia nenhuma delas. Nem me importava. À moça que abriu a porta eu disse que precisava ver a diretora, e à diretora eu disse que queria ver a Maggie.

Ao me ver, a Maggie ficou branca feito papel. Cambaleou. Por um instante pensei que ela fosse desmaiar. "Ela está bem!", exclamei. Agarrei a Maggie pelos ombros e a abracei. Ela arquejou e começou a soluçar.

"Ela não está... a minha mãe... você não teria vindo... ela não..."

"Ela precisa de você. Eu vim te levar para casa."

61

Pelas regras da escola, a Maggie não podia sair sem autorização. Eu não ligava. Sentia-me como a Susan devia ter se sentido ao decidir que eu seria operada, com ou sem permissão. "Eu vim levar a Maggie para casa", afirmei. "Vocês precisam deixar."

A diretora seguiu protestando. A Maggie estava desolada. Eu devia ter preparado uma carta de mentira escrita por lady Thorton. Tarde demais para isso.

"E se a senhora falar com a mãe da Maggie ao telefone?", perguntei. "Não tem telefone no chalé onde estamos morando, mas tem um nos estábulos."

A Maggie arregalou os olhos. A diretora refletiu. "Se eu falar com ela em pessoa."

"Muito bem." A diretora me conduziu a um telefone, e eu liguei para os estábulos dos Thorton. Havia aprendido a fazer ligações durante a estada da Susan no hospital. "Grimes?", indaguei, quando o Fred atendeu. "Aqui é a Ada Smith. Preciso que vá chamar lady Susan. A diretora da escola da srta. Margaret vai tornar a telefonar daqui a meia hora, e lady Susan precisa atender à chamada."

"*Ada?*", disse o Fred. A Maggie chamava o Fred de Grimes — crescera chamando-o assim —, mas eu não. Desde o dia em que nos conhecemos, ele para mim era o Fred.

"Sim", respondi, com firmeza. "Estou na escola da srta. Margaret. A diretora vai tornar a telefonar daqui a meia hora e precisa falar com lady Susan."

"Você foi buscar a Maggie?", perguntou o Fred.

"Sim."

Ouvi uma gargalhada do outro lado da linha.

"Vou chamar lady Susan, então. Meia hora."

O primeiro nome de lady Thorton era Eleanor, mas ela nunca era chamada de lady Eleanor. *Lady Thorton*, de alguma forma, tinha um significado diferente. Eu estava contando que a diretora da Maggie não soubesse o primeiro nome de lady Thorton.

"Ligue de volta daqui a meia hora", pedi à diretora ao desligar o telefone. "A Margaret e eu vamos passar a noite aqui. Partimos amanhã de manhã. Vamos precisar de uma carona até a estação de trem, para poder levar as bagagens dela." Tomei a mão da Maggie. "Venha. Vamos começar a fazer as malas."

A Maggie só abriu a boca depois de subirmos três lances de escada. "Ada...", disse ela. "Foi incrível."

"Não sei onde a gente estava com a cabeça", respondi. "Eu já devia ter feito isso há muito tempo."

"Em que escola você estuda?", perguntou uma das outras garotas, enquanto a Maggie juntava suas coisas.

"A minha mãe me dá aulas em casa."

A garota soltou um suspiro. "Que sorte."

Já havia passado da hora da ceia, mas uma mulher corpulenta subiu para me oferecer algo para comer. A Maggie desceu comigo de volta à sala da diretora, onde havia um prato com sanduíches. A própria diretora nos serviu xícaras de chá. "A sua mãe lamentou ter que nos fazer passar pelo transtorno de telefonar", disse ela à Maggie. "Contou que anda por demais angustiada. Por isso mandou a Ada."

"Pois é", respondi. Contei a ela sobre a observação de incêndios, o campanário, o avião, o piloto queimado lá dentro.

"Você deve ter ficado aterrorizada", disse a diretora.

"Fiquei. Mas isso não importou." Medo e ação eram coisas diferentes.

No último trem, a Maggie cochilou. Pela janela do trem observei as colinas de Kent se elevando, depois descendo em direção ao mar, como quando eu as vira pela primeira vez. Do jeito que sempre fora, com ou sem guerra.

A Susan me aguardava na estação. Deu-me um abraço forte e firme.

"Estava preocupada?", perguntei.

"Não. O seu bilhete me mandava confiar em você, então eu confiei." Ela me olhou com indagação. "Mas por que você não explicou?"

"Fiquei com medo que você me impedisse, e eu sabia que tinha razão. A Maggie precisa mais da mãe dela que de segurança. E lady Thorton também precisa da Maggie."

A Susan pareceu pensativa. "Eu não teria te impedido."

Na sala de estar, lady Thorton se debruçou na Maggie e chorou. O Jamie ficou nervoso, então eu o levei até a cozinha e fui ensiná-lo a fazer torta lorde Woolton, enquanto a Susan preparava um chá. Deixei o Jamie decidir quantos nabos colocar. O Jamie amava nabos. "Algumas coisas são tristes demais", eu disse a ele, "mas você tinha razão. Na nossa caverna cabe todo mundo."

"Lady Thorton vai parar de chorar?", perguntou ele.

"Eu não sei. Ela sempre vai sentir tristeza pelo Jonathan." Esfreguei a cabeça dele. "Tudo bem sentir tristeza."

Minhas próprias emoções eram uma confusão só. Eu soube o que devia fazer, então fiz. Ajudei a cuidar de lady Thorton como ela fizera por mim. Permaneci no campanário vendo bombas e até um avião desabarem do céu, bem diante de mim. Senti medo, mas não me desmantelei.

Meu pé nunca seria perfeito, mas eu conseguia caminhar, escalar e correr. Meus sentimentos também nunca seriam perfeitos, mas estavam cicatrizados. Passei aquela noite acordada, deitada na cama, ouvindo a Maggie roncar, e pensei em todas as lutas que havia travado, em tudo o que perdera e ganhara. Então me levantei, calcei os chinelos e saí pela porta.

A Susan ainda estava acordada, lendo na cama. Ao me ver entrar no quarto, ela sorriu. Ergueu a beirada da coberta, e eu me esgueirei para o quentinho ao lado dela. A Susan não disse nada. Eu só respirei, e ela também.

62

Lady Thorton não disse nada sobre eu ter ido buscar a Maggie. Devia ter passado aquele tempo todo cheia de saudade.

Algumas semanas depois, lorde Thorton veio passar o fim de semana em casa. Trouxe uma grande lata quadrada de um novo tipo de carne americana. "Apresuntado", disse lorde Thorton. "É um tipo de presunto apimentado. O homem da venda disse que se assemelha à salsicha."

Lady Thorton ergueu a sobrancelha. "E quanto custou isso?"

Lorde Thorton abriu um sorriso. "Dezesseis pontos."

As comidas raras ou incomuns haviam passado a ser racionadas por sistema de pontos. Cada cidadão tinha dezesseis pontos mensais para gastar como bem entendesse.

Lady Thorton balançou a cabeça e cruzou olhares com a Susan. "Lá vêm os carrês de cordeiro outra vez."

"Vocês compraram carrês de cordeiro?", perguntou lorde Thorton, com curiosidade.

"Não, não compramos. Estas crianças precisam comer carne com mais frequência." Ela abriu a lata de apresuntado, fatiou e fritou a carne para a nossa janta. Ficou uma delícia.

"Andamos aprendendo mais sobre o Hitler", disse lorde Thorton durante o jantar. "Sobre o que ele está fazendo nesta guerra."

Nós todos o encaramos.

"Quer dizer além de lutar contra o mundo?", perguntou a Susan, de sobrancelhas erguidas.

Lorde Thorton assentiu. "Não é exatamente algo de amplo conhecimento. Não é segredo de Estado, claro, mas também não vai ser noticiado por agora." Ele fez uma pausa. "Não creio que seja bom compartilhar os detalhes. Mas posso dizer que estamos descobrindo coisas sobre o Hitler e o que ele está fazendo na Europa, com civis capturados e mesmo com seus compatriotas, que tornam esta guerra extremamente necessária. Mais que necessária. Justa."

"Quer dizer tipo a família da Ruth?", indaguei.

"Isso", respondeu lorde Thorton. Ele fez outra pausa. "Nunca vou dizer que a morte do Jonathan valeu a pena... não posso dizer isso. Mas tenho certeza de que o Jonathan morreu lutando pelo lado dos justos. Posso afirmar que ninguém do nosso lado terá morrido em vão." Ele deu uma batidinha na mão da Maggie. "Isso me conforta", concluiu.

Lady Thorton respirou fundo. "Talvez."

"A mim, não", soltou a Maggie.

"Ainda não", disse lorde Thorton. "Um dia, quem sabe."

Naquela noite a Maggie me pediu que contasse sobre a minha mãe. Tudo, tudinho, detalhes que eu nunca havia dito a ninguém, nem mesmo à Susan. Revelei as poucas e fracas lembranças que tinha do meu pai. Contei sobre os primeiros anos do Jamie e sobre como me senti ameaçada pela entrada dele na escola. Contei como aprendi a andar sozinha, com meu tornozelo torto e destroçado, sujando de sangue o chão do nosso apartamento de um cômodo só e limpando tudo com um pedaço de pano.

"Eu vou ser como você", disse a Maggie. "Vou te deixar me ensinar a ser corajosa."

Eu soltei uma fungada. "Ah, quem é a corajosa? Lembra daquele dia que você caiu do Oban e ele pulou pro pasto da Susan? Você teve a coragem de cavalgar com ele pela estrada, mesmo odiando ele."

Nós duas rimos com a lembrança. "Você xingou feito um marujo", eu disse.

Na escuridão, eu quase a ouvi escancarar um sorriso. "Às vezes ainda xingo." Então, bem baixinho, desfiou um rosário de palavrões. Ela sabia um montão.

"Você sobreviveria numa travessa de Londres", comentei.

"Nós duas sobreviveríamos. Estamos sobrevivendo agora."

Depois de uma longa pausa, tornei a rir. "Estamos fazendo mais que isso", concluí. "Acho que vencemos."

63

22 de maio de 1943
Mais de um ano depois

O Jamie meteu a cabeça pela porta da cozinha. "Tudo pronto?", perguntou.

Enfiei o último sanduíche numa cesta. Acrescentei a garrafa térmica com o chá. "Tudo pronto."

Na sala de estar, a Susan colocava o chapéu. "Não estou muito certa disso", murmurou ela. "Esta viagem é realmente necessária?"

Eu ri. Havíamos comemorado o nono aniversário do Jamie no zoológico de Londres; todos nós, inclusive lady Thorton e Maggie. Aquela viagem provavelmente não havia sido *realmente necessária*, mas fora incrível. O Jamie amou os animais do jeitinho que eu imaginei que amaria.

Seis meses haviam se passado. Eu completara quatorze anos na semana anterior. O Jamie e a Maggie tinham decorado a mesa com flores, como de costume, e eu comi um pedaço de bacon e um ovo de café da manhã, mas não ganhei presentes, pois havia dito à Susan que sabia exatamente o que queria. O dia havia chegado, e eu estava no controle.

"Sim, mamãe", respondi, "esta viagem é necessária."

Havíamos esperado um sábado, para que não faltássemos à escola. As crianças tinham começado a retornar ao vilarejo no ano anterior. A escola havia sido reaberta no outono, e a Susan lecionava lá em meio período. Também estava auxiliando um rapaz que faria as provas de admissão na universidade, mas ele estava hospedado com o pároco, o que era bom, pois significava que ainda tínhamos um quarto extra para quando a Ruth conseguia dispensa.

Ainda estávamos em guerra contra a Alemanha. Ainda cumpríamos a escala de observação de incêndios no campanário. O racionamento estava mais apertado que nunca. Um acampamento de soldados americanos havia sido erguido numa estrada mais adiante, próxima à nossa antiga casa bombardeada. O Jamie e os amigos da escola gostavam de ir visitá-los. Conseguiam imitar o sotaque deles direitinho.

Eu enfim recebi duas cartas do Stephen. Eram curtas, mas pelo menos eu soube que ele e o pai ainda estavam vivos.

Na estação de trem, o Jamie levou a Susan para longe enquanto eu comprava os bilhetes. Não queríamos que ela soubesse aonde estávamos indo.

"Espero que não seja uma excursão noturna", disse ela.

Nós dois apenas sorrimos. Pela janela do trem as colinas seguiam deslizando, verdinhas com a grama da primavera. Imaginei se a Susan conhecia o caminho a ponto de adivinhar aonde estávamos indo, mas achei que não, pois ela empalideceu ao ouvir o condutor anunciar a parada na cidade natal da Becky. Seu sorriso murchou. "Não tenho certeza se..."

Eu puxei o braço dela. "Venha."

"Eu também quero ver ela", disse o Jamie.

A igreja da cidade da Becky era maior do que a nossa, mas feita das mesmas pedras marrons, e o cemitério era circundado pelo mesmo tipo de mureta. As lápides pareciam as do nosso cemitério, enfileiradas no gramado com perfeição e altivez.

"Eu nem sei onde ela está", disse a Susan. Caminhamos devagar, lendo todos os nomes, até que a encontramos.

REBECCA DAPHNE MONTGOMERY
11 de abril de 1909 — 5 de setembro de 1936
Filha Amada. Amiga Amada.

A lápide da Becky parecia qualquer outra. Nada tinha de especial. Sob aquela terra, no entanto, jazia a Becky, ou pelo menos seus restos mortais. Sua alma, claro, estava no céu.

Eu havia decidido acreditar no céu. Gostava de pensar que a Mãe estava lá, enfim tranquila e feliz. Plenamente capacitada por toda a eternidade, junto ao Jonathan, à avó da Ruth e à família do Stephen.

Abri a cesta dos sanduíches e retirei as flores que havia colhido das sebes naquela manhã. Estavam enlameadas e moles, o tipo de flor com que tínhamos de nos virar na guerra. Deitei as flores na base da lápide da Becky. O Jamie enfiou a mão no bolso, apanhou um soldadinho de lata e acomodou ao lado das flores.

A Susan enxugou os olhos.

"Quer fazer uma prece ou coisa assim?", perguntei. Ela assentiu. Nós nos afastamos um pouco para lhe dar privacidade.

"Olha", disse o Jamie, apontando para o túmulo ao lado. "Tem o mesmo sobrenome."

ROBERT NATHANIEL MONTGOMERY
24 de junho de 1881 — 13 de janeiro de 1940

"Ah", disse a Susan, aproximando-se, "é o pai da Becky. Eu não sabia."

"Ele morreu na guerra", concluí.

"Duvido que tenha tido a ver com a guerra. Ele era o tipo de homem colérico."

Eu estava prestes a perguntar o que significava *colérico* quando uma voz incrédula surgiu atrás de nós. "*Susan?* Susan Smith? É você?"

Nós nos viramos e vimos uma senhora pequena, de cabelos grisalhos, segurando um buquê de rosas. Encarava a Susan.

A Susan corou. "Ah, desculpe. Me desculpe, sra. Montgomery. Eu..."

"Eu já tinha perdido as esperanças de voltar a te ver", disse a mulher. "Achei que nunca viria." Ela encarou o Jamie com um olhar intenso, que então voltou a mim. "E quem são esses?"

"Esses são Ada e Jamie, meus..." Eu nunca tinha visto a Susan tão pouco à vontade. "Meus filhos. Da guerra." Ela apontou para o túmulo de Robert Montgomery. "Eu lamento muito... não sabia. Teria escrito um bilhete."

A mulher assentiu. "Eu devia ter me comunicado. Afinal de contas, sabia o seu endereço."

A Susan ficou ainda mais corada. "A casa da Becky. Claro. Não moramos mais lá... a casa foi atingida, infelizmente. Ruína total."

A sra. Montgomery soltou um gemido exasperado. "Esta guerra maldita. Eu sabia que devia ter escrito. Acho que estava esperando que você desse o primeiro passo. Como você nunca veio visitar, imaginei que tivesse seguido em frente."

"Achei que não fossem querer a minha visita", respondeu a Susan. "Achei que não seria bem-vinda."

A sra. Montgomery prendeu a respiração. "Talvez da parte do meu marido, admito. Mas você e eu... a gente sempre se sentou no jardim, você sabe. A gente podia ter conversado sobre ela. Eu teria gostado."

"Podemos fazer isso agora", eu intervim.

"A gente também amava a Becky", acrescentou o Jamie.

Um sorrisinho começou a se formar no rosto enrugado da mulher. "Amavam?"

"Sim", respondi. "A gente pode se sentar no nosso jardim e conversar sobre isso."

"Podemos", disse ela. "Podemos."

A mulher deu meia-volta e começou a se afastar. Fomos atrás. "Acabei de comprar chá", disse ela. "Tenho uma ou duas colheres de açúcar e uns biscoitinhos que ando guardando. E geleia! Ainda tenho meio pote de geleia. Vamos fazer um chá e sentar no jardim." Ela estendeu a mão ao Jamie. "Como vocês sabem da Becky? Não podem tê-la conhecido, ou eu já teria ouvido falar de vocês."

"A Susan conta histórias", respondeu o Jamie.

"Ah, é? Eu posso contar outras mais."

Eu deslizei um passo para trás e agarrei o cotovelo da Susan. "Está vendo?"

À nossa frente, o Jamie perguntou: "A senhora tem outros filhos?".

"Não", disse a sra. Montgomery. "Não. Ela era tudo o que eu tinha."

"Estou vendo", a Susan me respondeu. "Não consigo acreditar, mas estou vendo."

Agora o Jamie falava de si. "... um gato chamado Bovril, e uma porca chamada sra. Rochester, e umas galinhas, a Petúnia e a Violeta, e o Peter, que é o galo... e a Ada, ela tem um pônei chamado Manteiga..."

A sra. Montgomery se virou para trás. "Você ainda tem o Manteiga?"

"Tenho", respondeu a Susan. "Vendi os caçadores, mas não consegui me separar do Manteiga."

"Ah, Manteiga." A sra. Montgomery se iluminou. "Como eu amava o Manteiga. A gente criou ele desde potrinho, sabia?"

"Eu não sabia disso..."

"Houve uma época em que eu tinha tantos pôneis. Posso contar histórias sobre o Manteiga..."

"A senhora pode ir visitar ele!", exclamei. "Pode cavalgar."

"Ah, minha querida... Ada, certo? Faz anos que eu não cavalgo."

"O Manteiga cuida da senhora. Ele cuidou de mim."

"Isso ele faria", concordou ela, "mas..."

"Por favor, venha", pediu a Susan. "Temos bastante espaço."

A mãe da Becky parou de caminhar. Observou a Susan, comigo e com o Jamie. "Eu vou", disse ela, baixinho. "Eu vou. Vai ser bom estar em família outra vez."

É possível saber um monte de coisas e um dia, enfim, acreditar em todas elas.

NOTA DA AUTORA

Em nenhum momento do livro fica claro, mas lorde Thorton, o pai da Ruth e a própria Ruth estão entre os famosos decodificadores de Bletchley Park, que decifraram códigos de espionagem nazistas, incluindo o "indecifrável" Enigma. Seu trabalho permaneceu em segredo durante anos após a guerra, mas hoje em dia é amplamente conhecido, além de fascinante. É possível saber mais em bletchleypark.org.uk.

Ao final da história, lorde Thorton afirma ter informações que justifiquem por completo a necessidade da guerra e a contenção de Hitler. Embora as leis de Hitler contra os judeus e outros grupos considerados indesejáveis fossem amplamente conhecidas desde o início da guerra, apenas mais tarde e gradualmente vieram à tona as verdades a respeito do Holocausto e dos campos de extermínio alemães. Em julho de 1942, no entanto, o *London Daily Telegraph* noticiou que mais de um milhão de judeus já haviam sido mortos pelos nazistas, começando a revelar, em um nível governamental, o completo horror do genocídio.

O Holocausto é um tema de pesquisa difícil e dolorosa, porém muito importante. Um bom ponto de partida é o Yad Vashem (yadvashem.org), o memorial oficial de Israel às vítimas do Holocausto. Foi iniciado em 1953 como espaço de documentação, pesquisa, educação e memoração a respeito desta tragédia.

Kimberly Brubaker Bradley

Kimberly Brubaker Bradley, anglófila de longa data, começou a se interessar pelos evacuados da Segunda Guerra Mundial quando criança, ao ouvir a mãe lhe recitar *Se Minha Cama Voasse* antes de dormir. Sua obra de ficção histórica *A Guerra que Salvou a Minha Vida* foi vencedora do Newbery Honor Book, do Schneider Family Book Award, do Josette Frank Award e do Odyssey Award, além de ter sido eleito entre os melhores

kimberlybrubakerbradley.com

livros de 2015 pelo *The Wall Street Journal*, a revista *Publishers Weekly*, a New York Public Library e a Chicago Public Library. *Jefferson's Sons* foi eleito Livro Notável pela ALA e recebeu quatro estrelas dos críticos; *Ruthie's Gift* foi eleito *PW* Flying Start; e *For Freedom* foi vencedor do IRA Teachers' Choice e eleito Livro do Ano pela Bank Street College. Kimberly Bradley e seu marido têm dois filhos adultos e moram numa fazenda de equinos de 21 hectares em Bristol, Tennessee.

que me
Ensinou
que a A
Viver Gue
A que
Guerra
que me Ensi
nsinou Vi
a a que me
A Viver me
Ensi
Guerra Vive
que me
nsinou Ensi